KB045134

태안선

태안선

이병순 장편소설

문이당

작가의 말

2015년부터 5년 동안 1930년대 우리나라 골동품 경매 이야기인 『죽림한풍을 찾아서』 라는 장편소설을 쓴 바 있다. 그때 나는 전국의 웬만한 박물관은 다 다녔다. 같은 박물관을 서너 번 다닌 곳도 몇 군데 된다. 많은 전문가의 도움을 받은 것은 물론이며 참고도서도 많이 읽었다. 그 소설 자료조사를 하던 중에 '태안선'을 알게 됐다. 침몰선 인양이라면 '신안선'만 알았던 내게 '태안선'이 있었다는 이야기는 충격이었다. 2007년에 태안 마도에서 한 어부가 조업을 하던 중에 주꾸미가 청자를 물고 있는 걸 발견하고 관에 신고했다. 주꾸미 때문에? '태안선'이 인양된 계기가 됐다는 사실은 내게 흥미를 북돋웠다. 우리나라 청자와 고려 시대 선박의 규모를 처음 세상에 알린 '태안선'에 대한 이야기를 널리 알려야겠다는 사명감이 발동해 『태안선』이 구상됐다.

자료조사를 하면 할수록 흥미진진했다. 고려 시대에 강진이나 부안 등에서 도자기나 곡물을 싣고 개경까지 가려면 태안을 거쳐야 한다. 험난한 안흥량에서 좌초된 배가 많았다는 사실은 점점 내 흥미를 끌었다. 얼마나 많은 침몰선이 서해에 가라앉아 있을지 상상을 하자 바다를 찢어발겨 보고 싶은 충동이 일었다.

『죽림한풍을 찾아서』를 5년 만에 탈고한 뒤 바로 '태안선' 작업에 돌입했다. '태안선'만이 아니라 서해나 동해, 남해에서도 침몰선이 많이 인양됐다. 그 모두 해양유물 탐사 대원들이 해냈다. 이 소설을 쓰면서 나는 해양유물 탐사 대원들이 잠수까지 잘할 줄 알아야 한다는 걸 알았고 그들이 커다란 위험을 감내하면서 발굴에 임하는지도 알게 됐다. 우리나라 수중고고학의 토대는 그들이 쌓고 일군 것이다.

1930년대 우리나라 골동품 경매 이야기를 다룸으로써 육상고고학 언저리 이야기는 대략 훑었다. 『태안선』을 씀으로써 수중고고학 이야기를 약간이나마 건드렸다. 이로써 박물관에 진열된 우리나라의 귀중한 문화유산을 알려야 한다는 작가로서의 부채감은 약간 던 것 같다. 나는 왜 우리나라 고미술 이야기를 해야 한다는 강박에 젖어 있었는지 지금도 알 수 없다.

늘 그랬듯이 쓰는 과정은 힘들었다. 겪지 않은 이야기를 장편으로 쓰려니 한 문장 한 문장 자료조사와 탐문에 의지해야 했다. 논픽션을 소설이라는 장치로 엉구려니 쓰면서도 늘 현실과 꿈을 오가는 기분이었다. 그러구러 탈고를 했지만 엉성한 게 눈에 많이 띄었다. 미흡한 점이 있지만, 독자들이 너그럽게 이해해 주기를 바랄 뿐이다.

지난 몇 년 동안 서해를 돌면서 우리나라가 삼엄한 지경에 있다는 사실을 또 한 번 실감했다. 서해 자체가 거대한 이야기로 출렁였다. 서해 이야기를 더 많이 쓰고 싶지만 내 필력의 한계를 느낀다. 더 많은 서해 이야기는 훌륭한 작가님들이 써 주시리라 믿는다. 서해에 갈 때마다 나를 마중해주고 기사 노릇을 자청하며 곳곳을 돌아다녀 준 친구 김상봉에게 다시 한번 고맙다는 말을 전한다. 그때 먹은 세발낙지와 바지락칼국수 맛은 아직도 입안에 맴돈다.

이 소설을 모든 해양유물 탐사 대원분과 해군들에게 고개 숙여 두 손으로 바친다.

2024년 5월

이 병 순

차례

5월 장마

개수제開水祭를 지낸 지 나흘째다. 대원들은 아직 입수入水도 못했다. 비가 멎는가 싶으면 바람이 거셌고, 바람이 잠잠하다 싶으면 다시 폭우가 내렸다. 대원들은 매일 잠수복을 입고 현장에 나와 입수할 때를 기다렸지만 허탕이었다. 오늘 새벽에도 나는 눈을 뜨자마자 창밖부터 봤다. 우기가 낀 암회색 하늘이었다. 아침을 먹고 얼마 안 있어 날이 갰다. 나는 입수부터 하는 게 어떠냐고 팀장한테 말했다. 팀장은 잠수는 날씨보다 정조停潮 때를 지켜야 한다는 걸 그새 잊었냐고 면박을 주었다. 정조라고 생각한 시간에 또 비가 왔다.

대원들은 급히 씨뮤즈호(수중유물 탐사 대원들의 전용 탐사선)에서 나와 임시사무실로 이동했다. 나는 믹스커피가 담긴 종이컵을 입에 물고 시계를 쳐다보거나 밖을 보았다. 선착장 주변을 어슬렁거리던 갯바위낚시꾼들은 낚시가방을 열지도 못하고 떠났다. 비 온다는 일기예보를 듣고도 갯바위에 몰려든 낚시꾼들이 이해가 안 됐다. 어쩌다 보니 우리는 선착장을 맴도는 낚시꾼들을 돌려보내는 일까지 맡았다.

컨테이너 천장을 때리는 빗소리는 요란했다. 이곳 야미도 현장에서는 대여섯 번 정도만 입수해서 그리드(탐사구역)를 걷고, 개흙 속에 묻힌 청자 파편 등을 챙기고 현장을 철수할 참이었는데 날씨가 받쳐주지 않았다.

"이러다 정말 태안 현장부터 가야 하는 거 아닌가?"

팀장이 꾸깃거린 종이컵을 쓰레기통에 던지면서 혼잣말을 했다. 우리는 발굴 시즌이 시작되자마자 군산 야미도에 왔다. 군산 야미도 발굴도 여느 현장처럼 2년 계획을 잡고 작업했지만, 작년에 마무리를 못 하고 마감을 맞았다. 두어 달가량 작업만 더 하면 마무리할 수 있었는데 날씨가 추워지면서 시즌을 끝내야 했다. 팀장은 이번 시즌이 시작되면 야미도 현장부터 마무리하고 다음 현장인 보령도로 이동할 계획을 잡았다. 야미도 현장을 뒤지기 전에 작업했던 보령도에서 한 시즌 꼬박 발굴했다. 보령도는 발굴을 할수록 도자기나 목간 등, 유물이 자꾸 나왔지만, 시즌 막바지라 마무리를 해야 했다. 세상의 바다에는 3만 척의 난파선이 있다고 한다. 그중에 발굴한 난파선은 1퍼센트도 안 됐다고 하니 발굴은 끝이 없다. 늘 진행형이다.

시즌 기한을 우리 수중발굴과에서 정할 뿐이지 평생 한 현장만 들입다 파헤쳐도 인양할 게 나오기 마련이다. 수중발굴과의 유물탐사대원들은 시즌이 시작되는 4월 말에서 시월 말경까지는 현장에서 보내지만, 그 외의 기간에는 관에서 업무를 봤다. 관에서 시즌 중에 발굴한 유물을 정리하고 보존하다 보면 어느덧 또 탐사시즌이 닥쳤다.

"처음부터 태안으로 갔어야 했나?"

팀장이 허공을 바라보며 말했다. 야미도 현장 입수도 하기 전에 태안에서 연락이 왔다. 보름 전에 태안 대섬 앞바다에서 어부가 조업을 하던 중에 주꾸미를 악문 청자를 발견해 관에 신고한 것이다. 어부한테 신고를 받은 태안군청에서는 문화재관리국에 알렸고 문화재관리국은 우리가 소속된 목포해양 유물전시관 수중발굴과에 연락한 것이다. 주꾸미 소식은 관에서 시즌 준비를 하고 있을 때 들었다.

"사실 이 현장도 두 달 해서 될 일이 아니라 시즌 꼬빡해야 돼. 작년에도 봤잖아. 뻘탕을 뒤지기만 해도 청자가 자꾸 나왔잖아."

새만금 간척공사가 진행되는 이상 청자를 발견했다는 신고는 계속 이어질 것이다. 군산에서 김제, 부안의 대규모 물막이 공사를 하는 와중, 물길이 바뀌면서 펄 속에 묻힌 것들이 드러났다. 항만 일꾼들이 유물을 발견해 신고한 것만 해도 몇 건 됐다. 십이동파도에서는 청자 운반선까지 발견됐다. 인양한 배 한 척에서 수천 점의 고려청자와 철제 솥, 숟가락, 시루, 밧줄, 닻돌 등이 나왔으니 수중고고학의 꽃은 난파선이라는 말은 헛말이 아니었다. 난파선이라는 어감만으로도 물갈퀴가 철퍼덕거리는 것 같았다. 난파선 배 바닥에 금동화가 자글거리는 것 같았다.

야미도 현장 발굴은 도굴범 때문에 시작됐다. 도굴범 코에는 청자 냄새가 난다고 했다. 청자 냄새가 나지 않았다면 도굴범이 위험을 무릅쓰고 야간잠수를 하지 않았을 것이다. 도굴범이 인양한 청자는 수백 점이었다. 그는 고급요정을 드나들면서 여급에게 접대비로 현금 대신 청자를 주었다. 여급이 경찰에 신고하는 바람에 도굴범 정체가 드러났다.

우리 유물발굴 탐사 대원들은 도굴범을 앞세워 현장 발굴을 했다. 탐사 대원들보다 도굴범들이 청자가 수장된 지점을 더 정확하게 찾아냈다. 몇몇 신문의 칼럼난에 우리나라 고고학계는 도굴범에 의존한다는 내용이 실려 대원들의 자존심을 건드렸다. 도굴범이 고고학계에 있는 이들보다 유물의 매장지점을 더 잘 찾아낸다는 투의 보도였다.

"아이고 용왕님, 아무래도 개수제 때 저희가 술을 덜 드렸는갑습니다. 조만간 술 잔뜩 올려 드릴 테니 좀 봐주십쇼. 가물어서 모내기도 못 한다는 저쪽 경남에 비 님을 데리고 가 쫙쫙 퍼부어 주십쇼."

팀장은 울상을 지었다. 발굴은 물때와 날씨가 받쳐주지 않으면 힘들었다. 늘 그랬듯이 팀장은 그것을 용왕님의 허락에 달렸다고 말했다. 야미도 발굴을 하는 동안 용왕님이 허락한 날은 많았고 성과도 좋았다. 발굴 유물은 모두 4천 5백여 점가량이었다. 그 대부분이 청자이며 고려 때 것으로 추정되는 엽전이었다.

"송 대원, 오늘도 입수하긴 글렀으니 잠수복 벗어."

임만형이 내 옆구리를 찔렀다.

"몸이 근질근질하지? 물에 들어가고 싶어 죽겠지?"

"뭐 그렇지만 그런들 방법이 있나요?"

나는 그의 옆을 벗어나며 대꾸했다. 임만형과 함께 일한 지도 6년째지만 나는 그의 말투가 거슬렸다. 임만형은 공대 출신이다. 수중발굴과의 주 임무가 잠수인 이상, 잠수와 관련된 기계를 다루려면 공대 출신이 필요했다. 그는 공대 출신에다 해병대 잠수교관 출신이다. 게다가 스킨스쿠버 강사 자격증과 인명구조 자격증을 지녔다. 그는 신입 발굴 대원들에게 잠수를 가르치고 현장에서는 메인 다이버로 입수하는 등, 해양유물전시관 수중발굴과의 전천후 일꾼이다. 대원들은 임만형을 '마농'이라 불렀다. '만형'이라는 그의 이름에서 생긴 것 같았다. 나도 '임만형'을 부르려니 발음이 껄끄러웠다.

마농의 첫인상은 터지기 직전의 빵빵한 풍선 같았다. 나는 풍선 터지는 꼴을 보고 싶지 않아 웬만해선 그에게 말을 걸지 않았다. 그는 나보다 한 살 많고 나보다 일 년 먼저 관에 입사했지만 나를 한참 어린 동생이나 군 쫄따구 대하듯 했다. 나도 수중발굴과의 여느 신입사원처럼 막 관에 들어왔을 때 마농한테 잠수 훈련을 받았다. 내 팔과 다리를 스치는 그의 손길은 거칠었다. 그는 잠수를 가르친답시고 팔을 비틀고 목을 꺾었으며 장딴지를 주먹으로 치는 건 예사였다.

"잠수사고 후유증이 더 무서운지 알지? 송 대원은 이번 시즌에도 그냥 시다바리나 해."

마농은 다시 내 옆으로 와 옆구리를 찔렀다. 나는 작년 7월 초순에 잠수사고를 당했다. 몸살기가 있었는데도 불구하고 한정된 잠수 시간을 넘긴 게 화근이었다. 여느 때처럼 그때도 나는 메인 다이버인 마농의 뒤를 따라 입수했다.

"촬영은 꼭 송 대원 아니라도 되잖아. 내가 해도 되고."

메인 다이버와 함께 입수해 유물 현장을 촬영하거나 유물을 인양 바구니에 담아 수면으로 띄우는 등의 일은 보조 다이버인 내 몫이었다. 작년에 이곳 야미도에는 촬영할 게 많았다. 유물이 묻힌 곳을 촬영하고 인양 바구니에 유물을 담아 수면으로 띄울 때까지는 괜찮았다.

출수하기 직전이었다. 암초 사이에 거뭇한 게 보여 출수를 멈추고 암초 가까이에 갔다. 거뭇한 것의 정체는 침몰선에서 나온 널판이라고 여겼지만 암석이었다. 속았다고 생각하는 순간 급물살이 나를 휘감았다. 하잠 줄에 대롱대롱 매달려 급히 상승했다.

어지러워 바지선에 드러누웠다. 출수 시간을 어기면 어찌 되는지 빤히 알면서 수중에서 머뭇거려 일을 키웠다는 팀장의 호통이 몽롱하게 들렸다. 메스껍고 어지러워 일어나 앉을 수가 없었다.

하루 이틀 지나면 나을 줄 알았는데 시간이 흐를수록 더 악화됐다. 결국, 하반신 마비까지 와 병원을 찾았다. 급히 출수하느라 감압 없이 상승한 탓에 몸에 쌓인 질소가 배출되지 못해 혈액순환이 제대로 되지 않았다. 입원해 있는 동안 치통과 관절통까지 겹쳤다. 전형적인 잠수병이었다. 보름가량 입원 치료를 한 뒤 퇴원했다. 퇴원 후는 입수를 하지 못했다. 바지선과 씨뮤즈호를 오가며 대원들 뒷바라지를 하면서 시즌을 마쳤다.

"송 대원 이제 입수해도 괜찮아."

박재식이 팔짱을 끼면서 다가왔다. 그는 UDT 중사 출신으로 관에서 고용한 민간잠수부다. 박재식은 누구에게나 나긋나긋했다. 그는 주장을 내세우지 않으면서 대원들의 마음까지 잘 다독였다. 대원들은 그를 '공자'라 불렀다. 공자는 수중유물 탐사 기간이 아닐 때는 해양 조난구조대에서 일했다. 때로는 교각 설치나 해저 케이블 작업에 불려 다녔다. 그는 이른바 산업잠수사다. 공자는 작년에 채낚기어선 사고 때 조난자 네 명을 구조해 그의 이름이 언론에 여러 번 오르내렸다. 우리는 작년 야미도 현장에서 공자의 마흔세 번째 생일파티를 해주었다.

"아, 예예!"

팀장 목소리에 대원들은 그쪽으로 눈이 쏠렸다. 팀장은 앞머리를 쓸어 넘기면서 핸드폰을 귀에 댔다.

"안 그래도 이 방법 저 방법 생각 중입니다! 여긴 비가 계속 와서 엉망입니다만 이런 곳을 팽개치고 떠날 수는 없거든요."

팀장은 한 손으로 바닥을 가리키며 음성을 높였다.

"물론 어제 간다고는 했죠. 그래도 이쪽에 비설거지는 좀 해놓고 움직여야 하지 않것습니까?"

팀장 목청은 점점 높아졌다.

"아땃 주무관님 성질도 참 급하요잉."

팀장은 급할 때 고향인 목포 사투리가 튀어나왔다. 목포 사투리가 튀어나올 때 그의 말투는 지프차가 자갈밭 위를 지날 때 나는 소리 같았다.

"알죠, 알죠. 그 소리도 하도 들어싼께 귓구멍에 딱지가 앉을 정도라니까요."

팀장은 중학교까지 목포에서 다녔고, 고등학교는 광주, 대학교는 서울에서 다녔다. 그의 아버지는 목포에서 세발낙지잡이를 해 자식들 공부를 시켰다. 그는 아버지처럼 뱃놈이 되기 싫어 적성에 안 맞는 공부를 열심히 했다는 것이었다. 바다를 들쑤시는 일만 아니라면 무슨 일이든 가리지 않겠다고 생각하고 대학은 문화인류학과에 지망했다. 문화인류학과를 졸업한 그는 K 박물관 고대 유물과에서 근무하다가 목포에 해양유물전시관이 지어지면서 전근됐다.

목포해양 유물전시관은 신안선 유물을 보존 처리하기 위한 시설만 갖추고 있다가 1994년에 '해양유물전시관'이란 이름을 달고 지어졌다. 해양유물전시관으로 온 팀장은 유물보존처리부터 인양 선박 처리와 전시 관련 업무까지 두루 거쳤다. 올봄에 해양유물전시관에 정식으로 수중발굴과가 생긴 것도 팀장의 그런 짬밥이 있었기에 가능했다. 수중발굴과가 생기면서 수중유물 발굴 탐사대는 우리나라 대표적인 수중 발굴 대원으로 공식 인정된 셈이었다.

"알았다고요, 잘 알았응께 일단 끊고 제가 다시 연락드리것습니다."

팀장은 서둘러 통화를 끊고 폰을 바지주머니에 쑤셔 넣었다.

"문화재관리국이나 군청도 참 답답하다니까? 저들이 안 깝쳐도 어차피 우리가 할 일인데 어련히 알아서 할까? 무슨 빚쟁이도 아니고 숨통을 콱 잡죈단 말일시! 긴급 탐사가 누구 집 똥강아지 이름인 줄 아나벼!"

팀장 목소리는 거품이 부글부글 개는 것 같다.

어느덧 저녁 시간을 맞았다. 단골식당에 도착하니 상이 차려져 있었다. 대원들은 컵라면과 빵으로 점심을 때웠기 때문인지 식당에 앉자마자 수저를 들었다. TV에서는 빙파제를 님는 파노와 정박해 있는 배들이 풍랑에 들썩이는 장면들이 번갈아 나왔다.

"와, 장난 아니네."

김태완이 눈을 끔뻑이며 리모컨을 눌렀다. 나는 꼬막을 입에 넣으며 TV 화면을 보았다. 서해의 비 피해 상황을 전하고 있었다.

"주꾸미가 청자를 몰고 왔다는 뉴스는 벌써 퍼졌다는구만?"

팀장이 젖은 벙거지를 한쪽으로 던졌다.

"벌써예? 기자들 참 빠르네예."

김태완이 리모컨을 꾹꾹 눌러 TV 소리를 죽였다. 다른 채널에도 기상특보뉴스가 나왔다. 김태완은 부산 출신으로 해양대학교에서 기관학을 전공했다. 오대양을 누비려는 꿈을 품고 해양대학에 갔지만 어쩌다 보니 해양유물전시관에 입사하게 됐다는 것이었다. 그는 입사한 지 3년째로 수중유물 발굴 탐사대원 중에 가장 젊다. 김태완만이 아니라 우리 관에는 해양대학교 출신들이 제법 있다. 그들은 대개 탐사선 기관사나 항해 통신업무 등과 관련된 일을 했다. 김태완이 수중유물 발굴 탐사대원에 합류된 것도 그의 잠수 실력이 인정됐기 때문이다.

"주꾸미가 청자를 물고 왔으니 특종은 특종이야. 기자들이 그 사실을 알았다면 가만히 있을 리 없지."

이영준이 젓가락 짝을 상 모서리에 가지런히 붙여 놓으면서 말했다. 그는 고고학과 출신으로 내 대학 선배다. 그는 탐사대원 중에 유일한 박사 출신으로 고고학은 물론, 해양학, 고미술과 문화인류학을 아우르는 지식을 겸비했기에 대원들은 그를 '박사'로 불렀다. 잠수 실력까지 겸비해 그는 관이나 발굴 현장에서 두루두루 쓰여 마농 못지않은 요긴한 대원이다.

"주꾸미가 청자를 빨판으로 삼았으니 그놈이 편안했겠네, 허허."

한정철이 팀장과 박사를 번갈아 보면서 웃었다. 그는 탐사대원들 중에 팀장 다음으로 나이가 많다. 대학에서 물리학을 전공하고 입시학원 강사를 하다가 그만두고 고고학과로 편입해 대학원까지 마친 그를 대원들은 집념의 사나이라 일컬었다. 그는 늦깎이 수중 고고학도들의 희망으로 회자됐다. 한정철은 대학 때부터 고고학에 관심이 생겨 고고학과에 전과하고 싶었으나 여러 가지 사정 때문에 실행하지 못했다. 그가 고고학과에 편입했을 당시 그는 초등학교 3학년, 6학년짜리 두 딸을 둔 가장이었다. 고액연봉을 포기하고 고고학도가 되기까지 많은 고민을 했지만, 아내가 지지했기 때문에 하고 싶은 공부를 할 수 있었다. 한정철이 고고학과를 졸업하고 관에 입사하기까지 어린이집 원장인 아내가 네 식구 생계를 맡았다. 그는 입사한 지 8년째지만 언제나 신입처럼 진지하고 열성적이다. 언론에서 수중유물 탐사대를 인터뷰하러 올 때면 대원들은 한정철부터 앞세웠다. 수중고고학의 매력을 한정철만큼 진정성 있게 설명을 잘할 사람은 없다고 여겼다. 인터뷰어들 또한 삶의 노선변경을 과감하게 바꾸어 수중고고학을 택한 한정철에게 호기심을 보였다.

한정철은 고체가 액체 속에 잠기면 그 고체에 밀려 나간 액체 무게만큼 부력이 생긴다는 아르키메데스의 원리를 믿기 때문에 잠수를 두려워하지 않는다고 했다. 사람이 물에 뜨는 것은 공기로 가득 찬 폐가 있기 때문이 아니겠냐며 조심스럽게 묻는 내게 그는 인간은 폐로 호흡하는 한 지느러미와 아가미와 있는 물고기와 달리 오래 잠수하지 못한다고 차분하게 말했다. 수중유물 탐사를 해야 하는 대원들은 물에서 뜨는 게 아니라 가라앉아야 하니까 문제라며 사람이 물에 뜨고 가라앉는 것도 부력조절에서 나온다고 덧붙여 말했다. 아르키메데스의 원리만 잘 새기기만 해도 바다에서 절대 조난당할 일이 없다는 그의 말은 틀리지 않았다. 아르키메데스의 원리를 잘 실행한 덕분인지 한정철은 사소한 잠수사고 한 번 나지 않았다. 누가 먼저랄 것도 없이 대원들은 그를 '아르키메데스'라고 불렀다.

"여차하면 주꾸미가 포상금 받겠네예."

"포상금은 무슨, 주꾸미 사진도 찍지 않고 바로 공판장으로 보냈다던데."

김태완 말에 마농이 대꾸했다.

"포상금을 주꾸미가 받든 문어가 받든!"

팀장이 숟가락을 상 위에 소리 나게 놓고 대원들을 쳐다보았다.

"이영준, 송기주, 김태완은 내일 일찍 나와 함께 태안으로 간다. 어때? 의견 있으면 해보라고."

"그럼 이 현장은요?"

마농이 머리를 쑥 내밀었다.

"여기는 임 대원 자네랑 한 대원, 박 대원이 남아야지. 일부러 잠수 베테랑을 여기에 남기는 거라고. 임 대원이 이 현장을 책임지고 마무리 좀 해. 그쪽 태안 현장 상황이 어떤지 모르지만, 사정에 따라 이곳 야미도 현장을 덮고 모두 태안에 집결해야 할지도 몰라."

"태안 바다 물살이 어떤지는 팀장도 잘 아시잖습니까, 긴급 탐사를 한다면 제가 입수하겠습니다."

마농이 목소리를 낮춰 말했다.

"임 대원의 그 살신성인의 정신은 고마워. 나도 임 대원을 태안에 데리고 가나 어쩌나 고민했는데. 임 대원이 빠지면 여기는 어쩌고? 한 대원하고 박 대원이 처리를 잘하겠지만, 알다시피 여기도 돌발상황이 언제 생길 줄 모르잖아. 임 대원이 책임지고 마무리 해야지."

팀장 머리는 빗물에 젖어서인지 더욱 곱슬곱슬했다. 휑한 그의 정수리 주변으로 머리카락이 해초처럼 들러붙어 있었다.

"이영준 선배와 바꾸면 안 될까요?"

마농은 박사를 힐끗 보았다.

"그러시죠 팀장님. 여기는 한 대원과 박 대원, 그리고 저 셋이

서 마무리해도 될 것 습니다."

박사가 재빨리 대답했다. 박사도 긴급탐사만큼은 마농이 적격이라고 판단한 것 같았다. 야미도 1차 발굴 때도 마농이 아니었으면 유물을 그렇게 많이 발굴하지 못했다는 말은 대원들끼리 늘 했던 말이다.

"박 대원이 임 대원 몫까지 할 수도 있을 거라고는 보는데. 그럼 임 대원 말대로 인원 배치를 그렇게 바꿔볼까?"

"예, 저희가 알아서 할 테니 걱정마십시오."

"좋아, 그럼 이 대원 대신 임 대원이 태안으로 가고! 대신, 태안 가서 급한 일을 끝내면 임 대원이 다시 이쪽으로 와야 해. 태안은 새 현장이니만큼 무슨 유물이 올라올지 모르잖아. 유물 확인을 위해서는 이영준 박사가 현장에 있어야 하지 않겠어?"

"예, 알겠습니다."

박사가 시원하게 대답했다. 나도 긴급 상황을 대비한다면 박사보다 마농이 낫다고 생각했다. 태안 바다는 사시사철 악천후다. 악천후일수록 해병대 출신인 마농이 현장에 있어야 든든하다.

"임 대원은 왜 답이 없나."

"태안에서 긴급 탐사 일정이 길어지면요?"

"긴급 탐사 일정이 길어지면 시즌 계획 전체를 바꾸어야 하니까 임 대원보다 내 머리빡이 더 어지러워져. 임 대원은 거기 가서 발등에 떨어진 것부터 해. 아직 아무것도 모르잖아. 가서 생각하자고."

"어차피 이 현장은 마무리 단계니까 자지레한 뒷일이 많습니다. 송 대원을 여기 남게 하고 제가 태안 현장에 계속 있겠습니다."

"시다바리 시키려고 송 대원 데려가는 거 아녀. 송 대원이 태안 가면 할 일 많아. 촬영해야제, 촬영. 촬영시키려 델꼬 가는 거여."

"송 대원이 입수하기엔 아직은 좀 그렇지 않습니까?"

마농이 정색을 띠며 나를 보았다.

"송 대원 멀쩡해. 입수할 수 있으니까 걱정 말라고. 임 대원 오늘따라 늙은이처럼 왜 그리 걱정을 앞서 하냐고? 우리 관에 임 대원 말고 사람 없어? 다들 난다 긴다 하는 대원들이야."

"송 선배님이 그깟 사고 한 번 당했다고 잠수 실력에 무슨 차질이 있겠습니꺼, 잠수 짬밥이 몇 년짼데예. 송 선배님도 이제 베테랑 아입니꺼."

김태완이 깍두기를 집으면서 말했다. 그는 오늘따라 눈이 더 커 보인다. 잠수에 베테랑은 없다. 사고 나면 초보고 사고 안 나면 베테랑이다. 나는 해양유물전시관에서 일한 지 이제 7년째로 입사 3년 만에 보조원 딱지를 뗐다. 재작년에 준 조사원이 됐고 작년에 조사원이 됐다. 준 조사원부터 잠수 대원 자격이 주어졌지만, 그 전부터 잠수했다. 준 조사원 때부터 메인 다이버를 따라 입수해 제토작업을 하거나 수중촬영을 했고, 때로는 텐더나 스탠바이 다이버로도 나섰다. 보조 다이버는 메인 다이버가 유물을 발굴하면 그 뒤를 따라가면서 인양 바구니에 유물을 담고 촬영을 했다. 수중촬영 장비가 생기고부터 물속 현장에서 힘들게 실측하지 않아도 됐다.

"암튼! 태안에 주꾸미가 무슨 일을 벌였는지 일단 가서 보자고."

팀장이 일어나서 창문을 열었다. 다다다닥! 빗물이 바닥을 치는 소리가 거세게 들렸다. 창 안으로 비가 들치자 팀장은 창을 닫았다. 5월 장마는 고래 심줄처럼 질겼다. 비를 원수 보듯 해야 하다니, 엄마 말대로 내 팔자다.

아버지 소식

그해 나는 중학교 3학년이었고 여름방학이 막 시작됐을 때였다. 전국적으로 6월 항쟁이 일어났다. 데모행렬은 대로만이 아니라 골목마다 이어졌고 최루탄 터지는 소리가 펑펑 들렸다. 수업 중에도 그런 소리가 들리면 선생님들은 창밖으로 시선을 돌렸고 우리도 선생님 따라 밖을 내다보았다. 어른들은 시국을 걱정했지만 우리는 공부를 하지 않아서 좋았다. 학교에 갔지만, 수업을 거의 제대로 하지 않았다. 6월 항쟁은 노태우의 6 · 29 선언으로 누그러들었으나 6월 항쟁에 얽힌 것들은 뉴스에서 매일 특종으로 다루었다. 7월에는 6 · 29 선언의 파장으로 인한 정치계의 움직임과 태풍 셀마 소식들만으로도 뉴스거리는 넘쳤다.

방학하기 일주일 전쯤에도 태풍 셀마 때문에 생긴 피해 상황과 피해복구현장 등이 연일 뉴스를 장식했다. 태풍 셀마는 경남과 전남 해안가에 북상해 수백 명의 인명을 앗아가고 십만 명 넘는 이재민을 낳고 재산 피해도 컸다. 그날 나는 저녁을 먹은 뒤에 내 방에서 라디오를 듣고 있었다. 열어놓은 창문으로 모기들이 날아들었지만, 너무 더워 창문을 닫지 않았다. 한 손으로 모기를 휙휙 쫓고 한 손으로 다리를 긁으며 그룹 댄스가수 소방차의 〈어젯밤 이야기〉를 따라 불렀다.

어젯밤에 난 네가 미워졌어.
어젯밤에 난 네가 싫어졌어.
빙글빙글 돌아가는 불빛들을
바라보며 나 혼자 가슴 아팠어.

"그게 정말입니까?"

'가슴 아팠어' 라는 부분을 부르던 중에 거실에서 엄마의 날 선 음성이 들렸다. 웅얼웅얼 들리던 TV 소리도 멈췄다. 엄마가 전화를 받으면서 TV를 껐을 것이었다. 나는 책상에 올린 다리를 내리면서 라디오 볼륨을 푹 줄였다. 엄마 음성이 비명에 가까웠기 때문에 형에게 나쁜 소식이 온 줄 알았다. 그때 형은 홍천에 있는 부대에서 군복무 중이었다. 형은 6월에 휴가 나오기로 예정되었지만 나오지 못했고 7월 하순에 접어들어도 나오지 못했다. 형의 편지 내용대로라면 비상시국이라 언제 휴가 나올지 몰랐다. 엄마는 뉴스에 데모행렬과 진압부대가 나올 때마다 안절부절못했다. 나는 형의 군대는 데모 진압부대가 아니라는 것 정도는 알고 있었으므로 형에게 아무 문제가 없을 거라며 엄마를 안심시키기 바빴다. 엄마는 형에게 소식이라도 올까 싶어 매일 우편함을 뒤졌고 전화벨에 신경을 곤두세우고 있었다.

"뭔가 잘못됐을 거예요."

내가 거실에 나갔을 때 엄마는 전화기를 두 손으로 부여잡고 무릎을 꿇고 있었다. 설거지하던 중이었는지 엄마 손에 세제 거품으로 보이는 희끄무레한 물기가 묻어 있었다. 엄마는 설거지가 끝나면 TV 일일 연속극을 켜놓고 칫솔 손잡이에 스티커를 부칠 참이었다. 당시 엄마는 인근의 칫솔공장에서 일감을 갖고 와 칫솔에 상표 스티커를 붙이는 부업을 했다. 아버지 월급은 웬만한 사람의 연봉과 맞먹었다. 이웃 사람 중에는 푼돈을 벌자고 칫솔에 스티커를 붙이는 엄마가 청승을 떤다고 하는 이도 있었고, 엄마가 부지런해 시간을 허비하는 게 아까워 무슨 일이든 한다는 이도 있었다.

"분명히 무슨 차, 차 착오가 있을 겁니다."

엄마 목소리는 떨렸고 장식장을 짚은 손도 바들거렸다. 나는 엄마가 떨어뜨린 수화기를 귀에 댔다. 저희도 다 확인하고 가족에게 연락드리는 겁니다. 몹시 사무적이고 침착한 사내 목소리가 수화기에서 흘러나왔다. 나는 수화기를 놓고 장식장 위에 놓인 아버지 사진을 보았다. 아버지 사진은 늘 그 자리에 있었지만 나는 제대로 눈여겨 본적이 없었다. 아버지 사진은 장식장 위에 올려있는 다른 장식물과 다름없었다. 커다란 소라껍데기나 모형 배, 딱딱하게 굳은 흰색 산호초 등이 아버지 사진과 함께 줄느런히 진열되어 있었다.

사진 속의 아버지는 사십 대 초반쯤으로 보였다. 파란색 체크 셔츠를 입고 뒷짐을 진 채 해변을 등지고 서 있는 아버지는 다소 지쳐 보였다. 아버지의 사진 속 배경 대부분은 라스팔마스 무에그랑데 해변이거나 그 언저리였다. 라스팔마스는 아프리카해역을 잇는 전진기지로 당시 한국의 수산회사들이 앞다투어 진출해 있었다. 그때 라스팔마스에 진출한 우리나라 수산회사들이 파독 간호사나 광부, 쿠웨이트나 사우디아라비아 등에 나간 인력들과 마찬가지로 외화벌이에 크게 일조해 우리나라 산업기반에 초석이 됐다는 등의 이야기는 훗날에 알게 됐다.

"평생 고생만 한 양반인데, 무슨 이런 날벼락이, 으으윽."

엄마는 또 고생 타령을 했다. 엄마는 내가 공부를 등한시하고 소설책에 몰두해 있을 때 아버지 고생담을 꺼냈다. 우리가 침대에서 편안하게 잘 수 있는 것도 아버지가 좁은 선실에서 새우처럼 웅크리고 잔 대가라는 말이 시작되면 나는 보고 있던 소설책을 책상 밑에 숨겼다. 가로 150센티, 너비 50센티의 작은 선실에서 다리도 뻗지 못하고 자는 아버지한테 미안함을 덜고 그에

보답하는 방법은 내가 공부를 열심히 하는 것뿐이라는 식의 훈계는 아무 약효가 없다는 걸 알면서도 엄마는 번번이 그 카드를 꺼냈다.

나는 어릴 때부터 『보물섬』, 『해저 2만리』, 『고고학과 모험』 따위의 책을 좋아했다. 같은 책을 만화와 동화로 수없이 읽었지만 언제나 처음 읽는 듯 재미있었다. 초등학교 6학년 운동회 때 가장행렬에 내가 맡은 역은 외다리에 어깨에 앵무새를 올린 동화 속 선장이었다. 어느 책에서 읽었는지 헷갈리지만 내게 선장은 애꾸에다 외다리나 외팔이면서 어깨에 앵무새나 원숭이를 태우고 다니는 모습이 전형으로 느껴졌다. 외다리 선장 흉내를 내느라 검은 안대를 차고 거실에서 절름거리며 걷는 연습까지 했다. 그런 모습을 본 엄마는 어깨에 얹힌 새 인형을 냅다 들고 거실에 팽개쳤다. 아무리 가장행렬이지만 뱃사람 흉내만큼은 내지 말라며 역정을 냈다. 나는 보물섬을 뒤지는 뱃놈이 되고 싶다는 포부를 드러내지 않았지만, 엄마는 내가 벌써 마도로스라도 된 것처럼 보기 싫어했고 언짢아했다. 엄마가 아버지 고생담을 꺼내는 이유도 뱃사람은 위험하다는 걸 심어주기 위해서라는 생각이 확 스쳤다. 가장행렬이 끝나자 나는 캡틴으로 불렸다. 하나같이 내게 애꾸 선장 역할이 잘 어울린다고 말했다.

엄마도 아버지 이야기를 할 때면 고생담 말고 할 게 없는 것 같았다. 내가 아는 모든 이미지는 고생했나. 책이나 영화, 드라

마 속의 아버지들만 봐도 그랬다. 아버지는 고생하는 존재들인 것 같았다. 아버지가 고생하면 엄마들도 덩달아 고생했다. 현실의 아버지들도 마찬가지였다. 부모 형제까지 부양해야 하는 이도 많았고 병마와 싸우면서 식구들 생계를 책임지는 아버지들도 많았다. 내 아버지는 우리 네 식구만 책임지면 됐다. 아버지는 당신 욕심 때문에 고생을 사서 했다. 다른 사람보다 돈을 더 많이 벌기 위해 원양어선을 택했다. 친구 아버지들처럼 리어카 과일 행상이나 건축현장에서 막일 따위를 했다면 좁은 선실에서 잘 필요까지는 없을 것이다. 친구 아버지들처럼 일일 노동자나 날품팔이를 했더라면 가족과 떨어져 살 필요는 없을 터였다.

아버지는 라스팔마스로 떠나기 전에 가죽염색공장을 하던 친구 밑에서 일했다. 친구 공장이 망하면서 아버지 일터도 없어졌다. 아버지는 친구 공장에서 일할 때도 월급을 제대로 받지 못했다고 했다. 엄마는 새벽에 우유배달을 하고 낮에는 집에서 빨래집게 조각에 철 고리 끼우는 부업을 했다. 빨래집게 조각이 든 커다란 비닐봉지와 철 고리 뭉치가 방안을 메웠다는 등의 이야기는 엄마한테만이 아니라 외할머니한테도 많이 들었다. 그때는 내가 태어나기 전이었다. 외할머니가 기억을 더듬느라 이야기를 머뭇거리면 곁에 있던 엄마가 나섰다. 엄마는 당신의 고생담이 끝나면 곧장 아버지 이야기로 이어갔다. 엄마는 같은 이야기를 새롭게 하는 능력이 있었다.

아버지가 일자리를 알아보고 있을 때 목포에 사는 큰아버지한테 연락이 왔다. 큰아버지는 처가, 그러니까 큰엄마 친정 부모가 하던 건어물 가게를 이어받아 꾸려갔다. 큰아버지는 아버지에게 장사를 가르쳐 건어물 가게를 차리게 할 요량으로 아버지를 목포로 불렀다. 아버지는 바람이나 쐬자는 마음으로 목포에 가려고 집을 나섰다. 그런데 아버지는 자기도 모르게 고속버스터미널이 아닌 서울역으로 발길이 닿더라는 거였다. 이왕 바람을 쐴 것이라면 부산 바람을 맞아보고 싶어졌다는 것이었다. 그런 걸 두고 운명이라고 해. 아버지는 누구에게 떠밀리듯 서울역으로 발길이 닿았다는 게 희한했다며 그때를 떠올리곤 했다.

아버지는 부산역에 내려 역 근처를 조금 어슬렁거리면서 걸었다. 걷다 보니 자갈치 선창가였고 그의 앞을 가로막은 것은 전봇대였다. 아버지 눈높이 정면으로 '선원채용모집'이라는 광고문이 붙어 있었다. 말로만 듣던 원양어선 선원모집이었다. 아버지가 선원으로 단박에 채용된 데는 그가 고졸 학력자였기 때문이었다. 당시 고졸 학력이면 먹물 꽤나 먹은 축에 들었다 한다. 아버지는 2년 6개월의 계약으로 라스팔마스 선원으로 채용됐다. 본인이 원한다면 현장 업무능력에 따라 재계약을 할 수 있었다. 발길 닿는 대로 걸었던 그 길목이 아버지 진로를 바꾸어 놓을 줄은 누구도 몰랐다.

그때 형은 세 살이었다. 나와 형이 여섯 살 차이 나는 셈노 아버지가 3년에 한 번씩 귀가했기 때문이었다. 아버지는 3년에 한 번씩 귀국해, 한 달가량 머물다가 다시 라스팔마스로 갔다. 당시 라스팔마스에서 2년 6개월만 원양어선을 타면 서울의 웬만한 집 한 채를 살 수 있는 돈을 벌었다. 그 덕에 나는 어릴 때부터 제법 넓은 집에 살았다. 우리 집에 놀러 온 내 친구들은 거실이나 내 방에 놓인 선박모형이나 상아조각 동물 인형 등을 보고 탐을 냈다. 엄마는 분말 주스로 음료수를 만들어 친구들 앞에 내놓았다. 유리 컵에 물과 분말 주스 가루를 넣고 숟가락으로 빙빙 휘저어 마시면 새콤달콤했다. 새콤달콤한 주스야말로 태양의 맛인 것 같았다. 남국의 태양을 온몸으로 들이켜고 싶은 마음이 새록새록 우러났다.

분말 주스만이 아니었다. 아버지가 한 번씩 귀국하면 집 곳곳에 외국산이 널브러졌다. 엄마는 아버지가 갖고 온 화장품과 영양제 등을 친인척에게 보내기 바빴다. 아버지가 갖고 온 물건 중에 내가 탐을 낸 건 카메라나 워커 맨, 크루즈 여객선이나 범선 등의 모형 배들이었다. 센터 보드에 조타키와 돛까지 세세하게 만든 모형 배들이었지만 진짜 배처럼 실감났다. 그런 멋진 배들이 망망대해를 떠간다고 생각하니 가슴에 바람이 펄럭펄럭 일었다.

"이놈들 공부는 잘하고 있겠지?"

아버지가 귀국할 때면 꼭 형과 내 방을 들러 책상 서랍과 책꽂이를 뒤졌다. 아버지는 교과서나 공책을 건성으로 후르르 넘겼다. 그는 책꽂이를 훑고 책상 서랍을 여닫음으로써 아버지 노릇을 한다고 여기는 것 같았다. 아버지의 피부는 거칠고 머릿결은 부스스했다. 까맣게 탄 얼굴과 이마와 목에 난 주름은 고랑처럼 깊었다. 나는 아버지가 먼 데서 왔기 때문에 그에게 고분고분하고 싶었다. 어차피 아버지는 넉넉잡고 두어 달만 머물 터였다. 손님처럼 정중하게 대하기만 하면 됐다. 아버지는 박물관의 유리 전시관 안에 든 박제품처럼 무미건조해 보였다. 말이 별로 없었고 무표정했다. 그나마 아버지가 식사 때 반주를 곁들일 때는 생기가 있었다. 주량이 얼마 되지 않은 아버지는 소주 한 병 정도만 마시면 취했다. 아버지가 취했을 때는 묻지 않은 말도 주절주절 늘어놓았다.

"바다에서는 물이 귀해."

바다에 물이 귀하다고요? 나는 아버지가 이야기를 끊지 않고 계속 이어가기를 바라며 눈을 동그랗게 뜨고 추임새를 넣곤 했다. 한 번 배에 올라타면 2, 3개월씩 선상생활을 해야 하는데 물이 부족해 바닷물로 양치나 세수를 하는 것은 물론이고, 먹구름이 끼이면 몸에 비누를 문지르고 있다가 소나기가 내리기 시작하면 몸을 씻는다는 거였다. 아버지 그 한 마디는 엄마가 수십 번 물을 아껴 쓰라는 말보다 효과가 컸다.

"좁은 칸이지만 잠이라도 잘 수 있으면 다행이지."

여객선이 아닌 바에는 선상생활은 생명을 유지하기 위한 최소한의 생활환경이 주어질 수밖에 없다는 것이었다.

“두 시간마다 반복되는 일, 그나마 그물이라도 찢어지면 그물 깁느라 잠도 못 자. 그런 고생쯤은 아무것도 아니지. 선상생활은 전쟁터야.”

조업 중이던 배가 악천후를 만나 난파당한 이야기, 암초를 만나 어선이 침몰해 수십 명의 인명을 앗아간 이야기 등을 들려줄 때의 아버지 목소리는 검은 구름처럼 낮고 어두웠다. 곳곳에 도사린 해적과 암초, 해적을 대적하다 목숨을 잃고 암초에 부딪쳐 배에 물이 차올라 가라앉을 뻔했다는 이야기들을 듣자 바다가 전쟁터라는 아버지 말이 실감났다. 죽음을 등짝에 지고 있다는 말도 실감났다. 나는 좌초된 배에서 튕겨 나가 죽은 선원들은 어디로 흘러가는지 침몰 된 배는 어디에 가라앉아 있는지를 상상하며 아버지 이야기에 귀를 기울였다.

아버지의 고생담을 들었다 해서 공부를 열심히 하지는 않았다. 나는 학년이 올라갈수록 점점 공부는 뒷전이었고 해양소설에 빠졌다. 밤을 꼬박 새워서 조셉 콘래드의 『로드 짐』을 읽었다. 주인공 짐이 드넓은 세계와 미지의 세계에 대한 동경으로 선원이 된다. 항해 중 풍랑을 만난 그가 승객을 버리고 탈출할 때는 내가 다 뜨끔했다. 선원 자격을 박탈당한 짐은 새로운 인생을 위해 말레이반도에 들어가 원주민과 살지만 결국 백인 악당들

꾐에 속아서 죽는다. 죄의식과 인간의 존엄에 관한 이야기를 항해와 얽고 결어 펼친 소설은 『로드 짐』이 최고지 싶다. 이 소설이 생동감을 준 이유도 작가 조셉 콘래드가 선원이었기에 때문이라고 생각했다.

아르투로 페레스 레베르테의 『항해지도』는 또 얼마나 나를 설레게 했던가. 주인공 코이는 일등항해사로 선박이 좌초하는 바람에 자격을 잃고 빈둥거린다. 소설 도입부에 경매장에서 스페인 해안도를 놓고 경매가 벌어지는 장면을 읽을 때는 내 심장에 북소리가 둥둥거렸다. 『항해지도』는 해양고고학뿐 아니라 문학, 재즈, 미술, 유럽 역사 전반을 아우르는 이야기가 흥미진진하게 펼쳐졌다. 해양에 관한 책들을 읽을수록 세상은 바다를 중심으로 만들어지고 엮어졌다는 걸 알았다. 바다야말로 진정한 보물창고라는 생각이 깊어졌다.

"일단 제가 거기 가 보려고요. 뭐가 어찌 됐는지 가서 봐야 알지 도무지 믿을 수가 없네요."

엄마는 목포에 있는 큰엄마와 통화를 했다. 엄마가 큰엄마와 통화하는 것만 들어도 아버지가 당한 사고 경위가 추정됐다. 아버지의 조업 선박은 세네갈 수역에서 한밤중에 문어와 돔을 잡다 4만 톤급 상선과 부딪쳤다. 선원 마흔 명가량이 죽고 다섯 명이 실종됐다. 실종자 중 두 명만 구조됐다. 아버지를 포함한 세 명은 선박에 튕겨 나가 부표를 잡고 겨우 버텼지만, 풍랑이 너무 세서

구조되지 못했다.

"큰엄마 큰아버지가 엄마 따라나서 주신다고 하니까 넌 걱정 말고 집에 있어."

큰아버지 내외는 서울에서 라스팔마스까지 가는 데 3일이나 소요되는 그 먼 길을 엄마 혼자 가게 내버려 둘 수 없다며 동행을 자처했다. 나도 엄마를 따라 라스팔마스에 가겠다고 했지만, 엄마는 만류했다. 아직 방학도 하지 않은 데다 현지 사정도 정확히 알지 못한 상태에서 어린 나를 데리고 갈 수 없다는 것이었다. 열여섯 살이면 결코 어린 나이가 아니었다. 열여섯 살이면 바다에서의 실종이 무엇을 의미하는지 잘 아는 나이였지만 엄마는 나를 코흘리개 취급했다.

"우리 기주 혼자서도 잘 오구마이."

내가 목포터미널에 도착하자 성희 누나가 마중 나와 있었다. 성희 누나는 큰아버지 외동딸로 당시 서울에 있는 사립대학교 철학과 4학년에 재학 중이었다. 6월 항쟁 때문에 대학교는 일찌감치 방학에 들어갔다. 그 바람에 누나는 고향에 가 있었다. 누나는 학교 다닐 때 우리 집에 자주 놀러 왔다. 서울에서도 자주 보는 누나를 목포까지 가서도 봤다. 엄마는 라스팔마스로 떠난 지 5일 만에 전화를 했다. 예상대로 아버지는 실종사로 처리됐고 장례까지 치르고 귀국한다는 것이었다. 스페인 해난사고구조대원들이 실종자들을 수색했지만 끝내 실종자들을 찾지 못했다는 것이었다. 나는 엄마가 돌아올 때까지 혼자서 집에 있고 싶지 않았다. 성희 누나도 내게 전화를 해 혼자 있지 말고 목포로 오라고 했다.

"누나가 목포 사람이지만 늘 목포에 있는 것도 아니잖여. 암만 생각혀도 이 누나가 너한테 목포 구경을 시켜줄 마지막 기회가 되지 싶어야."

누나는 서울에 있을 때와 달리 사투리를 썼다. 나는 누나가 비록 목포 사람이라지만 지나치게 사투리를 많이 쓴다고 생각했다. 누나는 과장된 사투리만이 울적한 나를 달랜다고 생각한 것 같았다.

"이게 바로 그 유명한 목포 바다여."

누나는 내가 목포에 도착한 다음 날 바닷가로 데려갔다. 목포는 북적이는 서울에 비해 몹시 고요했다. 작은 배 한 척 같았다. 백사장은 해초와 조개껍데기들이 쓰레기에 뒤섞여 지저분했다. 건너편에 집들이 다닥다닥 붙어 있어 한가로운 어촌 풍경 자체였다. 생동감이라곤 없어 보였다. 그나마 파도 소리와 물결 소리만이 생동감을 주었다. 우리나라가 좁다고 하지만 좁은 것도 아니었다. 차를 타고 몇 시간 만 벗어나면 그토록 고요한 곳이 있었다. 목포는 마치 딴 세상 같았다. 반짝이는 수면 위로 어선들이 어슬렁거렸다. 어선은 모두 기우뚱거리는 것 같았다. 선체가 기우뚱거린다 싶으면 다시 평행을 잡곤 했다. 기울어진 선수船首가

물에 잠길 것 같다가 다시 평평해지는 게 신기했다. 바다가 배를 조종한다는 아버지 말이 무슨 뜻인지 알 것 같았다.

"아야 기주야, 우리나라 어느 바다에 가도 없는 거이 우리 목포에 있단 말이어. 호작질을 그만하고 이리 와 앉아."

나는 조약돌을 주워 물수제비를 떴지만, 돌은 수면에 퐁퐁거리지 못하고 바로 물에 가라앉았다. 조약돌의 모양과 크기도 다양했다. 해초 거스러미나 작은 따개비들이 들러붙은 조약돌도 있었고 물이끼에 미끌미끌한 조약돌도 있었다. 끝이 뾰족한 조약돌은 잡자마자 그대로 떨어뜨렸다.

"너 신안선이라고 들어봤냐?"

나는 축축한 손을 바지에 문질러 닦으며 누나 옆으로 갔다.

"신안선?"

"저짝에 있는 저게 뭣이냐 하면 신안선에 건진 유물을 보관한 곳이여. 목포보존처리장이란 말이여."

목포보존처리장이란 말도 생소했다. 누나는 바다 한쪽 끝에 보이는 시멘트 건물을 가리켰다. 그 건물은 나지막한 집들에 비해 커서 주위 풍경과 동떨어져 보였다.

"너 징도면 신안선 정도는 알아야 쓰지 않으까이? 너 만날 어둠의 심연이니 해저유물이니 따위의 책을 읽어쌌더만. 그런 거이 아니라도 우리나라 사람이라면 신안선 정도는 알아야제. 여그 목포 사람들은 신안선을 다 알어야. 누나도 목포 사람이지만 솔직히 신안선을 잘 몰랐단 말일시. 신안선이 목포 신안 앞바다에서 침몰한 중국무역선이라는 것 말고는 전혀 몰랐거든? 그런데 누나 고등학교 2학년 때 사회 선생님한테 신안선에 대해 듣고 나서 우리 목포에 커다란 볼거리가 생기겠다는 생각을 했어야."

침몰한 중국무역선이라는 단어가 귀에 확 닿았다.

"신안선은 1975년에 신안 앞바다에서 발견된 거여. 1975년이면 기주 니가 서너 살 됐겠네. 누나는 열 살 안팎쯤 됐고."

"신안선은 1975년 8월, 한 어부가 신안 증도 앞바다에서 조업하던 중에 그물에 도자기 여섯 점이 딸려와 신고를 하면서 발굴하게 됐지."

"아, 그거! 할아버지도 신안에 중국 배가 가라앉아 보물을 많이 주웠다는 이야기를 몇 번 하셨잖아. 근데 그게 신안선이라고?"

나는 목포보존처리장을 보면서 말했다.

"그렇지 그게 신안선이여. 그러고 본께 내가 시방 도사 앞에 요령을 흔들었구마이. 평생 서해 뱃길을 헤치고 다니신 그 유명한 송수갑 캡틴 손자 앞에서 내가 배에 대해 아는 체를 해뿌렀네. 암튼 그 중국무역선이 신안에서 발견됐다 해서 배 이름을 신안선이라 붙였다는구마."

누나는 자리를 털고 일어났다.

"거대한 배가 바다에 침몰한다, 세상에 금이 쩍 가는 소리가 들리지 않냐?"

바닷가를 거닐면서 누나는 계속 말을 이었다. 눅눅하고 짭짤한 바람에 내 팔은 끈적거렸다. 나는 누나 이야기에 귀를 쫑긋했다. 신안선은 당시 문화재관리국(현재 문화재관리국)이 나서서 이듬해 1976년부터 1984년까지 9년여 동안 발굴했다. 신안선은 1323년 중국 원나라 때 영파항을 떠나 고려를 거쳐 일본으로 향하던 2백 톤급 무역선이었다. 신안선에는 2만 4천여 점의 유물과 28톤가량의 동전이 실려 있어 동아시아 수중 고고학계에 큰 파장을 일으켰다. 나는 세상에 금이 쩍 가는 소리보다 사람들의 아우성이 들리는 것 같았다. 좌초됐을 사람들은 모두 아버지로 느껴졌다.

"그러니까 신안선이 우리나라 수중고고학의 시초였다잖여."

"수중고고학?"

나는 걸음을 멈추고 눈을 동그랗게 떴다. 수중고고학이란 말이 라스팔마스처럼 아득하게 들렸다.

"나도 수중고고학이 뭔지는 잘 몰라야. 고고학은 고고학인데 물과 관계된 뭐 그렇고 그런 거 아니것냐? 암튼 누나는 사회 선생님한테 들은 이야기를 너한테 다 옮겼어야."

"그럼 그 유물들이 저 보존처리장에 있다는 말이야?"

나는 '보존처리장'이라는 단어에서 힌트를 얻어 짐작했다.

"그렇지! 역시 우리 기주가 말귀 하나는 빨리 알아들어 먹어분

다께?"

"그럼 우리 저기 한 번 가 봐."

"누나도 너한테 신안선에서 건진 유물들을 구경시키고 싶지만 아직은 세상에 공개 안 돼. 유물 손질하는 데만 시간이 많이 걸린다는구마. 누나 고등학교 3학년 때까지만 해도 신안 증도 바다에서 유물 인양작업을 했어야. 그 유물들이 저 보존처리장에 들어간 것은 누나가 대학 입학하고 나서였지."

"그럼 그 많은 유물과 그 큰 배를 어떻게 건져 올렸어?"

"해군 구조함과 해군 특전사들이 했지. 해군들이 아니면 발굴은 시작조차 할 수 없었겠지."

누나는 막힘없이 설명을 주절주절 늘어놓았다. GPS 같은 첨단장비도 없고 해양유물전시관도 없던 그 시절, 해군잠수부와 몇몇 고고학자들의 힘으로 신안선 유물을 발굴하고 인양했다는 사실이 놀라웠다. 나는 그 엄청난 유물을 실은 신안선을 어서 보고 싶었다.

"기주야, 넌 바다 하면 뭐가 떠올라?"

"수중고고학."

망설일 것도 없었다. 바다, 하면 너무 많은 것들이 떠올랐지만 그때 막 들었던 '수중고고학'만이 생각났다. 물론 그 순간에는 아버지밖에 떠오르지 않았지만, 아버지라는 단어조차 입 밖으로 낼 수 없었다. '아버지'라는 세 글자가 물을 산뜩 품은 난파선처럼 무겁게 느껴졌다. 슬픔이 너무 두꺼우면 슬프지도 않다는 걸 나는 그때 알았다. 너무 슬픈 일을 겪으면 남의 일처럼 여기고 싶어진다는 것도 그때 알았다.

수중고고학이라는 단어를 입어 올리는 순간 내 언저리는 물결이 철벙이는 듯했다. 수중고고학이라는 말을 듣지 않았다면 아마 나는 바다, 하면 대서양을 떠올렸을 것이다. 아버지가 침몰한 대서양 말고 그때 내가 무엇을 떠올릴 수 있었으랴.

“이 누나는 말이야 바다를 보면 우리가 참 하찮게 느껴진단 말이지. 그러면서 이상하게 인생이 쉬워 보인단 말이어. 저 봐. 저 망망대해에 우리는 이 모래가루밖에 안 되는 존재여.”

나는 대학교 4학년이나 되는 누나가 인생과 망망대해라는 상투적인 비유를 들먹이는 게 유치해 보였다. 누나는 아버지를 잃은 중학생 사촌 동생을 위로할 마땅한 말이 떠오르지 않았을 것이다. 누나는 그 유치한 비유를 쓰면서 인생이 별거 아니라는 뉘앙스를 풍겨 아버지를 여읜 나를 위로하고 있었다.

“인생 정말 별 것 아니여.”

누나는 해안가로 다가오는 배를 향해 달렸다. 인생 별 것 아니라는 말은 당시 대학교 4학년이던 누나가 곧 졸업을 맞게 되고, 졸업 후 진로를 걱정하는 스스로에게 한 말일지도 몰랐다. 누나는 그 무렵 사귀던 남자와 헤어지느니 마느니 따위의 고민으로 울적해 있었다. 누나와 엄마의 대화를 듣다 보면 누나의 애정전선이 짐작됐다. 엄마와 누나가 수다를 떠는 모습은 모녀 같았다. 누나는 일거수일투족을 간섭하는 애인이 족쇄 같아 헤어지고 싶다는 말을 엄마한테 자주 했다. 엄마도 그런 놈은 일찌감치 떼놓는 게 상책이라고 누나 편을 들었다.

누나와 목포보존처리장을 보고 온 그날 엄마한테 전화가 왔다. 아버지의 장례절차까지 모두 끝내고 귀국할 예정이라는 엄마 목소리는 쉬어 있었다.

"나 당장 집에 갈게. 엄마도 어서 집으로 와."

7일째 비어있었을 우리 집이 빈 배처럼 생각되었다. 빈 배처럼 풍랑에 휘청거릴 우리 집에 '나'라는 닻돌로 중량감을 싣고 싶었다. 나 혼자 집에 갈 수 있다고 했지만 누나가 따라나섰다. 누나도 나도 서울에 도착할 때까지 말없이 차창만 바라보았다. 그 뜻밖의 목포행이 나를 여기까지 오게 했다.

태안으로

태안군청에 도착했을 때는 정오 무렵이었다. 대원들은 태안에 오는 동안 차창 밖을 주시했다. 태안이 가까워지자 비가 오지 않았다. 차에서 내렸을 때 우리를 반긴 건 끈적끈적한 우기였다. 비는 오지 않았지만, 잔뜩 흐려 있었다.

“이걸 신고한 사람은 대섬 근처에 사는 김장수라는 어민입니다. 김 씨가 이것 말고 청자 파편도 주웠다는데 깨진 거라 바다에 도로 버렸다고 합디다.”

군청 주무관이 회의실 테이블에 놓인 청자를 가리켰다. 청자 앞에 세워진 명찰에는 ‘태안 대섬에서 발견한 청자’라는 매직 글씨가 크게 적혀있었다.

“이런 걸 회의실에 보관하려니 여간 힘든 게 아닙니다.”

주무관은 비스듬하게 놓인 명찰을 바로 놓았다. 청자는 모두 다섯 점으로 접시 석 점, 유병 한 점, 대접 한 점이었다. 나는 기물들 간격을 듬성듬성 띄워 놓고 차례차례 사진을 찍었다. 기물에는 모두 물때가 끼였고 암회색 진흙과 해초가 말라붙어 있었다. 나는 카메라를 놓고 청자 대접을 잡아 안쪽을 문질렀다. 물때는 쉽게 지워졌다. 모란무늬는 크고 선명했고 꽃술이 말갛게 드러났다.

"야미도에서 나온 청자는 개구리 색 같더마는 이거는 비취색이네예. 선배, 청자는 비췻빛을 최고로 친다면서예?"

김태완은 접시를 들었다 놓으면서 나를 쳐다보았다. 김태완만이 아니라 대부분의 사람들은 고고학을 전공한 이들은 유물 감정까지 하고 고미술 모두를 빠삭하게 꿰고 있는 줄 알았다. 나는 고고학과를 나왔지만, 고고학과를 나오지 않은 이들과 골동품 보는 안목이 그다지 다르지 않다고 대답했다. 나도 오래된 물건이면 무조건 유물로 생각했다. 그러나 옛 물건이 무조건 유물이라는 생각은 고고학과에 다니면서부터 없어졌다.

나는 수중고고학도지 고고학도는 아니다. 같은 시간에 TV에서 해군훈련 다큐멘터리와 추사의 〈세한도〉에 대해 방영했을 때 나는 해군훈련을 하는 채널을 택하는 편이다. 해군들의 훈련장면 중에 잠수하는 대목을 집중해서 봤다. 수중 고고학도와 잠수사는 떼려야 뗄 수 없는 관계다.

"방송 나가고 나서 기자들 전화가 어찌나 많이 오는지 일을 못

했습니다."

주무관이 팀장을 보면서 말했다.

"그깟 기자들이야 특종 찾아 날벌레처럼 날아다니는 치들 아니오? 군청에서 나서서 담당자가 오면 알아서 한다, 우리는 아는 게 없다, 뭐 이런 식으로 눙쳐서 따돌려야지요. 신문과 방송에서 떠들어댄다고 거기 휘둘리면 이런 일 못 합니다."

팀장은 청자 접시를 들면서 말했다.

"우리도 할 만큼 했습니다. 목포로 문화재관리국으로, 팀장한테까지, 얼마나 연락 많이 했습니까? 좀 서둘렀으면 군청이 기자들로 소란스럽지는 않았다, 그 말입니다."

"일이란 순서가 있습니다. 이런 이야기까지 주무관님한테 할 필요는 없지만, 군산 야미도 작업장 며칠만 하면 끝인데 비 때문에 마무리도 못 하고 왔단 말이오. 쉽게 말해 개수제 지내고도 마수도 못 했단 말입니다. 빨리 올 상황이 됐으면 어련히 왔을라고요."

"어쨌든 전문가님들이 오셨으니 우리는 이제 손 놓겠습니다. 일단 긴급탐사부터 하고……."

"긴급탐사, 그거 생선 배 따듯이 간단한 거 아닙니다."

"우리가 뭘 알겠습니까, 전문가님들이 알아서들 하시고요, 자 여기 김장수 씨 연락첩니다."

주무관은 팀장에게 메모지를 건넸다. 메모지에는 신고자 이름과 주소가 적혀 있었다.

"제대로 걸렸네."

팀장은 메모지를 테이블 위에 놓았다. 모두 테이블 앞으로 다가섰다. 충남 태안군 근흥면 정죽리 대섬 해역. 대섬은 안흥항과 신진도항 남동쪽에 위치했다. 태안 서쪽 끝인 신진도와 마도 주변 해협인 안흥량安興梁은 편하고 즐겁다는 이름의 뜻과 달리 험난한 바닷길이라 '한국의 버뮤다 삼각지대'로 불렸다. 태안이 여름 내내 안개가 짙은 데다 암초가 많아 예전부터 배가 좌초되는 지역으로 유명하다는 말은 내가 관에 입사해 해양 지리교육을 익힐 때부터 알았다.

"대섬 해역, 여기는 어디쯤입니까?"

김태완이 메모지를 살피는 마농 곁에 서서 물었다.

"서해에서 가장 험난한 곳."

마농이 메모지를 김태완에게 넘기면서 말했다. 나는 해양 지리교육에서 익힌 걸 되새겼다. 옛날에는 안흥량을 '난행량難行梁'으로 불렀다. 안흥량을 빠져나오는 관장목은 명량대첩으로 잘 알려진 울돌목, 물길이 높고 드센 강화도 손들목, 황해도 인당수와 함께 항해가 어려운 '4대 험조처'로 이름난 곳이다. 조운선이든 무역선이든 청자 운반선이든 물살 거센 태안에 이르면 선박이 침몰한다, 하여 '난행량'으로 불렀다. '난행량'이라는 이름이 불안감을 심어준다고 해서 언제부턴가 사람들이 '난행량'을 '안흥량安興

梁'으로 바꿔 불렀지만 이름을 바꾼다고 드센 물길이 순해지지는 않았다.

"송 대원, 이 청자도 찍었지?"

팀장이 들고 있던 청자 접시를 테이블에 놓았다. 나는 팀장이 놓은 접시를 들고 요리조리 살폈다.

"원래는 여기서 주꾸미 못 잡게 해유. 그래도 이쪽이 주꾸미가 많이 잡히니께 경찰 단속을 피해서 눈치껏 그물을 치고 그러쥬."

김장수는 현장 부근을 천천히 맴도는 경비정을 보면서 중얼거렸다. 그는 팀장 연락을 받고 곧장 현장에 왔다. 우리는 태안해양경찰서에서 빌린 관공선에 김장수를 태우고 현장 주변을 맴돌았다. 현장 맞은편에는 국방과학연구소 사격시험장이 보였다. 현장 주변은 군사 보호지역으로 지정되어 어로작업이 통제된 곳이다. 갑판에 선 해양경찰이 망원경을 눈에 댄 채 주위를 살폈다.

"몇 년 전만 해두유, 경찰한테 담뱃값 조금 쥐여주면 우리가 여기서 뭘 해도 눈감아 줬쥬. 요즘에는 그랬다간 큰일나유. 이제 돈 봉투도 뭐도 안 받어유. 그니께 여기서 주꾸미 잡다가 경찰한테 안 잽히는 놈이 장땡이란께유. 단속에 걸려 경찰서에 가면 워치케 뭘 물어 쌓는지, 죄인이 따로 없다니께유. 주꾸미 몇 마리 잡았을 뿐인디 사람 쥑인 죄인마냥 다룬다니께유. 경찰들도 우리가 주꾸미 한철로 먹고 사는 거 빤히 알면서 그런다니께유."

김장수는 윗니가 빠진 데다 볼이 홀쭉해 66세라는 나이보다 대여섯 살은 더 들어 보였다. 그는 태안 마도馬島에서 나고 자라 지금껏 마도에서 살고 있고, 별일 없으면 앞으로도 계속 마도에서 살 것이라며 묻지 않은 말을 주절거렸다. 자식들은 모두 결혼해 천안과 대전에서 자리 잡고 살고 있고 아내와 둘이 식당과 민박을 꾸려간다고 말할 때 그의 표정은 아이처럼 밝았다.

"예전 같으면유 이런데서 청자 주우면 집에 갖고 가서 썼슈. 이제 그러다간 잽혀간다니께유. 툭하면 관청에서 나온 사람들이 우리 어민들을 마을복지관이나 동사무소에 모아놓고 교육을 시킨다니께유. 바다에서 청자나 사기 쪼가리나 뱃조각, 뭐 이상한 걸 발견하면 무조건 군청이나 그 뭐시냐, 문화재관리국에다 신고를 하라고 말이쥬."

김장수는 손등으로 콧물을 훔쳤다. 드센 바람에 관공선에 꽂힌 태극기가 파락파락 소리를 냈다.

"누가 그러는데유, 이번에 내가 주운 청자는 좀 귀한 것들이라고 하더만유. 귀한 물건을 신고하면 포상금도 많다고 들었슈만."

김장수는 팀장 옆에 바싹 다가섰다. 팀장은 난간을 짚고 수면을 골똘히 보고 있었다. 발견한 문화재를 신고하면 신고자에게 2천만 원의 포상금을 주게 되지만, 세금 60퍼센트를 제해야 한다. 일선에서는 문화재신고포상금 액수치고 너무 적다는 말이 나오자 신고 문화재 감정평가금액 반을 신고자에게 주기로 했다. 그러나 나는 아직 신고자가 신고 문화재 감정평가금액 반을 받았다는 말은 듣지 못했다.

"김 선생님, 혹시 여기서 주운 물건 중에 미처 신고하지 못한 유물은 없습니까?"

팀장은 넘길 것도 없는 앞머리를 쓸어 넘기면서 김장수를 바라보았다.

"이런 데서 물건을 발견하고 신고를 하시는 분 중에 깜빡하고 물건 몇 개 빠뜨리고 신고한 분들이 가끔 있거든요."

팀장은 김장수가 발견한 물건을 죄다 신고하지 않고 몇 점을 숨겨놓지 않았느냐는 질문을 돌려서 했다. 예전 보령도 현장에서 신고자가 청자 몇 점 빼돌려놓고 나머지 몇 점만 신고했다. 신고자는 빼돌린 청자를 골동상과 접촉해 팔아넘기다 형사한테 덜미가 잡혔다. 그런 일이 생길 때면 팀장을 포함해 대원들 모두 경찰서에 조사받으러 가야 했다. 서해에서 청자를 발견했다는 어민신고가 늘어나자 서해에 도굴꾼이 점점 몰려들었다. 서해경찰서는 불법 어선에다 도굴꾼까지 감시해야 하므로 인력이 부족하다고 호소했다.

"실수할 게 따로 있쥬. 신고히는 개수가 많을수록 포상금이 많은데 그걸 빠뜨릴 리가 있것슈? 만약에 몇 개 꿍쳐놓고 골동 가게에 판다고 해도 거기서 바로 잽힌다면서유? 그런 수모가 워딨것슈?"

김장수는 손사래를 쳤다. 서해 어민 대부분 수중유물발견과 유물신고와 그에 따르는 제반 상황을 알았다. 김장수도 예외는 아닐 터였다.

"선생님께서 실수 안 하셨다면 됐습니다. 김 경사, 일단 나갑시다!"

팀장이 조타실을 향해 소리 질렀다. 태안해양경찰서에서 관공선을 빌렸지만, 선박 조종은 김태완이 하려고 했다. 김태완은 소형선박 조종사 자격증을 갖고 있어 급할 때 보트나 선박 조종을 했다. 그러나 경찰 측에서 우리에게 선박 조종을 맡기지 않았다. 아직 현장은 우리 대원들의 몫이 아니라는 메시지다. 타타타타. 관공선 모터 소리가 정적을 깼다. 배가 움직이자 설탕물 같은 끈적끈적한 바람이 얼굴에 훅 끼쳤다.

"물살이 굉장하네."

마농이 눈에서 망원경을 떼며 소리 질렀다. 타타타타타. 달리는 관공선 꽁무니에서 물살이 파편처럼 튀었다. 그 너머로 시퍼런 물살이 반죽처럼 무겁게 출렁였다. 바다가 진동하는 것 같았다. 돌고래가 배 바닥을 뚫고 오를 것처럼 배가 꿀렁거렸다.

"바람이 세네요."

나는 김장수가 입에 문 담배에 라이터로 불을 붙이는 걸 보면서 그에게 다가갔다. 김장수 라이터 불꽃은 담배 언저리를 펄럭이다 겨우 붙었다. 김장수 양 볼이 움찔거릴 때마다 담뱃불이 환

했다가 열었다가 반복했다. 들숨을 내쉬며 눈을 지그시 감는 그의 모습에 내 할아버지 모습이 포개졌다.

"선생님께서 이번에 좋은 물건을 주우셨더라고요."

나는 김장수 담뱃불을 손바닥으로 가렸다.

"나야 뭐 좋고 나쁜 거 아님유? 그저 사발떼기 쪼가리가 보이면 신고하라, 신고하라 해서 한 것 뿐이쥬."

"선생님께서 신고를 하신 덕에 저희들이 또 귀한 청자를 구경하잖아요."

"이제부텀 선상님들 고생하게 생겼는대유?"

"사발떼기 하고 종지 같은 데 매여 고생하라고 나라에서 우리를 뽑았잖습니까."

"고생만 하면 다행이지만 여차하면 목숨도 잃잖아유. 나도 이때껏 물밥을 먹고 살지만, 바다는 늘상 무서워유."

"저희 할아버지도 평생 물밥을 드셨거든요."

"아 그러세유? 워디 바다예유?"

김장수는 입에 문 담배를 손에 쥐고 눈을 끔뻑이며 나를 쳐다보았다. 뱃사람들은 뱃사람 이야기를 하거나 들을 때 눈빛이 가장 빛났다. 김장수라고 예외는 아니었다.

뱃놈 집안

엄마는 내가 수중유물 탐사대원이 된 게 뱃놈 집안의 피를 이어받았기 때문이라고 했다. 43년 동안 뱃길에서 세월을 보낸 할아버지에다 18년 동안 라스팔마스해역에서 살다 대서양에서 뼈를 묻은 아버지를 둔 나는 뱃놈 집안 자손이라는 소리를 들을 만했고 뱃놈 팔자를 타고 난 놈이라는 소리도 들을 만했다.

할아버지는 강진 백금포에서 나고 자라 열네 살 때부터 강진의 선단船團에 들어가 돛배 선원으로 일했다. 할아버지는 43년 동안 뱃길에서 있었던 일들을 거의 기억했다. 가족이 모이는 날이면 우리는 으레 할아버지의 뱃길 이야기를 들을 각오를 했다. 가족은 할아버지 할머니 생일이나 명절 때 모였다. 우리는 일 년에 최소 두어 번은 모였기 때문에 나는 할아버지 뱃길 시절 이야기도 그 횟수만큼 들었다. 나는 내 할아버지만큼 이야기를 감칠

맛 나게 하는 사람은 본 적 없다. 할아버지는 상황에 따라 사람 흉내도 냈고 비바람 소리도 냈다. 같은 이야기를 수없이 반복해서 들어도 싫증이 나지 않았던 이유는 내가 바다 이야기라면 무엇이든 흥미로워했기 때문이기도 했지만, 할아버지의 좋은 입담이 더 큰 이유였다.

"내가 선단에 있을 때는 말이지."

할아버지가 선단 이야기를 시작하려고 운을 떼기 시작하면 가족들은 대부분 딴전을 피우거나 자리를 뜨곤 했다. 듣고 또 들었던 이야기가 두어 시간 이어질 게 빤했고 그 시간을 견딜 재간이 없으면 일찌감치 할아버지 이야기를 외면하는 것도 나쁘지는 않았다. 선단 시절 할아버지의 뱃길은 서해였고 부산이나 제주도, 남해도 다녔다는 이야기가 이어질 줄 빤히 알지만 나는 할아버지 앞에 바짝 붙어 앉아 눈을 반짝였다. 할아버지가 혀에 침을 많이 바른다 싶으면 냉큼 물을 떠다 놓았다.

"그때나 지금이나 뱃길은 똑 같아야. 인천까지 가자면 위험해도 그 길 말고 가는 길은 없응께. 모진 비바람만 없으면 백금포에서 인천까지 무사히 가. 울돌목이 문제랑께? 명량 울돌목에서 갑재기 물살이 거꾸로 돈다 이말이여. 까딱하면 배가 뒤집혀져부러. 신안 안좌도, 목포 달리도, 무안 도리포를 지나고 군산 비안도나 야미도, 십이동파도에 오면 또 한 번 뒤집혀져분단 말여. 하늘이 갑재기 까매지고 바램이 으스스 해진다 싶으면 멈춰야제.

잠시 피항했다가 다시 가야 혀. 강진에서 인천까지 피항지는 스무 곳쯤 돼야. 파도가 제일 무서운 디가 어디냐면 군산하고 태안이여. 군산이나 태안 앞바다를 지나다가 갑재기 물속으로 가라앉는 배를 한두 번 본 게 아니여. 참말로 물귀신이 확 끌어가는 것 같당께."

할아버지는 배가 침몰됐다는 대목에서 몸서리를 치곤했다.

"할아버지 배는 풍파에 괜찮았어요?"

나는 할아버지 흥을 북돋워 주기 위해 뒤에 이어질 내용을 빤히 알면서도 물었다.

"풍파를 만나 죽을 고비 맻번 넘겼지. 돛배는 바람을 잘 다스리면 웬만한 사고는 막을 수 있어야. 내가 그랬잖여. 강진에서 인천까지 피항지가 스무 곳이나 있다고. 모진 비바람 만내면 잠시 피했다 갔지, 암!"

나는 할아버지 턱 밑에 바싹 다가가 귀 기울였다.

"인명은 재천이라지만 그때나 지금이나 돈이 있으면 죽을 고비도 면할 수 있능겨."

1950년 8월, 강진에 인민군이 내려와 마을을 수색해 우익을 골라 죽였다. 강진장터에서 인민재판이 벌어져 우익인사들이 공개 처형당하던 때였다. 부자들은 짐을 쌌다. 할아버지는 강진 갑부인 선단 주인과 거기서 내로라하는 인사들을 태우고 피란길에 나섰다가 낭패당한 이야기를 하기 전에 술 몇 모금으로 입을 축였다.

"그때 정신줄 놓았으면 나도 죽었고 피난민도 다 죽었을 거여."

할아버지는 30톤급 풍선風船에 피난민 50여 명을 태우고 완도로 가서 며칠을 지냈다. 인민군이 금일면까지 온다는 소문을 듣고 피난선을 다시 청산도로 돌렸다. 청산도는 그나마 안전할 것 같다는 선주의 판단이었다. 그러나 선주 지인들은 더 안전한 삼도(거문도)로 들어가자고 의견을 냈다. 삼도는 청산도에서 동남쪽으로 35km 정도 떨어진 거리에 있었다. 삼도로 뱃머리를 잡고 서너 시간 항해하던 때였다.

"갑재기 구름이 끼면서 태풍이 불기 시작하는디. 망망대해 한가운데서 어쩌것어. 뱃머리를 반대로 돌렸는디 산더미같은 파도가 덮치는 거여."

배는 속의 것이 다 넘어올 정도로 요동쳤다. 돛 3개가 모두 찢겨 개 짖는 소리를 하고 있었다. 여자들의 통곡 소리, 여기저기 울부짖는 소리, 바람 소리와 파도 소리에 주변은 순식간에 아비규환이었다.

"인민군한테 총살당하나 바다에 빠져 죽으나!"

사람들은 거의 포기한 상태로 배 여기저기서 쓰러져 있었다. 그 중에도 가는 데까지 가자고 할아버지를 격려하는 사람도 있었다.

"모두들 정신만 똑바로 차리시요잉. 정신만 차리면 살 수 있당게요!"

할아버지는 승객들을 안심시키고 돛 줄을 끌어 키에 꽁꽁 맸다. 돛 줄 한쪽은 할아버지 허리에 묶었다. 배가 요동치면 키를 잡고 있는 손이 따라 돌아가 바다로 처박히기 때문이었다. 한참을 그러던 중에 경비선이 다가왔다. 할아버지는 배에 태극기가 펄럭이는 것을 보고 승객을 구하러 오는 배라는 걸 알았다. 배는 무사히 삼도에 도착했다. 바다에 빠지면 뭐라도 잡고 3일만 버티면 산다는 할아버지 말은 맞았다. 선주가 차분한 대처로 그와 지인들을 무사히 피란시켜주었다며 할아버지한테 사례금을 두둑하게 챙겨주었다는 이야기를 할 때 할아버지 목소리는 커졌다. 헛기침도 몇 번 했다.

"삼도에서 석 달 피난살이 하는 동안 나는 주리가 틀리는 거여. 나는 부자들하고 어울려봤자 할 야그도 밸로 없고. 아, 쌀이야 넉넉히 실어갔응께 굶을 걱정은 안 혔지. 부자들하고 어울리지 못하고 바깥을 빙빙 돌았는데 특밸히 할 일도 없더라고. 남아도는 시간에 내가 뭘 허것어? 그참에 삼도 구석구석을 돌았지."

할아버지는 삼도를 돌다가 수월산에 올라가 강진 쪽을 바라보며 처자식 생각에 잠겼다. 강진에서 온 피란민들이 전한 고향 소식은 무시무시했다. 성전초등학교 뒷산의 방공호에는 인민군한테 총살당한 시체들이 득실거렸다. 할아버지는 돈만 생기면 쌀부터 사다 쟁여놓았기 때문에 처자식이 굶을 걱정은 안 했다. 포구의 작은 오두막에서 따개비처럼 조용히 엎드려 사는 처자식을 건드릴 사람은 없었다. 고명딸인 막내는 할아버지가 백금포를 떠나올 무렵 네 돌이 지났다. 막내 재롱이 눈앞에 삼삼할 때면 눈시울이 촉촉해졌다.

"가만히 앉아 궁상시런 생각에 빠지는 것보담 괴기라도 잡자 싶었지."

수월산에서 내려온 할아버지는 목넘애 근처를 얼씬거리기도 했고 바위섬에 올라가 그물을 던져 물고기를 잡았다. 포구에 버려진 얼개와 삭은 밧줄로 그물 정도는 쉽게 만들었다. 얼개에 끈을 얼기설기 결어 만든 것은 어망이 됐고, 끈으로 얼기설기 묶은 것은 그물이었다. 심심풀이로 잡은 물고기들을 피난민들한테 갖다 주었다. 인심 후한 그들은 할아버지가 물고기를 잡아 올 때면 담뱃값 하라며 주머니에 돈냥을 꿰질러 주었다.

"딱 봐도 고려청자였당께."

8월 말경, 그날도 할아버지는 바위산에서 내려와 바닷가를 서성였다. 늦여름의 태풍이 지난 바닷가는 파도에 떠밀려온 쓰레기들로 지저분했다. 태풍 치는 날에는 바다가 속을 토해내는 때였다. 떠밀려온 쓰레기 중에는 돌검과 엽전, 짚신, 솥뚜껑 등은 말할 것도 없고 시체도 있었다.

할아버지는 해초 거스러미 사이에 쏙 나온 병목을 잡았다. 꺼내고 보니 병 아랫목이 길고 볼록해 예사로운 물건이 아닌 것 같았다. 이끼와 진흙으로 가득 찬 병 안을 꼬챙이로 다 파내고 바닷물에 여러 번 헹궜다. 병은 맑은 비치 색이었고 국화꽃이 그려져 있었다. 고려청자였다. 당시 강진에는 여전히 자기소瓷器所가 남아 있었고, 고려 시대 때의 기법 그대로 청자를 빚는 데가 있었다. 특히 강진 대구면 미산마을 일대는 고려청자 관요가 많이 남았다.

"강진사람은 태생으로 청자를 볼 줄 알어. 그 병은 딱 봐도 임금이나 벼슬아치한테 가는 거였당께. 근디 그걸 어째야 할지 모르것더라고잉. 함부로 내돌릴 물건도 아니고. 그래서 내가 바위 밑에 숨겨놓았지. 나만 아는 바위에 숨겼다가 강진으로 돌아올 때 꺼내 갖고 왔어."

그해 시월에 서울이 수복되면서 강진 경찰과 영암 경찰이 강진에 왔다. 할아버지는 피란민들을 싣고 다시 백금포로 돌아왔다. 우익인사들은 좌익에 동조한 사람을 색출한다며 강진을 샅샅이 뒤지기 시작했다. 퇴각한 인민군과 좌익들은 월출산과 지리산 등으로 흩어졌다. 산으로 들어간 좌익들의 남은 식구들을 처단하자는 등, 강진은 몹시 어수선했다. 할아버지는 청자를 처분해야 한다는 생각에 마음이 바빴다.

"서울로 갖고 갔지. 남대문에 있는 골동품 가겐디 무슨 놈의 가게기 간판도 없더만. 주인은 이북사투리를 쓰는 늙은 영감탱이

였는데, 아 글씨 청자를 보더니 워디서 훔쳤냐고 마냥 닦달을 하대? 자기는 장물은 취급 안 한다면서 말여. 그란혀도 서울 부자들이 전쟁 통에 도둑맞은 골동품이 많아 골동 가게마다 잠복 경찰을 두고 장물아비나 도둑놈들을 잡는다고 허더라고. 그 소리에 나도 겁이 잔뜩 나더만."

그 대목에만 이르면 할아버지 목소리도 기어들어 갔다.

"글씨 그 영감탱이가 뭐라는 줄 알어? 딴 집에 들고 가 봐야 자기한테 들은 말과 똑같은 소리를 들을텡게 차라리 자기한테 팔라고 하더라고. 자기 집에 들고 가서 참지름병이나 한담서 말이여. 그러면서 오백 원을 턱 내놓더만. 나가 누구여? 그 험한 뱃길에서 살아남은 송수갑이여, 송수갑. 맨손으로 칼 잡은 뱃놈들 여럿 때려잡은 사람이여 내가. 눈치코치가 백 단은 넘어야. 고놈의 영감탱이 수에 걸려들 내가 아니지, 암만."

할아버지 말은 다시 빨라졌고 목청도 높아졌다. 할아버지는 그 가게에서 나와 며칠 동안 서울 골동가를 어슬렁거렸다. 그러던 중 장교동에 사는 갑부가 청자를 사 모은다는 소리를 듣고 그를 찾아갔다. 그는 일제강점기 때 친일 관료 출신이었다.

"나중에 알고 본께 그놈이 왜놈 앞잽이었당께. 하필 그런 놈한테 아다리 된거여. 그놈이 천 원 줄 테니 청자를 두고 조용히 물러나라는 거여. 아직도 주둥아리 비틀어가며 씹어뱉던 그놈 말, 내 귀에 쟁쟁혀. 우락부락 치뜬 그 눈까리도 생생혀. 그놈이 나를 강진 구석에서 온 촌놈이라고 깔본거랑께."

할아버지는 그때의 분통이 되살아났는지 가슴을 쳤다. 나는 그때 천 원이면 요즘 얼마 정도 되느냐고 물었다.

"천 원? 아주 큰 돈이었제. 그 천 원에 내가 꿍쳐놓은 돈 쪼까이 보태 필동이란 곳에 있는 허름한 집 한 채 샀은께 꽤 큰돈이지."

할아버지는 사공을 하면서 일찌감치 사람은 서울에서 나돌아야 한다고 판단했다. 강진 부자들 중에 자식들을 서울로 보내는 이가 한둘이 아니었다. 이왕 배울 거면 서울에서 배워야 한다는 할아버지의 판단에 아버지와 큰아버지는 중고등학교부터 서울에서 다녔다.

"그 청자, 다른 사람한테 팔았으면 암만 못 받아도 5, 6천 원은 받았을 거여. 내가 쪼끔만 배웠으면 그딴 놈한테 당하지는 않았을 텐디. 그라고 보믄 나도 어쩔 수 없는 강진 촌놈이었당께, 그 친일놈한테 당했은께 말여."

할아버지는 물을 몇 모금 더 들이켜고 이야기를 이었다.

"군산 비안도, 야미도, 십이동파도. 태안 마도, 대섬, 신진도. 이짝에서 배가 많이 거꾸러졌어. 아주 옛날부텀 그랬다더만. 청자를 싣고 가던 배를 청자선이라 혔거든? 청자선이 뱃길에 참 많이 빠졌다누만."

청자 운반선이 서해바다 곳곳에 침몰됐다는 이야기를 할 때면 할아버지 목소리도 파도처럼 높았다, 낮았다 했다. 할아버지가 침을 꼴딱꼴딱 삼키면서 늘어놓는 이야기의 태반은 선원들 조상을 거슬러 가보면 청자 운반선 선원 집안 후손이거나 도공들 후손이었다는 내용들이었다. 나는 고려 때 강진에서 개성이나 강화도에 청자를 실어 나르던 배 중에 풍파를 만나 서해를 허우적대는 장면을 상상하며 들었다. 서해만이 아니라 세계 곳곳의 바다에 인양하지 못한 배들이 얼마나 많을지 상상했다.

"이놈아, 애비를 두고 어찌 네가 그렇게 떠난단 말이여. 내가 갔어야 하는디."

아버지가 죽던 해에 할아버지는 68세였다. 할아버지는 거실에 걸린 아버지 사진을 쓰다듬으며 울부짖었다.

"뱃놈은 나 하나로 족헌디. 어찌 내가 뱃놈 될라고 떠난 니놈을 말리지 못했는가 말이여. 내가 니를 빠뜨려 죽인 거여. 다 내 죄여, 내 죄."

할아버지는 먹고살기 위해 배를 타는 것은 당신 한 명에서 끝났어야 했다며 가슴을 치며 통곡했다.

"그 먼 데까지 가서 빠져 죽다니, 터래기 한 올 건지지도 못하고. 내 죄를 어이할꼬, 흑흑흑."

할아버지는 할머니 죽었을 때보다 더 슬프게 울었다. 영원히 살 것처럼 보였던 할아버지도 아버지가 죽은 3년 뒤에 사망했다. 우리는 할아버지 유언대로 그의 뼛가루를 강진 바다에 뿌렸다.

나는 대학진학 때 해양대학을 갈까, 일반대학 고고학과로 갈까 망설였다. 우리나라 대학에 수중 고고학과가 있었다면 망설일 필요는 없었다.

"시장 사람들이 그러는데 고고학과를 나오면 박물관 같은데 취직한다던데."

엄마는 아버지를 잃은 이듬해에 이모 주선으로 집 근처 시장에서 식당을 했다. 장사하며 사람들과 부대끼다 보면 잡생각을 떨칠 수 있을 거라는 이모 판단은 맞았다. 엄마는 시간을 아까워했기 때문에 식당을 하지 않더라도 다른 일로도 소일거리를 찾았을 터였다.

"내가 일하고 싶은 곳은 박물관이 아니라 바다야. 바다에 빠진 것들을 끌어 올리는 일을 하고 싶다고."

나는 고고학과를 나오면 어디에 취직하는지 묻는 엄마한테 아는 대로 대답했다. 바다라고? 엄마는 식음을 전폐함으로써 내가 바다에서 일하는 걸 반대했고, 나는 그런 엄마를 외면했다. 엄마를 설득하는 것보다 내가 하고 싶은 일을 하면서 엄마의 닦달을 견디는 게 낫다고 생각했다. 자식은 때가 되면 망망대해라는 인생에 혼자 노를 저으며 가야 한다고 하자 엄마는 한 살씩 먹어가니까 말만 늘었다며 눈을 치떴다. 내 인생의 항로는 내가 정하고 좌초를 하든지 난파를 당하든지 오롯이 내 몫이라는 말도 했지만, 엄마는 들은체하지 않았다.

"자식 이기는 사람 없다더니. 어차피 물밥 먹을 팔자라면 액은 당하지 말아야지. 이거 항상 몸에 지녀."

엄마는 스킨스쿠버다이버를 배우러 다니는 내게 부적을 주었다. 나는 부적의 효험을 믿어서가 아니라 엄마 마음을 편하게 해주기 위해 지갑에 부적을 넣고 다녔다. 스킨스쿠버강사에게도 물의 치명성에 대해 매일 주입받았다. 나도 잠수를 할수록 물이 무서워졌다. 목욕탕 욕조에 빠졌을 때도 귀가 먹먹했다. 귀청에 물이 들어가면 아무 소리도 들리지 않았다. 물이 겁날수록 잠수연습을 더 맹렬히 하는 수밖에 없었다.

나는 스킨스쿠버다이버 학원을 다니며 잠수와 다이버를 익혔다. 틈틈이 수중촬영아카데미에도 다니며 수중촬영법도 익혔다. 수중유물채취를 위해서 필요한 것들이라면 뭐든 익혔다. 수중사진 전시회를 돌면서 우리나라에서 수중촬영과 스쿠버 다이버의 일인자로 알려진 K도 알았다. K는 훗날 세계적인 잠수사인 잭이브 쿠스트의 자서전까지 번역할 정도로 잠수에 관심이 깊었다. 쿠스트의 자서전은 내가 수중고고학도라는 자부심을 갖게 했다. 쿠스트가 아니었다면 현재의 잠수기술이 이토록 발전하기는 어려웠다.

"유물은 여러분을 타임캡슐로 이끕니다."

유물 실기 시간이면 교수는 유물은 우리를 온갖 시대에 다 데려놓기 때문에 유물이 타임캡슐이라는 걸 항상 상기시켰다. 그는 평소에도 정장보다 면바지에 사파리를 걸친 데다 벙거지를 쓰고 다녔다. 실기 시간은 유물세척, 유물실측, 유물복원, 토기제작, 지표조사, 발굴 현장 등으로 짜여졌다. 나는 발굴 현장 탐방시간이 좋았다. 현장 탐방은 야외고고학 시간 때처럼 발굴 현장을 돌아보는 시간이었다. 승합차를 타고 유적을 찾아 떠날 때면 잉카의 유적이라도 발굴하러 가는 것처럼 설렜다. 거대한 왕릉에서 나온 부장품들을 보면서 당대의 세공 솜씨에 놀랐다. 그런 장인들 이야기를 들을 때면 나는 벌써 고고학자가 된 듯했다. 토기 한 점으로 당대의 생활상과 문명기술 등을 짐작할 수 있으니 유물이야말로 우리를 당대로 돌려놓는 타임캡슐이라는 교수 말에 고개가 끄덕여졌다.

"수중고고학은 잠수학도 함께 배워야 하는데, 우리나라 고고학과에서는 현실적으로 그게 어렵습니다."

대학교 3학년 때 동아시아 고고학 교수가 수업 때 했던 말이었다. 교수는 동아시아 해양고고학 차트 한 모퉁이에 짤막하게 나온 신안선을 설명하면서 우리나라 수중고고학이 처한 현실을 개탄했다. 수중고고학에 관한 언급조차 없는 고고학과에 수중유물에 관한 것들을 수 있는 시간은 그나마 동아시아 고고학 시간이었다. 나는 수중유물 발굴 작업이 미개척일 수밖에 없는 이유를 알고 난 뒤부터 잠수를 더 꼼꼼하게 익혔다.

"수중유물은 발굴보다 인양이 중요하고, 인양하려면 뛰어난 잠수 실력을 갖춰야 합니다. 한 마디로 수중 고고학도는 잠수사가 되어야 한다는 뜻이지요."

교수는 매번 잠수의 중요성을 강조했다. 나는 방학 때 영종도나 제부도 쪽으로 가서 산업잠수사들한테 잠수를 배우고 익혔다. 산업잠수사들은 거의 SSU 출신이거나 UDT 출신들이었다. 나도 그들처럼 해양특수부대를 지원하고 싶었지만 내겐 지원 자격조차 주어지지 않았다.

나는 눈을 자주 깜빡이는 버릇이 있어 아이들로부터 '깜빡이'라고 불리었다. 눈을 자주 깜빡이는 버릇이 '뚜렛 증후군'이라는 신경질환 중 하나라는 것을 병역판정검사 4급을 받고서야 알았다. 뚜렛 증후군이 있는 사람은 특수부대는 말할 것도 없고 현역에도 가지 못했다. 나는 사회복무요원으로 빠졌다. 복무요원으로 복무한 지 몇 달 지나 목포에 '목포해양 유물전시관'이 개관됐다. 그때 성희 누나는 결혼해 남편을 따라 미국으로 갔다. 나는 목포해양 유물전시관이 개관되면 누나와 함께 전시관을 둘러보자던 약속이 생각나 누나에게 전화를 했다.

"내 고향 목포에 우리나라 최고의 해양유물전시관이 지어졌다니 정말 기뻐. 기주야, 누나는 비록 가 보지 못하지만, 너라도 나 대신 실컷 구경해."

누나는 목포에 목포해양 유물전시관이 지어졌다는 소식만으로 벅차했다. 누나가 귀국하면 그땐 내가 누나를 안내해서 해양유물전시관을 구경시켜줄 테니 기대하라며 너스레를 떨었다. 여행 끝나는 때가 여행의 시작이라는 말은 맞았다. 고고학과를 졸업하자 그때부터 고고학이란 무엇일까? 하는 궁금증이 폭풍처럼 밀려왔다. 4년 동안 고고학과를 다녔지만, 고고학 맛도 못 보고 졸업한 것 같았다. 점점 수중고고학이 궁금해졌고, 궁금한 만큼 목이 말랐다. 바다 앞에 서면 우주 끝에 선 것처럼 막막했다.

어제의 용사들

태안 대섬 현장 답사를 한 바로 다음 날 긴급탐사에 들어가기로 했다. 신원표가 아침 일찍 현장에 도착해 우리를 기다렸다. 그도 공자처럼 민간잠수부라 수중유물 탐사시즌 때만 발굴 현장에 투입됐다. 발굴 시즌이 아닐 때는 어판장이나 공사현장에서 날일을 했다.

"몇 달 사이 얼굴이 많이 상했네."

나는 신원표가 내민 손을 꽉 잡았다. 그는 살이 빠져 광대뼈가 더 돌출되어 보였고 피부도 더 까맸다. 작년 시즌 이후 처음 그를 만났다. 그사이 만나려고 했지만 서로 시간이 맞지 않아 성사되지 않았다. 그는 예전 같지 않게 내가 전화를 할 때마다 바쁘다는 말부터 했다. 아는 형의 오징어 배를 따라다닌다는 것이었다. 언제부턴가 동해보다 서해에 오징어가 더 많이 잡히는 바람에 신진도항이 점점 분주해져 일손이 모자라 부족한 인력을 동남아에서 온 사람으로 메운다는 이야기를 나도 들음들음으로 알았다.

"개수제 지낸 뒷날 야미도 현장으로 가려고 했는데 일이 자꾸 꼬이더라고. 팀장님한테 전화했더니 조금 기다리라 하시대?"

"어차피 야미도 현장은 비 때문에 입수 못 했어."

"그러게 말이야. 이번 현장은 내 나와바리라서 반가웠지."

신원표는 내가 스킨스쿠버를 배우러 다녔을 때 학원 강사였다. 그때 그는 SSU 중사로 막 전역한 때였고 나는 해양다큐멘터리작업팀 합류를 몇 달 앞두고 있었다. 학원을 파하고 회식 자리가 있을 때면 신원표는 내 곁에 앉곤 했다. 자연스럽게 그와 이야기를 많이 나누게 됐다. 신원표는 그의 친구와 내가 판박이라며 친구 먹자고 제안했다. 그가 보여준 사진 속의 친구는 내가 봐도 나와 많이 닮은 것 같았다. 신원표가 내게 잃어버린 쌍둥이 형제가 없느냐고 묻는 것도 무리는 아니었다.

"암튼 송 대원을 딱 보는 순간, 내 친구가 살아 돌아온 줄 알았다니까?"

나는 강사와 수강생끼리 어떻게 친구로 맞먹을 수 있느냐고 그가 내민 손을 물끄러미 보기만 했다. 무엇보다 그는 나보다 한 살 많았다. 신원표는 같은 말을 두 번 하지 않는다면서 주먹을 내밀었다.

"그래, 잘 지내보자고."

나는 든든한 잠수사를 친구로 두어서 영광이라며 그가 내민 주먹에 내 주먹을 부딪쳤다.

“고고학과를 나왔다고?”

신원표도 고고학과를 나온 내가 왜 잠수를 배우느냐고 궁금해 했다.

“바다를 업장으로 하는 우리 집안 내력인 게지. 한 마디로 바다는 내 팔자.”

팔자라는 단어는 자지레한 내 이야기를 단박에 정리해주었다. 할아버지와 아버지가 선원이었고 박물관 구경과 모험담을 좋아하는 나는 자연스럽게 수중 고고학도로 마음이 움직이더라는 말을 처음 하듯이 했다. 그것이야말로 운명이 아니고 무엇이겠냐고 말했다.

“그러니까 바다를 파헤치려고 수중유물 발굴단이 됐다 말이지.”

신원표는 내 말을 빨리 알아들었다. 같은 말을 두 번 이상 안 하게 하는 그가 마음에 들었다. 더군다나 그는 인명구조를 최우선으로 삼는 심해 잠수부 출신이었다. 바다에 침몰한 것을 구하고 인양할 때의 기분은 나보다 몇 배 더 잘 알 터였다.

“침몰선 발굴? 꿈 한 번 거창하네. 그럼 잠수부터 단단히 익혀야지.”

“신 대원이 하라는 대로 할 테니까 SSU 대원이 했던 것처럼 가르쳐 줘."

나는 SSU 대원 못지않게 강도 높은 훈련을 익히고 싶다며 신원표에게 매달렸다. 그는 재난대처법부터 인명구조, 수심 30미터 잠수하는 것까지 가르쳐 주었다. 수심 3, 40미터까지 내려가는 잠수 훈련을 마쳤을 때 그는 엄지를 치켜세웠다. 수심 깊은 곳까지 잠수 연습을 하는 것만이 죽음의 공포를 약간이나마 덜 수 있다는 그의 말에 천만 번 공감했다.

"죽을 각오로 하면 안 되는 게 없지."

신원표는 내가 잠수를 마치고 나올 때면 어깨를 두드렸다. 그는 수심에서 공기 절약하는 법, 응급처치까지 가르쳐주었다. 신원표가 고마웠다. 고마움을 전하는 방법에는 술을 사주는 것밖에 없었다.

"내 아들이야."

어느 날 그는 술자리에서 남자아이 사진을 꺼내 보였다. 그는 현역시절에 알던 여자와 동거를 했고 아들을 낳았다. 동거녀는 아들이 두 돌 지난 뒤에 떠났다. 고향에 있는 부모가 아들을 맡아 키운다고 말할 때 그의 목소리는 튜브 바람 빠지는 소리 같았다. 신원표 부모는 고향인 만리포 포구에서 낚시찌와 라면을 끓여 생활한다고 했다. 다이버 강사 자리도 들쑥날쑥한 데다 오징어와 꽃게잡이 배를 타도 벌이가 시원찮아 제 한 몸도 근근이 건사한다고 말할 때 그는 땅이 꺼질 듯 한숨을 쉬었다. 아이를 맡겨 놓고 부모한테 생활비도 보내지 못하는 게 죄스러워 고향 갈 마음이 생기지 않는다고 했다.

"소방대원? 해경특공대? 그런 쪽으로 빠지려면 엘리트 병사들만 가능해. 세계최강 에스에스유? 전역하면 그건 완전 개털이야. 어디 나가서 에스에스유 출신이라 말하기도 쪽팔려."

신원표 말마따나 그는 어판장에서 꽃게 상자를 져 나르고 수영장에서 아이들 물장구치는 연습을 시키기 위해 SSU를 나오지는 않았을 것이었다. SSU뿐 아니라 여타 특수부대 출신들은 군대를 벗어나면 할 만한 게 없었다. 최고의 재난구조대와 해상특파부대로 키워진 그들이 전역하면 쓰일 데가 없다는 게 안타까울 뿐이었다.

"민간잠수부?"

어느 날 관에서 민간잠수부를 뽑는다는 소식이 돌자 나는 곧장 신원표한테 알렸다. 수중유물 수색 현장이 많아질수록 인양유물도 늘었고 또 그만큼 잠수 인력이 모자랐다. 수중유물 발굴 시즌에 관의 직원들과 함께 유물발굴을 할 수 있는 민간잠수부를 좀 더 일찍 고용했어야 했다. 늦게라도 관에서 그런 고안을 내고 실행해서 다행이었다. 나는 신원표에게 민간잠수부가 되기를 권했고 그는 내 권유를 흔쾌히 따랐다. 신원표는 내 예상대로 서류, 실기, 면접에 모두 통과했다. 신원표가 탐사대원에 합류한 뒤부터 나는 그를 '신 중사'가 아닌 '신 대원'으로 불렀다.

수중발굴과에 민간 잠수부로 지원하는 이는 많았지만, 팀장이 찾는 성실하고 민첩한 잠수부는 생각보다 드물었다. 신원표는 누구에게 지시를 받기 전에 알아서 일을 척척 했고 무슨 일이든 가리지 않고 닥치는 대로 했다. 나는 그가 현장에 있는 것만으로 든든했다.

“역시 우리 현장에 신 대원님이 있어야 생기가 팔팔 돈다니까예.”

김태완이 신원표를 보며 벙글거렸다.

“그래도 진정한 마도로스는 김 대원이지. 내가 김 대원만 하겠어? 하하하.”

신원표가 호기롭게 받았다.

“신 대원 오랜만이야. 살이 왜 그리 빠졌어?”

공자가 신원표 어깨를 쳤다. 공자는 조금 전에 현장에 도착했다. 팀장은 어제 박사한테 야미도 업무 보고를 받고 공자를 이곳에 보내라고 지시했다. 대섬 물살을 본 뒤 베테랑 잠수부가 현장에 한 명 더 있어야 한다는 판단이었다.

“이번에는 가이드라인을 쳐 놓은 대로 움직이면 되니까, 자 빨리 움직이자고.”

팀장이 두 손바닥을 마주쳤다. 김장수가 신고했던 지점을 중심으로 반경 2, 3백 미터까지 발굴 현장 가이드라인으로 잡았다. 현장 부근에 원반 추로 부표를 설치했다. 탐사대원들의 안전을 생각해 조사지역은 자리그물에서 약간 벗어난 곳에 설치했다.

"송 대원도 오늘 입수 한번 해 보자고. 하루라도 빨리 입수해서 몸을 슬슬 풀어야지."

팀장은 탁류계를 만지고 있는 마농을 돌아보면서 말했다. 마농과 입수하라는 뜻이다. 탁도계와 조류계를 쓸 것도 없었다. 사리 때라 물살은 셀 것이고, 물속은 탁할 것이다. 그러나 늘 팅팅 불어있는 마농도 가끔은 나긋나긋할 때가 있듯, 물때 사나운 바다라도 정조停潮 때가 있기 마련이다. 수중유물 발굴 탐사대원 짬밥 1년만 먹어도 그때가 언제인지 알았다. 오전 11시 50분. 정조 전후 한 시간은 잠수사의 골든타임이다.

"송 대원, 설마 그새 오리발 킥하는 것 까먹지는 않았겠지, 흐흐흐."

신원표가 실없는 웃음을 날렸다.

"까먹은들 뭐가 걱정이야, 내가 물에 빠지면 신 대원이 구해주겠지, 뭐."

나는 납 벨트 버클을 채웠다. 부력조끼와 더블 탱크만 울러메면 입수준비 완료였다.

"신 대원, 거기 헝클어진 밧줄이나 좀 정리하시지."

마농이 신원표를 꼬나보며 소리 질렀다.

"저 인간은 꼭 우리 둘을 갈구는 재미로 현장에 오는 것 같단 말이야, 흐흐흐."

신원표는 갑판에 널브러진 밧줄들을 둘둘 말아 철대에 걸치면서 계속 실실거렸다.

"내가 할 짓이 그렇게 없나? 신 대원이나 송 대원을 갈구게?"

"그러게, 감히 누가 나를 갈구겠어."

"더티하게 굴면 누구라도 갈굼 당해야지, 장사 하루 이틀 하나?"

"비싼 밥 먹고 또 헛소리지, 퉤!"

신원표가 마농을 힐끗 쳐다본 뒤 바닥에 침을 뱉었다.

"송 대원, 송 대원도 한 성질 하는데 임 대원한테 꼼짝 못 하는 거 보면 1년 선배 짬밥이 무섭긴 무섭나 봐, 하하하."

나는 마농이 무서워서가 아니라 잡음을 만들지 않기 위해 고분고분한 척할 뿐이다. 마농은 내가 하는 일은 뭐든 못 마땅해했다. 내가 익힌 잠수나 스쿠버다이빙은 수심 5미터가량의 물에서나 할 잠수라면서 비아냥댔다. 나는 SSU 출신의 심해잠수사인 신원표한테 수심 3, 40미터까지 내려가 잠수 훈련을 받았다고 맞받아쳤다. 그의 자존심을 건드릴 마음으로 한 소리는 결코 아니었다.

"어쩐지 송 대원이 오리발 끼우는 게 서툴다 했어."

신원표를 들먹이자 마농은 더욱 이죽거렸다. 내가 신원표를 들먹일수록 마농은 나를 더 혹독하게 대했다. 웬만하면 마농 앞에서 신원표 이야기를 안 하려 했지만, 대화하다 보면 저절로 나왔다. 마농은 위기상황이 왔을 때 헤쳐 나가는 법을 익혀야 한다며 바지선이나 갑판에 서 있는 나를 갑자기 물에 빠뜨리기도 했다. 그뿐 아니었다. 내 공기 실린더에 최소한의 공기를 주입시킨 뒤 입수시키기도 했다. 나는 옥토퍼스 공기를 주입받는 훈련의 반 이상은 마농의 기합과 욕설을 들으면서 익혔다. 그의 기합과 욕을 듣다 보면 철썩이는 파도 앞에 선 것처럼 귀가 먹먹했다.

지금은 많이 나아졌지만, 한때 마농과 신원표는 만났다 하면 으르렁댔다. 대원들도 그들이 서로 티격태격하는 이유를 알았다. 해병대 잠수 교관 출신인 마농과 SSU 중사 출신인 신원표의 기싸움이었다. 마농은 신원표가 '심해잠수사'가 쓰인 정복 윗도리를 입고 다니는 것조차 눈꼴사나워했다.

신원표도 그에 지지 않았다. 수심 깊은 곳에 잠수한 이야기로 마농 야코를 죽이려 했으나 마농은 호기롭게 받아넘겼다. 그가 잠수 교관 시절에 수심 50미터까지 들어갔다는 이야기를 꺼내면 신원표는 후카장비로 수온 45도의 65미터 심해잠수를 해 본 적 있느냐고 맞받았다. 두 사람이 바다에 얼마나 깊이 들어갔는지 옥신각신할 때면 박재식이 나섰다. 그는 공자라는 별명답게 이성적이고도 차분하게 분위기를 정리했다.

공자는 마농과 신원표의 신경전을 누그러뜨리려고 '그랑블루' 줄거리를 들먹였다. 그는 잠수장비를 하지 않고 가장 깊은 곳에 잠수한 사람은 영화 〈그랑블루〉의 주인공인 '자크'라고 했다. 나도 주인공 자크의 라이벌인 '엔조'가 라이벌인 자크를 이기기 위해 무모한 잠수에 도전하다가 죽음을 맞이한다는 줄거리를 떠올리며 그의 이야기를 들었다. 공자는 모든 자연이 그렇듯 바다 역시 인간에게 관대하지 않다. 바다야말로 인간의 한계를 적나라하게 드러내며, 인간은 자신의 한계를 인정하지 못하고 무모하게 덤볐다간 끝내 비극을 맞는다고 나직하게 말했다. 그는 뛰어난 잠수사란 수심이 깊은 데 얼마나 오래 머물렀는가가 아니라 수심을 들고 날 때를 정확히 알고 실행에 옮기는 자라고 마무리 지었다.

"송 대원, 어서 입수준비 하라고!"

마농이 퉁명스럽게 말하며 팀장에게 갔다. 팀장은 갑판 끄트머리에 앉아 파일을 뒤적이고 있었다. 그때 신원표가 내게 다가왔다.

"팀장이 임 대원을 야미도 현장에 남게 했다며? 그런데 임 대원이 박사하고 바꾸자고 했다면서?"

"바꾼 것도 괜찮지 뭐."

나는 팀장이 들고 있는 파일에 곁눈질을 하는 마농을 보면서 말했다. 팀장은 볼펜으로 머리를 긁어가며 파일을 보고 있었다. 마농은 두 손으로 얼굴을 문지르며 파일을 보았다. 신원표와 공자도 든든하지만 마농이 이런 긴급탐사 때 현장에 버티고 있으면 더 든든한 건 사실이다.

"송 대원, 자신 없으면 지금이라도 말해."

마농이 허리춤을 여미면서 내게 다가왔다.

"송 대원이 바닷속에서 얼마나 날렵한지 임 대원이 더 잘 알면서 왜 사람 자꾸 겁을 주고 그래."

신원표가 능글거렸다.

"송 대원이 왕년에 인기 있었던 해양다큐멘터리 〈바다의 신비를 찾아서〉를 만든 전문간데 좀 쉬었다고 그 실력 어디 갈까?"

공자가 밧줄에 묶은 인양 소쿠리를 수면으로 던지면서 말했다.

"박 대원님, 저는 전문가 아닙니다."

나는 공자를 향해 손사래를 쳤다. 수중발굴과 팀원이 아무리 잠수를 잘한다 해도 잠수만 전문으로 했던 신원표와 공자 같은 해양 특수훈련을 받은 민간 잠수사만큼 잘할 수는 없었다.

나는 어릴 때 아버지가 사 온 일제 니콘 카메라를 만지기 시작하면서부터 사진 찍기에 관심을 가졌다. 카메라는 무광택의 검정 가죽 몸체와 알루미늄으로 마감 처리된 데다 상단 조작부는 내 손때가 묻었다. 셔터를 누를 때마다 찰칵찰칵하는 소리도 듣기 좋았지만, 필름을 넣을 때 좌르륵하고 감기는 소리가 좋았다. 뷰파인더에 피사체가 담길 때면 세상의 한 부분을 찍어 오려 놓는 것 같아 뿌듯했다. 대학 때 유적을 탐방할 때도 카메라에 현장을 많이 담았다. 그 사진으로 학과 페스티벌에 전시도 했다. 카메라를 만지다 보니 캠코더를 쉽게 만졌고, 망설임 없이 수중촬영도

했다. 그게 기반이 되어 대학 졸업 후 선배가 일하는 기획사에 불려갔다. 내가 해양유물전시관에 합격할 수 있었던 것도 수중촬영을 했던 경력이 크게 작용했다는 것을 입사한 뒤에 알았다.

선배 기획사는 모 방송국 외주를 받아 해양과 관련된 프로그램을 주로 제작했는데 나는 거기서 수중촬영을 맡았다. 빠르고 가파르게 돌아가는 세상과 달리 물속에서는 시간이 멎은 듯 고요했다. 수면 위로는 고래가 날뛰듯 거친 파도가 몰아치지만 바다 밑에는 몇천 년의 시간이 잠자고 있는 듯 고요했다. 바다라는 새로운 우주에 내가 침범하는 것 같았다. 제주도 해녀의 삶을 다루는 프로그램 제작, 사라져가는 산호를 찾아 수중세계를 보여줬던 프로그램 등, 나는 수중촬영을 하면서 바닷세계에 더 빠졌다. 부드러운 물을 누비며 무중력을 체험한 그 몽환적인 느낌은 잊을 수 없다. 바다에 잠기면 마음이 흐늘흐늘하게 풀렸다. 고요하고 깊은 물 속에 오래 있고 싶었다.

"박 대원님, 지금 우리는 해양다큐멘터리 찍으러 가는 거 아닙니다. 이 무시무시한 태안 바다에 긴급 탐사하러 왔단 말입니다."

마농은 버클을 채웠다.

"긴급이 별건가? 잠시 들어갔다 유물이 있나? 없나 확인만 하면 되지."

신인표가 공자와 임반영을 힐끗 본 뒤 입술을 삐물었다.

"와, SSU 신 대원님, 해군 특전사 박 대원님, 두 분이 계시니 여기가 해양훈련장 같습니더. 어제의 용사들이 다 뭉쳤네예."

김태완 얼굴에 웃음이 그렁그렁 매달렸다.

"해양훈련장?"

마농이 공기 실린더를 매면서 말했다.

"허긴 뭐, 잠수가 주 병과인 사람들한테는 바다가 훈련장 맞기는 맞네."

마농은 공자와 신원표를 번갈아 보며 잠수스테이지로 향했다.

"그럼 바다에서 잠수하지 뭘 한대? 해병대는 바다에서 기갑훈련 하나부지?"

신원표가 팔짱을 끼면서 마농을 돌아보았다. 마농은 대꾸할 가치도 없다는 듯이 돌아섰다. 그가 잠수스테이지에 오르자 나도 뒤따랐다.

위령제

"입수!"

얼마 만에 듣는 팀장의 호령인가! 팀장의 고함에 마농은 잠수 스테이지에서 발을 뗐다. 언제나 그랬듯이 마농의 다이빙은 가뿐했다. 풍덩! 수면을 찢어발기는 소리에 내 심장박동이 빨라졌다. 허공으로 튄 포말이 눈부시게 사방으로 흩어졌다. 마농은 금세 물속으로 들어갔다.

"송 대원은 20분 안으로 무조건 출수한다. 알았나?"

내가 잠수 스테이지에 오르자 팀장이 다가왔다. 스테이지 옆 출수 라인에는 3미터 정도 되는 철제사다리가 바지선에 붙어 45도가량 벌어져 있었다. 신원표와 공자는 스탠바이다이버로 하잠줄을 체크했다.

"알겠습니다!"

나는 팔에 찬 다이버게이지를 보면서 목청을 높였다. 다이버게이지에 뜬 공기량은 200mb다. 20분 안으로 출수하려면 100mb 공기만 소모하라는 뜻이었다. 탱크에 채운 공기량은 돈과 같다. 돈은 버는 자랑보다 쓰는 자랑을 해야 하듯, 잠수에서도 탱크에 공기가 가득 찼다고 자랑할 게 아니라 적은 공기량을 유용하게 쓴 걸 자랑해야 했다. 공기통에 공기를 남겨 출수하더라도 바다를 벗어나면 공기는 소용없다. 그렇더라도 바닷속에서 공기는 목숨처럼 아껴야 했다. 예금통장 잔고가 다 비었으면 불안하듯 공기탱크에 공기가 비었으면 불안했다. 입수하면 3, 40분을 기본으로 잠수하지만, 이번에는 그 반만 해야 했다. 잠수는 객기도 만용도 털끝만큼 허용되지 않는다.

"옥토퍼스 줄 길게 빼놨으니까 염려 말고. 아까도 말했지만 안 되겠다 싶으면 곧장 출수하라고."

옥토퍼스는 예비 호흡기로 같이 입수한 잠수 대원과 연결되어 있다. 함께 입수한 상대 공기가 바닥났을 때 자신의 공기를 나누어주기 위한 줄이지만 급류 때는 그 줄에 휘말려 사고가 나곤 했다. 마농과 한 조가 된 이상 그와 나는 서로 의지할 수밖에 없다. 잠수할 때는 친적이라도 한패가 되어야 한다.

"송 대원 화이팅!"

팀장은 불끈 쥔 주먹을 치켜들었다. 나는 눈을 몇 번 깜빡였다. 눈을 깜빡이면 불안감이 덜했다. 미리 눈을 많이 깜빡여 놓는다고 물속에서 눈 깜빡이는 횟수가 줄어드는 건 아니지만 나는 입수 직전만 되면 눈을 많이 깜빡였다. 잠수사고 후 첫 잠수다. 수중유물 발굴단에 들어와 첫 잠수하는 것만큼 떨리고 긴장됐다.

"입수!"

팀장 구령과 동시에 나는 잠수 스테이지에서 발을 뗐다. 허공을 걷듯 첫발을 내디뎠다.

"풍덩!"

물보라 튀는 소리는 아득하게 들렸다. 귀가 먹먹했다. 나는 바로 하잠 줄을 잡았다. 물에 잠기자마자 하잠 줄은 벌써 45도가량 벌어지고 있었다. 하잠 줄이 10도 정도까지만 기울어야만 정상이다. 하잠 줄을 잡은 내 몸도 한쪽으로 움푹 쏠렸다. 그토록 기다렸던 바다 품속이었다. 물에 잠기는 순간 솜이불을 덮은 듯 포근했다. 나만의 동굴에 파묻힌 기분이다. 지상에서 품었던 생각들은 사르르 녹아버렸다. 수없이 여미고 동여맨 감정들은 해초처럼 흐물흐물 풀렸다.

내 몸은 점점 수심 아래로 처졌다. 나는 부력조끼 버튼을 더듬어 부력을 조정해 몸을 좀 더 가라앉혔다. 조끼 부력을 조금씩 빼면서 레귤레이터를 꽉 악물었다. 쌔액쌕. 스스스. 레귤레이터에서 나는 소리는 적막감을 없애주었다. 해저 맨 밑이 가까워졌다. 귀한 것을 얻으려면 바닥까지 내려가지 않으면 안 된다는 것을 수중유물 탐사대원이 되고 나서야 알았다. 도자기를 빚는 최고의 흙인 앙금도 바닥에 가라앉아 있듯이 소중한 것들은 가장 밑바닥에 있었다.

나는 고양이가 먹이를 찾아 살금살금 발을 딛듯 대퇴부에 힘을 주어 조금씩 앞으로 나아갔다. 물속에서는 헛동작을 줄여야 했다. 과잉행동을 줄이는 것만이 공기 낭비를 막을 수 있었다. 오리발 킥에서 생기는 뺄탕을 줄이려면 자제해야 했다. 그건 잠수 법칙의 불문율이지만 아는 만큼 실행하기는 쉽지 않았다. 해저에 착지할 때까지 허우적대다 보면 헛동작이 나오게 마련이었다. 헛동작을 줄이려면 수면과 멀어졌다는 공포감을 다독여야 했다. 바닥까지 내려왔다고 느끼는 순간 공포감이 엄습했다. 막막해서 허우적거리고 허우적거리다 보면 기운이 빠졌다. 유물을 발견하는 것은 뒷전이고 착지부터 해야 했다.

예상대로 물살은 셌다. 몇십 미터 안팎의 헤드랜턴 빛 말고는 아무것도 보이지 않았다. 뽀글뽀글. 빠각빠각. 바다 밑은 조개가 빠끔거리고 물살이 암초를 훑는 소리만 들릴 뿐, 어둑했다. 나는 레귤레이터를 다시 한번 더 다져 물었다. 레귤레이터를 뻐무는 순간에도 공기는 착착 소모된다. 마농이 보이지 않았다. 나는 희붐한 빛을 향해 삼각돌기를 했다.

바닷속에는 그 흔해 빠진 공기도 없다. 나를 지탱시킨 것은 79퍼센트의 질소와 21퍼센트의 산소다. 물 아래로 점점 내려갈수록 방향감각을 잃었다. 나는 잠수를 하면서부터 공기 말고는 모든 것이 허식이라는 것을 깨달았다. '공기만이 진리다' 라는 한 줄을 말하기 위해 그 많은 사상서와 이념서가 쓰여 졌다고 감히 장담한다. 하잠 줄이 한 번 튕겼다. 마농이 줄을 한 번 당기는 것은 나를 부르는 신호다. 나는 마농 쪽을 더듬어 자맥질해 갔다. 마농의 헤드랜턴 빛이 흙탕에 섞여 출렁거렸다. 수면 25미터쯤 될 것 같았다. 내 헤드랜턴 빛과 그의 헤드랜턴 빛이 합쳐져 물속은 여명 같았다. 나는 착지해 마농에게 다가갔다. 해저에 가까워질수록 물이 푸르렀다. 랜턴 빛이 굴절되어 가까이 가지 않으면 마농이 잘 보이지 않았다. 나는 다리에 힘을 줘 마농 쪽으로 갔다. 곧이어 줄이 두 번 당겨졌다. 그가 수색지대를 찾았다는 신호다.

마농은 이번에도 군더더기 없는 자맥질로 정확하게 수색지대를 찾았다. 그는 물고기처럼 살랑거릴 뿐 전복이나 문어처럼 암초에 비비대는 헛동작도 하지 않았다. 나는 한 발 한 발 떼서 마농 곁으로 다가가 엄지를 치켜세웠다. 깜깜한 바닷속을 헤매다 동료를 만나면 얼싸안고 싶을 만큼 반갑다. 아버지와 내가 물속에 한 번이라도 들어갔더라면 그를 데면데면하게 대하지는 않았을 성싶다. 나는 아버지가 원양어선을 타지 않고 계속 집에 있었더라도 그를 손님처럼 여겼을지 몰랐다. 아버지가 휴가와 있는 동안 우리 식구의 모든 스케줄은 아버지 위주로 짜였고 아버지 동선에 따라 움직였다. 나는 아버지한테 혼난 적도 없었다. 아버지한테 대든 적도 없었다. 아버지한테 지청구를 먹거나 야단맞은 적도 없다. 그래서인지 아버지와의 추억도 없다.

나는 라스팔마스 한인 공동묘지에서 아버지 생몰연대 표석을 보는 순간 콧등이 시큰했다. 송달영(1941~1987. 7. 22). 아버지는 라스팔마스 한인 공동묘지에 이름만 안치되어 있었다. 죽은 자의 생몰연대가 적힌 비석을 보노라면 망자가 누구이든 울컥해졌다. 하물며 그는 내 아버지였다. 그곳은 한인 선원 공동묘지였다. 그곳에 안치된 유해나 죽은 이들의 이름은 라스팔마스에서 원양어선을 탄 한인 선원들이었다. 아버지가 사고를 당한 이듬해 7월 22일에 라스팔마스에서 합동 위령제를 지냈다. 그때 우리 가족도 라스팔마스에 갔다.

"송 씨뿐만 아니라 우리 모두 목숨 내놓고 했습니더."

위령제가 끝나고 교민들이 준비한 다과회에 참석했을 때 아버지가 다닌 수산회사 기지장이 우리에게 다가왔다. 기지장은 부산 출신이었다. 다과회는 라스팔마스 한인 선원회관에서 열렸다. 모인 사람들은 거의 죽은 선원들 유가족과 현지 교민들이었다. 기지장은 눈을 지그시 감고 기억을 더듬었다. 기지장이 하는 이야기를 우리는 가만히 들었다. 원양어선 조업 중에 위험한 사고가 종종 일어났다. 아버지는 조난당하기 몇 달 전에도 사고를 당했다. 아버지가 탄 고깃배 선장은 어디에 고기가 많이 몰리는지 잘 알았으며 그 덕에 아버지 배는 어느 어선보다 어획량이 많았다.

어느 날 선장은 고기 떼를 따라 남의 나라 영해로 들어갔다가 경비정에 나포됐다. 해안 경비대가 소총 개머리판으로 선원들을 후려갈겼다. 소총 개머리판으로 맞는 것까지는 참을 만했다. 여차하면 경비대들이 쏘는 기관포에 난사 당할 위험도 있었다. 경비대들의 기관포를 맞지 않으면 벌금을 줘야 했다. 벌금은 최소 20만 달러였다. 아버지는 경비대에 걸렸다가 벌금을 아끼려고 도망을 쳤다. 도망가는 선원들에게 기관포를 난사했다는 기지장 이야기가 끝나자마자 어머니는 손수건으로 눈가를 훔쳤다.

“아주머이, 두 아드님을 의지해서 용기 잃지 말고 잘 사시이소. 송 씨도 그렇고, 여기 묻힌 모든 선원들, 좋은 데 갔을 낍니다. 그라고 이분들 모두 애국자들입니더.”

죽은 사람한테 무조건 좋은 데 갔다고 하는 것은 그때도 마찬가지였다. 그 좋은 곳이 어디냐고 물으면 누구도 선뜻 답하지 못했다. ‘좋은 곳’이라는 말을 입 밖으로 냄으로써 이승에서의 불운했던 삶이 보상된다고 믿는 모양이었다. 기지장은 라스팔마스에 모인 한국 선원들이 우리나라 경제에 큰 보탬이 됐다는 이야기를 한 뒤 자리를 떠났다. 우리는 그길로 무에그랑데 해변으로 가서 사진을 찍었다. 거기서 찍은 사진을 거실에 있는 아버지 독사진 옆에 나란히 세워두었다. 앨범을 뒤져봐도 아버지와 함께 찍은 가족사진이 별로 없었다. 내 돌사진에도 아버지 대신 할아버지 할머니가 있었다. 할아버지가 나를 번쩍 안고 환하게 웃고 있었다.

“거기 가면 네 아버지가 처음부터 없었던 사람처럼 마음이 이상해. 네 아버지는 소리 없이 이 세상에 왔다가 소리 없이 사라져 버린 것 같아.”

엄마가 아버지 위령제를 다녀온 뒤에 중얼거렸다. 그 뒤에도 몇 년간 아버지 기일이면 해양수산부와 원양어선회 주최로 라스팔마스에 유가족을 초대했지만 우리는 가지 않았다. 엄마는 아버지 머리카락 한 올도 없는 라스팔마스에 가 봐야 아버지 부재만 더 느낄 뿐이라며 더는 가지 않겠다고 했다.

우리는 해마다 7월 22일이면 아버지 사진을 올려놓고 제를 지냈다. 한 살 두 살 나이를 먹어갈수록 아버지가 생각났다. 언제나 손님 같기만 했던 아버지가 시간이 흐를수록 점점 내 의식을 비집고 들어왔다. 어느덧 아버지는 내 심장 깊은 곳에 풍덩 빠져 있었다. 내 심장을 누르면 구멍 난 용골에 물이 차오르는 소리가 부걱부걱 들리는 것 같았다.

싹싹싹. 마농이 줄을 세 번 당겼다. 부이를 띄운다는 의사였다. 부이를 띄우는 것은 유물을 발견했다는 신호였다. 마농도 갑판에서 기다리는 텐더와 스탠바이들에게 수색지대를 발견한 소식을 얼른 알리고 싶을 것이다.

마농은 물속에만 들어오면 해초처럼 온순했다. 마농이 물속에만 잠기면 고요해지는 건 그가 레귤레이터를 물어서만은 아닐 터였다. 물이 그에게 돋은 모든 가시를 허물어뜨렸을 것이다. 바닷속에서 그는 까칠하게 굴지도 않았다. 물속에서는 비단 조개 같은 마농이 물 밖에만 나가면 멍게처럼 우락부락해지는 것은 희한했다. 바닷속은 뭍과 다른 또 다른 세계임에 틀림없다. 세상 밖으로 나와 있는 것 같기도 하고 세상 깊은 곳에 안착한 것 같기도 했다.

찌이익. 마농이 분사기로 제토를 하자 갯벌에 묻힌 청자들이 희멀거니 보였다. 나는 재빨리 카메라를 작동시켰다. 마농 앞에 직경 1~2 미터 되는 바위가 여러 개 있었다. 태안의 강한 조류 탓인지 바위 옆의 갯벌이 해저 바닥보다 20에서 30센티가량 움푹 팼다. 거기서 조금 더 움직이니 갯벌이 허방처럼 패였고, 허방 언저리에 유물들이 여기저기 흩어져 있었다. 발을 헛디뎠다면 허방에 묻힌 청자를 밟아 으깼을지도 몰랐다. 나는 얼른 갯벌 더미 사이에 엎어져 청자 대접과 접시를 촬영했다.

청자 운반선은 침몰하면서 청자를 바다에 토해냈을 것이다. 바다 밑에 빠뜨린 바늘을 찾듯 침몰선에서 나온 거스러미라도 있는지 샅샅이 살피며 촬영했다. 청자를 실은 선박은 물에 항복이라도 하듯 장전한 유물들을 뱉어내고 침몰했을 것이다. 나는 거뭇한 펄에 박힌 청자 가까이에 카메라를 들이댔다. 대접은 태안 군청에서 봤던 청자들과 모양이나 크기가 비슷했다. 깨진 것과 온전한 것이 뒤섞였지만 청자는 어림잡아 서른 점은 되어 보였다. 청자는 오랜 세월을 물살에 떠밀리고 갯벌에 처박히면서 물고기처럼 숨을 쉬고 있었다. 태안 바다는 이 모든 것을 잘 품고 있었다.

"부이확인! 화이팅!"

위에서 팀장이 외치는 소리가 들렸다.

"선배님들 화이팅!"

김태완 목소리였다. 나는 얼른 다이버 게이지를 살폈다. 140mb 남았다. 40mb로 나머지 구역을 재빨리 촬영해야 했다. 청자를 핥으며 흐르는 물살을 놓칠세라 카메라를 요리조리 움직였다. 마농이 흙뭉치를 헤집어 청자를 한 점씩 꺼내 플라스틱 상자에 담았다. 노란 플라스틱 상자는 희붐한 불빛을 받아 더욱 노르스름했다. 카메라 뷰파인더에는 청자 접시가 들린 마농 손과 유물 상자가 고스란히 담겼다. 다이버 게이지를 보니 120mb 남아 있었다.

내가 호흡할 수 있는 산소는 20mb뿐이었다. 나는 물고기들이 청자 파편을 스치면서 숨을 내뿜는 장면을 얼른 담았다. 뭔가가 침몰한 자리에 또 다른 생명이 서식했다. 청자 파편을 들썩이자 여기저기서 물고기들이 살랑살랑 헤집고 나왔다. 나는 눈을 끔뻑이며 카메라를 요리조리 들이댔다. 조난당하고 침몰된 것을 소중하게 카메라에 담고 파손 없이 인양하는 것만이 좌초된 모든 것들을 향한 나만의 위령제였다. 해저 어딘가에서 유물처럼 고요하게 숨 쉬고 있을 혼령들을 위로하는 마음을 담아 카메라를 작동했다.

마농은 접시 다섯 점, 대접 석 점, 유병 한 점을 바구니에 담아 에어백에 띄워 올렸다. 그리고 그는 팔을 위로 뻗어 자맥질을 했다. 출수하자는 뜻이다. 나는 부력조끼 버튼을 누르면서 천천히 감압을 했다. 오리발을 휘저으며 위로 오르는 내 발길질은 그 어느 때보다 가벼웠다. 바지선에 부려질 청자들은 태안에서 좌초된 배에 승선했다가 구조되지 못한 이들의 영혼이다. 한 점 한 점 소중히 다루는 게 그들을 위한 나만의 위령제이리라.

타임리스

사고 후 첫 잠수는 성공이었다. 출수 후에도 몸에서 질소가 완전히 빠지지 않았는지 머리가 멍했다. 속이 울렁거려 밥도 먹는 둥 마는 둥 하였다. 콩나물국으로만 배를 채웠더니 출출했다. 배고픔을 느낀다는 것은 몸이 회복됐다는 뜻이다.

'어쩜 살아가다 보면 한번은 날 찾을지 몰라. 난 그 기대 하나로 오늘도 힘겹게 버틴걸…….'

샤워를 마치고 나온 김태완이 수건으로 머리를 털면서 노래를 흥얼거렸다.

"노래를 부르려면 시원하게 한 곡 뽑아 봐. 무슨 노래가 그러냐, 중 염불도 아니고."

"아이참 선배님도. 제가 암만 음치지만 중 염불이라니예, 그건 좀 아니지예."

"그런 노래가 있긴 있냐? 누구 노래야?"

신원표가 내게 설렁설렁 다가왔다.

"요새 인기 절정인 에스지 워너비 몰라? 트로트만 듣지 말고 최신가요도 좀 들어."

나는 새끼손가락으로 귀 안을 쑤시면서 말했다. 샤워하면서 귀에 물이 들어가 귀 안이 먹먹했다. 샤워를 해서인지 뻐근했던 몸이 한결 개운하다.

"에스지 워너비?"

"신 선배님, 요새 우리나라 사람 중에 에스지 워너비 모르는 사람 있습니꺼."

"마도로스 김이 확실히 젊기는 젊네. 신인가수도 다 알고."

"에스지 워너비는 남성 3인조 가순데 데뷔한 지 벌써 한 2, 3년 됐을낀데예. 신인은 아니지예."

"2, 3년 전에도 내 사는 게 팍팍했어. 그때도 나는 유행하는 노래가 뭔지 모르고 살았다."

"아이고 또 와 그라십니꺼, 제가 볼 때는 신 선배님만큼 근심 걱정 없어 보이는 사람도 없는데예. 신 선배님은 항상 스마일이 잖아예."

"마도로스 김이 스마일이지."

"재미없어도 스마일, 재미있어도 스마일. 스마일하며 살아야 지 우짜겠습니꺼. 그라고 신 선배님도 언제 에스지 워너비 노래

함 들어 보이소 죽입니더. 이 사람들 노래 들으면 목장의 초원에 바람이 싹 지나가는 거 매치로 시원하거든예. 그래서 이 사람들 창법을 소몰이 창법이라 하는 거 아입니꺼."

김태완은 타월을 벽의 못에 걸었다.

'너를 잊을 순 없지만 붙잡고 싶지만, 이별 앞에서 할 수 있는 건 좋은 기억이라도 남도록 편히 보내 주는 일…….'

김태완 목청은 조금 전보다 더 높다. 마농은 아까부터 텔레비전 앞에 벌렁 누워 책을 보고 있었다. 책 표지에는 바닷가에 대형 크레인과 침몰선 사진이 찍혀 있다. 표지사진으로 봐서 유물운반선에 관한 책일 터였다. 해안가에 서성이는 몇 사람은 유럽인이다. 마농은 영국이나 스페인 같은 나라는 국가에서 침몰선 인양 작업에 지원을 듬뿍하는 걸 부러워했다. 우리 대원들도 국가에서 조금만 더 받쳐주면 지금보다 조금 더 느긋하게 작업할 수 있을 텐데 그렇지 못한 현실이 답답하다고 한숨 쉬었다.

"독서를 하려면 텔레비전을 끄든가."

신원표가 마농 머리맡에 있는 리모컨을 들자 마농이 책으로 얼굴을 덮고 두 손을 머리에 괴었다.

"이런 데서 책이 읽고 싶냐고."

신원표는 마농을 힐끗 보고 현관으로 내려서 신을 꿰신었다.

"어디 가?"

나는 운동화를 겨우 발에 걸치고 질질 끌면서 밖으로 나가는 신원표를 따라나섰다.

“마도로스 김 열창을 공짜로 들을 수는 없지. 마도로스 김이 좋아하는 새우깡이라도 한 봉지 갖다 바쳐야지, 허허허.”

“새우깡은 아니지만 숙소에 주전부리할 거 있어. 컵라면도 있고.”

나는 신원표가 어디 가는지 알았다. 신원표도 시즌 중에는 술을 입에 대서는 안 된다는 걸 알 것이다. 그는 자택이 현장과 가까워 굳이 대원들 숙소에서 함께 묵지 않아도 되지만 긴급탐사이니만큼 만일의 사태를 대비해야 했다. 팀장은 이번 현장이 신원표가 잘 아는 장소라 그가 대원들을 인솔하는 마음으로 끝까지 대원들과 함께 보내야 한다고 지시했다.

“조깅이라도 해서 몸을 혹사시켜야 잠이 오지.”

“그래서 달밤에 체조하려고?”

“이 시간에 할 게 뭐 있냐. 걸어서라도 시간을 좀 때워야지.”

어차피 잠들기 전까지 숙소에서 할 일도 없던 차에 나도 바람이라도 쐬고 싶었다. 신원표는 숙소에서 시간을 때우려면 카드나 화투 따위가 제격이라고 했지만, 그딴 것은 숙소에 들이지도 못하고 소지하지도 못하게 하는 것이 현장 규율이다.

“공자님도 팀장과 이장한테 갔지?”

어느 지역이든 탐사를 하려면 이장을 찾아가서 보고하고 양해를 구해야 했다. 가뜩이나 이쪽 해안가 사람들은 유물발굴단이 그리드를 치는 바람에 그들이 조업을 방해받는다고 여겼다.

'너를 잊을 순 없지만 붙잡고 싶지만 이별 앞에서 할 수 있는 건 좋은 기억이라도 남도록 편히 보내주는 일…….'

나도 모르게 김태완이 방금 부르던 노래가 나왔다. 눅눅한 밤공기가 목덜미와 뺨에 끈적거렸다.

'좋은 기억이라도 남도록 편하게 보내주는 일…….'

"송 대원이 음치라는 건 알고 있었지만, 오늘 보니 송 대원이 마도로스 김보다 더 음치구만. 좋은 기억이라도 남도록……."

신원표가 바지 주머니를 뒤적이며 노랫말을 웅얼거렸다. 그의 손에 천 원짜리 지폐 두 장이 들려있다.

"헤어진 사람이 과연 좋은 기억으로 남을 수 있을까?"

"그럴 수 있지. 신 대원이 애 엄마를 그리워하는 건 애 엄마에 대한 기억이 좋게 남아 있기 때문이 아닐까."

"개뿔!"

"신 대원은 아직 애 엄마 못 잊잖아."

"못 잊기는 뭘. 하루하루 입에 풀칠하기도 바쁜데 잡생각 할 시간이 있나?"

"애 엄마 소식은 들어?"

"들으면 뭐하고 안 들으면 뭐하겠냐. 그렇게 갔으면 잘 살기나 하든가."

신원표는 지폐를 바지 주머니에 쑤셔 넣었다. 그는 취하면 가끔 동거녀 이야기를 했다. 동거녀가 현재 함께 사는 사내한테 손찌검을 당하고 산다는 말을 어디서 들었다는 것이다. '그 새끼', '손찌검'이라는 대목에서 술잔을 쥔 그의 손에 힘이 들어갔다.

"한진 포구에서 만났다는 그 여자, 아직도 만나?"

나는 언젠가 신원표에게 당진의 한진 포구에서 일하는 여자 이야기를 들었다. 여자는 신원표보다 두 살 많으며 한진 포구 근처 수산공판장에서 일한다 했다. 그때 그는 그녀와 곧 살림이라도 차릴 것처럼 말했다. 더군다나 그의 약지에 금반지도 끼어 있었다. 나는 금반지가 한진 포구 여자와 연관 있는 줄 알고 넘겨짚었지만 그건 아니라며 도리질을 했다.

"내 처지에 여자는 무슨."

"좀 잘해보지 그랬어."

"가진 거라곤 빚밖에 없는 나한테 어느 여자가 붙어 있겠냐고. 복권이라도 당첨되기 전에는 여자건 뭐건 관심 없어 이제. 아, 목말라."

저만치 구멍가게 불빛이 비치자 신원표 걸음이 빨라졌다. 나도 목이 탔다.

"맥주 딱 하나씩만 하고 들어가자."

신원표는 가게에 들어가자마자 캔 맥주 두 개를 들어 보였다. 나는 스낵 과자 몇 봉지와 면봉을 골라 들고 주인 앞으로 갔다.

"얼맙니까?"

"맥주는 안 혀유?"

주인 사내가 신원표가 든 맥주를 보면서 물었다.

"안 합니다."

"송 대원 너무 하네 정말, 맥주 하난데."

"신 대원이야말로 너무 하네. 작업시즌에 무슨 술이야?"

"캔 맥주 하난데?"

"그것도 술은 술이지. 조만간 내가 술 실컷 사줄 테니까 참아."

"우리가 이까짓 캔 맥주 하나 마셨다고 내일 작업에 지장 있겠어?"

"고작 캔 맥주 하나 마시고 팀장님한테 잔소리 듣고 싶어? 시즌 중에 알코올 입에라도 대면 어찌 된다는 걸 누구보다 잘 아는 신 대원이 왜 그래, 어린 애처럼. 더군다나 지금은 긴급탐사야."

"누가 그걸 몰라? 이까짓 거 안 마시면 그만이지, 설교 그만해!"

신원표는 맥주를 냉장고에 넣고 손을 탈탈 털었다.

"나는 어디 술 생각 안 나는 줄 알아? 나는 캔 맥주 하나 마시면 두 개 세 개 마시고 싶어져서 참는 거라고. 그뿐인가? 맥주 서너 캔 마시고 나면 소주 마시고 싶어져."

"알았어, 알았어. 일절만 하라고. 내가 잘못했어."

신원표는 가게 밖으로 나갔다. 맥주를 입에 대면 소주를 마시고 싶어진다는 말은 빈말 아니다. 저녁을 허술하게 먹어서인지 술 생각이 더 간절하다. 그러나 참아야 한다. 나도 그렇지만 신원표를 위해서라도 참아야 한다. 신원표는 술을 약간이라도 입에 대면 취할 때까지 마시려고 한다. 게다가 그는 취하면 평소보다 말이 많아졌다. SSU 복무 시절이나 그의 동료 이야기를 하던 예전과 달리 선장과 어장의 일꾼들과 얽히고설킨 이야기가 대부분이었다. 그들과 부대끼면서 몸싸움을 했다가 병원비까지 물어주었다는 이야기를 들을 때는 은근히 신경 쓰였다. 신원표가 누군가와 싸워서 이빨이나 갈비뼈를 부러뜨려 치료비를 물어주었다는 이야기를 할 때마다 사금파리에 가슴이 벤 것처럼 서늘했다. 그에게 술을 자제하라는 말 외에 할 말이 없었다. 그는 사람들이 그를 찾기 때문에 술을 자제하고 싶어도 자제할 수 없다고만 대꾸했다.

'어쩜 살아가다 보면 한번은 날 찾을지 몰라. 난 그 기대 하나로 오늘도 힘겹게 버틴걸…….'

어색한 분위기를 뭉개고 싶을 때는 노래가 최고다. 나는 조금 전보다 소리를 조금 더 높여 노래를 불렀다.

"송 대원도 나이가 드는 건가, 짬밥을 먹어서인가, 넉살이 좋은 건가, 많이 능글능글해졌어. 사람 기분 잡쳐놓고 노래가 나오네?"

"그럼 노래라도 해야지, 뭐하냐. 꼴랑 맥주 하나 못 마시게 했다고 기분 잡쳤어? 신 대원 맥주를 못 마셔서 기분 잡친 건 아닌 것 같은데."

나는 신원표에게 콜라 캔 하나를 건네고 내 손에 있는 콜라를 땄다. 피식! 눅눅한 공기에 콜라에서 터지는 시큼한 냄새는 그야말로 청량제다.

"그게 에스진가 워너빈가 하는 그 가수가 부른 노래라고? 그 노래 제목이 뭐냐?"

"타임리스."

"타임리스?"

"영원하다는 뜻, 뭐 그런 거겠지."

나는 건성으로 대답하며 콜라를 입에 댔다.

"영원? 영원한 게 있기는 하냐?"

신원표도 콜라 캔을 입에 대면서 웅얼거렸다.

'부디 하루빨리 좋은 사람과 행복하길 바래. 그래야만 내 마음 속에서 널 보낼 것 같아…….'

나는 콜라를 들이켠 뒤 다시 노래를 이었다. 느끼하고 허출했던 속에 탄산이 들어가니 속이 꿈틀거리는 것 같았다. 나는 'SG 워너비'가 이 노래를 발표할 때부터 좋아했다. 귀에 착 감기는 선율도 좋지만, 가사가 귀에 쏙쏙 들어왔다. 이야기는 거짓말이지만 노랫말은 진짜라는 엄마 말이 무슨 뜻인지 알 것 같았다. 영지를 사귀고부터 모든 유행가 노랫말이 내 얘기로 들렸다.

'내겐 아무리 생각해봐도 너를 사랑했던 일…….'

노래를 웅얼거리는 내 목소리는 어느덧 잦아들고 있었다. 나는 잠들기 전에 엠피쓰리를 귀에 꽂고 이 노래를 여러 번 반복해서 듣곤 했다. 특히 소울풍이 가득한 김진호 보컬의 목소리가 마음에 들었다. 그의 목소리를 듣고 있으면 모래알갱이가 가슴 속 미열을 비비는 것 같았다. 거스러미처럼 보풀지는 감정들이 모래알갱이에 비벼져 떠내려가는 것 같았다. 노래를 흥얼거리자니 홍합 국물 놓고 소주로 질펀하게 목을 축이고 싶다.

"송 대원은 이제 영지 씨와 완전히 끝났어?"

신대원이 걸음을 멈추고 나를 돌아보았다. 거리에 가로등 하나 없어 벌써 어둑하다. '난 마음을 준 대신 넌 내게 추억을 준 거야…….' 나는 다음 가사를 음미하며 콜라 몇 모금을 더 들이켰다.

"영지 씨와는 정말 연락 안 하냐고."

"안 해."

나는 걸음을 재게 걸었다.

"타임리스라며? 영원하다며?"

신원표가 뒤따라오며 소리 질렀다.

불침선

영지 부모는 처음부터 나를 썩 내켜 하지 않았다. 여느 부모처럼 그녀 부모도 딸이 조건 좋은 남자와 맺기를 바라는 건 당연했다. 더군다나 영지는 외동딸이다. 영지 부모는 내가 잠수사라서 내키지 않는다는 거였다. 나는 잠수사가 아니고 수중유물 발굴 대원이라고 말했다. 그녀 부모는 그게 잠수사와 뭐가 다르냐고 반문했다. 수중유물 발굴 대원이 잠수사와 다르지 않기 때문에 더는 대꾸를 하지 않았다. 굳이 그 차이를 언급하자면 논문 읊듯 해야 하기에 입을 다물었다.

나는 대학교 3학년 때 친구소개로 사범대학 과학교육학과에 다니는 영지를 만났다. 그때 나는 공익요원복무를 마치고 복학한 지 얼마 안 됐으며 스쿠버다이빙과 잠수를 익히느라 바쁠 때였다. 영지는 고고학에 관심을 보이며 나를 만날 때마다 이것저것

물었다. 나는 아는 한 최대한 쉽게 설명해주었고 영지는 귀를 쫑긋 세웠다. 우리는 목포해양 유물전시관에 네 번이나 갔다. 그중 두 번은 영지가 재촉해서 갔다. 영지는 유물관에 전시된 신안선이나 목제 빗, 자단목, 칠기반, 유리 비녀, 동전 꾸러미 등, 생활용품에 흥미를 보였다.

"저런 것들이 정말 신안선에서 나왔다니, 난파선이야말로 압축된 역사네."

신안선에 대해 더는 설명할 게 없을 정도로 영지는 난파선을 빨리 이해했다. 우리는 유물박물관을 샅샅이 구경한 뒤 근처 식당에서 세발낙지탕을 먹었다. 여행 전에 계획을 세운 유달산 산행은 시간에 쫓겨 한 번도 하지 못했다.

"기주 씨가 그러고 있으니 꼭 해양과학자 같아."

영지는 내가 잠수복 차림에 마스크와 헤드랜턴을 착용하고 공기탱크를 멜 때면 핸드폰으로 사진을 찍곤 했다. 내 독사진을 찍은 다음 영지는 지나가는 사람한테 핸드폰을 주고 사진을 찍어 달라 부탁했다. 내 팔짱을 낀 채 손가락으로 브이 자를 만들어 환하게 웃던 그때만 해도 그녀와 내가 가는 바닷길에는 암초도 악천후도 없으리라 믿었다. 우리가 탄 작은 돛배는 순항하리라 믿었다.

"기주 씨가 이러려고 고고학과를 나온 건 아니잖아. 이건 어부나 해녀지 무슨 탐사대원이야?"

영지는 수중유물 탐사 대원이 됐을 때부터 내가 하는 일을 마냥 반기지는 않았다. 아니, 대놓고 못마땅해했다. 발굴 시즌이 시작되면 일 년 중 반 이상을 현장에서 보내야 하는 대원들은 잠수복 아니면 작업복 차림이었다. 제토작업과 유물 정리를 하다 보면 작업복과 얼굴은 흙탕물로 얼룩질 수밖에 없었다. 현장이 외진 곳이면 귀가는커녕 외출도 제대로 못 하고 씨뮤즈호에서 지내야 했다. 좁은 선실에 대여섯 명이 얽혀 지내다 보면 짐승 우리가 따로 없었다. 빵이나 음료로 끼니를 때우는 건 예사고 잘 먹어야 컵라면이나 김밥 정도였다. 씻지도 못해 몰골은 말이 아니었다. 영지는 내 꼴이 해녀나 어부와 하나도 다르지 않다고 했다. 물질이나 하려고 고고학을 공부했느냐고 정색해 따지기도 했다.

"어부? 해녀? 고작 몇 년 잠수한 걸 갖고 어부나 해녀 경지에 다다르면 걱정도 안 해. 특별한 장비 없이 수십 미터 물 밑으로 가서 해산물을 따오는 해녀들은 우리들과 차원이 다르게 뛰어난 잠수사들이야."

영지는 해녀가 물에 풍덩 뛰어들어 조금 깨작이다 전복을 따오고, 어부가 그물만 던지면 물고기와 조개들을 건져 올리는 줄 알았다.

"기주 씨도 고고학과 나온 다른 사람들처럼 박물관 같은 데 취직하면 안 돼?"

"난 수중고고학도야. 수중유물을 발굴하려면 바다에 처박혀 살아야 해."

"나도 기주 씨가 카메라를 들고 입수해서 해저를 촬영하고 사진을 찍는 그런 것들이 멋있었어. 그런데 기주 씨가 늘 바다에 잠기는 일을 한다고 생각하니 겁이 나. 난 기주 씨가 고고학도라서 좋아했다고!"

"수중 고고학도도 고고학도야. 나는 바다에서 일하는 게 천성에 맞아. 내가 이런 일 말고 다른 일을 한다는 건 상상도 안 돼. 좀 좋게 생각해봐, 그러면 너도 마음이 바뀔 거야."

나는 하나 마나 한 말을 했다. 그 무렵 영지는 부모한테 맞선을 보라는 독촉에 시달렸고 나는 영지한테 수중탐사를 그만두라는 닦달을 자주 받았다. 나는 수중유물 발굴을 포기하지 않을 거라고 못을 박았지만, 영지는 막무가내였다.

"육상고고학도들에겐 산과 구릉이 그들의 일터야. 육상고고학도들도 삽이나 괭이 들고 땅 파고 무덤 파. 어차피 고고학도들의 현장은 노가다 현장과 다름없어."

"차라리 삽이나 괭이를 들고 진짜 노가다를 해."

"억지 그만 부려. 난 영지 네가 무슨 일을 하든 상관하지 않을 테니까 너도 내가 하는 일을 그냥 지켜봐 주면 안 되겠냐?"

"내가 할 말이야. 기주 씨가 잠수만 안 하면 무얼 하든지 다 봐줄게. 제발 수중유물 발굴, 그런 일 좀 안 할 수 없어? 도대체 기주 씨는 고고학도야, 잠수부야?"

고고학도와 잠수부 사이에 있는 나를 무엇이라 일컬어야 할지 얼른 생각나지 않았다. 그러나 오래 생각할 것도 없었다. 고고학도와 잠수부를 아우르는 직업이 바로 수중유물 발굴 탐사대원이다.

"나도 이래저래 알아봤다고, 잠수사고는 그 자체가 죽음이래, 죽음."

나는 동기 최의 죽음을 영지에게 말한 적 없지만, 영지는 최의 죽음을 알고 있었다. 당시 언론에서 최의 죽음을 제법 크게 다루었다. 인재냐 재해냐를 두고 공방을 벌이다가 끝내 잠수의 한계가 거론되었고, 한 방송사는 해군과 해양 조난구조대원들의 잠수를 밀착 보도를 해 방영했다.

"운전하는 사람들이 전부 자동차 사고 내는 건 아니듯이 잠수한다고 전부 잠수사고 나지는 않아."

나는 영지의 불안감을 덜어주려 애를 썼지만, 그녀는 아예 내 말을 들으려고도 하지 않았다.

"기주 씨가 잠수하는 것만 포기한다면 내가 우리 부모님을 설득해볼게. 해양유물전시관 안에서 얼마든지 일할 수 있잖아."

영지는 시간이 흐를수록 나를 설득하려고 했고, 나는 점점 수중유물 탐사가 흥미진진해졌다. 언제부턴가 영지는 내 전화도 잘 받지 않았다. 영지가 내게 멀어져간다는 걸 느낄수록 평생 나와 함께 하겠다던 영지의 약속이 새록새록 떠올랐다.

십여 년 전, 우리는 영화 〈타이타닉〉이 개봉되자마자 영화관으로 갔다. 그때 나는 대학교 4학년이었고 졸업논문 준비로 한창 바빴다. 내 논문 소재는 신안선으로 본 12세기 중국 도자기모형에 관한 것이었다. 나를 수중 고고학도로 이끌었던 신안선은 늘 내 품에 잠겨 있었다. 자료조사차 도서관을 찾아다니느라 바빴지만 〈타이타닉〉 영화부터 봐야 했다. 〈타이타닉〉은 1912년 4월 10일 영국 사우스샘턴 항구를 출발해 뉴욕으로 가던 중 4월 14일 북대서양에서 빙산과 충돌해 침몰했다는 내용을 실화를 재구성해 만든 영화다. 2천 2백여 명의 승객 중에 7백여 명만 구조되고 나머지는 죽었다. 타이타닉호는 침몰 73년 만에 영국 해양탐험가 밥 발라드에 의해 발견되면서 세상의 주목을 받았다. 당대의 혁신적인 기술로 만들어진 타이타닉호는 이중바닥에 16개의 방수격실이 있는 초호화여객선이었다. 축구 경기장 세 배 크기라고 했지만, 그 규모가 어느 정도인지는 상상되지 않았다.

타이타닉호는 절대 바다에 가라앉지 않는다고 하여 'The Unsinkable'이라는 별명까지 붙었다. 이른바 '불침선不沈船'이다. 영화는 생존자의 증언을 토대로 철저한 고증 끝에 연출됐다. 두 남녀주인공의 사랑 이야기를 펼치면서 배 구석구석을 보여주었다. 요리실의 접시나 상등석의 화려한 인테리어 등, 볼거리가 풍성했다. 으리으리한 레스토랑과 화려한 객실과 갑판, 상류층의 옷차림과 소품 등은 타이타닉이 초호화여객선이라는 걸 입증하고도 남았다. 잭과 로즈의 사랑 이야기는 허구이지만 군상들의 모습은 생존자들의 증언에서 구상된 이야기라 했다. 삼등실의 승객 잭과 귀족 출신의 부자약혼자인 로즈와의 신분을 뛰어넘는 사랑 이야기는 진부했지만 배우들의 연기가 진부함을 덜어내 주었다.

불침선이라는 별명에 맞지 않게 타이타닉호는 빙산에 부딪혀 서서히 가라앉았다. 타이타닉호는 불침선이라는 자부심 때문인지 구명보트도 양껏 준비되어 있지 않았다. 구명보트는 승객 반도 태울 수 없을 정도로 부족했다. 결국, 여자와 아이들 우선으로 구명보트에 탔다. 침몰 중인 배에서 승객들이 보이는 반응은 각양각색이었다. 극한에 다다랐을 때 인간이 드러내는 행동들은 시공을 초월해 똑같았다. 자기에게 주어진 구명조끼를 기꺼이 아녀자한테 양보하는 사람도 있었지만, 대부분의 사람들은 서로 구명조끼를 갖겠다고 난리였다. 의연하게 죽음을 맞는 신사와 침몰 직전까지 음악을 연주하는 악단들은 인상적이었다. '여러분, 영국인답게 행동하시오!' 선장이 외치는 말은 지금도 귀에 쩌렁하다.

잭은 로즈를 보트에 태우고 자신은 침몰하는 배에 남았다. 로즈를 태운 구명보트가 잭과 멀어지는가 싶었는데 로즈는 잭이 머문 타이타닉호에 뛰어들었다. 죽어도 함께 죽겠다는 사랑의 맹세였다. 그 와중에 시간은 초조하게 흐르고 결국 타이타닉호는 두

동강 났다. 구조되지 못한 사람들은 바닷물에 부려졌다. 잭은 둥둥 떠 있는 얼음 조각에 로즈를 태우고 자신은 바다에 잠겨 죽었다. 살아남은 로즈는 팔순이 넘었다. 그녀의 회고로 진행된 타이타닉호 이야기도 서서히 막을 내렸다.

"나 같아도 잭과 끝까지 함께 했을 거야."

영화관을 나오면서 영지는 내 팔짱을 끼었다. 나는 '내 인생 최고의 행운은 타이타닉호 배 티켓을 거머쥔 거야' 라고 말하던 잭 대사를 떠올리고 있었다. 내일이 없는 떠돌이 화가로 사는 잭이 포커도박으로 딴 돈으로 초호화여객선 삼등석 칸이라도 마련했으니 그만한 행운도 없을 터였다. 나는 잭이 며칠 후에 비극이 닥쳐올 줄 알았다면 그딴 말을 했을까, 잠깐 상상했다. 나는 영지를 만난 걸 인생의 행운이라 생각하면서 내 팔에 감긴 그녀 팔에 살짝 힘을 주었다.

"아무리 최첨단기술로 만들어진 배라도 악천후는 피할 수 없잖아? 근데 어떻게 타이타닉호를 불침선이라고 당당하게 말하는지 그게 조금 의아했어. 기주 씨, 정말 불침선이 있어?"

우리는 영화관에서 나와 식사를 했다. 영지는 영화의 감흥에서 깨어나지 못한 것 같았다. 그녀 말대로 아무리 첨단기술로 만든 배라도 악천후나 빙산과 암초를 만나면 사고를 면하기 어렵다. 나는 배가 악천후를 얼마나 잘 피하느냐, 빙산과 암초 지점을 어떻게 잘 피해 가느냐의 차이가 있을 뿐 불침선은 없다고 대답했다. 영국이 심해 4천 미터까지 내려가 침몰선인 타이타닉을 감지하고 인양할 수 있는 첨단 장비를 갖춘 게 부러웠을 뿐이었다. 우리 유물단에도 그런 장비가 갖추어져 있다면 대원들이 좀 더 마음 놓고 잠수할 수 있을 거였다.

타이타닉은 세계의 주목을 받지만, 우리나라의 침몰선에는 세계는커녕 우리나라 사람들조차 잘 알지 못했다. 타이타닉호든 신안선이든 거북선이든 바다에서 풍랑을 만나 난파됐다는 사실은 같았다. 재해 앞에 속수무책인 것은 초호화선이든 작은 나룻배든 같았다.

"타이타닉 배는 인양하면서 유물은 왜 인양하지 않고 그대로 둔 거야?"

영지는 식당을 나와 찻집에 가서도 계속 타이타닉 이야기를 했다. 유물은 유가족이 희생자의 무덤처럼 수장되기를 바랐기 때문이었다. 타이타닉 인양 독점권을 가진 여객선 회사인 RMS에서도 유가족 의사를 존중해 수장된 유물은 인양하지 않았다. 여객선 회사에서도 유골 대신 유품이라도 수장되어 있기를 바란 유가족 의사를 간파한 것이었다. 현재 알려진 타이타닉 유물들은 타이타닉 선체에서만 나온 물건들이지 해저에 깔린 걸 인양한 것은 아니다. 인양한 타이타닉호에서 나온 물건은 당대 삶을 알 수 있는 귀중한 유물이라는 것은 내가 따로 말할 필요는 없었다. 난파선이야말로 압축된 역사라는 영지의 생각은 틀리지 않았다.

그리스 고대 청동이 손상 없이 그대로 보존될 수 있었던 것도 바다에 수장됐기 때문이었다. 육지 어딘가에 있었다면 로마 권력자들 손에 들어갔을 것이었다. 그랬더라면 전쟁의 약탈 과정에서 벌써 파괴되었을지도 몰랐다. 타이타닉호 유가족들이 유족의 물건을 인양하는 걸 반대한 이유도 자연의 역습이 인간의 횡포보다 훨씬 낫다는 생각이 깔렸기 때문일지 몰랐다.

영지뿐만이 아니었다. 타이타닉 영화가 개봉된 뒤부터 사람들은 타이타닉호를 궁금해했다. 타이타닉호가 침몰한 정확한 원인을 밝히기 위해 뛰어든 해양탐험가도 나날이 늘었다. 내가 고고학을 배우면서 달라진 게 있다면 단정적인 말투를 쓰지 않는 것이었다. 무엇보다 영원한 건 없다는 말 따위는 함부로 하지 않았다. 세상에 영원한 건 없다. 그리고 불침선은 없다. 모든 것은 추정과 가늠으로 짐작만 할 뿐이다. 영원할 것 같았던 권력이 바스러진 돌로 남는다는 것을 잘 보여준 게 로마와 그리스 유적지다. 세계에서 가장 큰 배이며 가장 튼튼하다고 지은 타이타닉이 첫 항해에서 난파되리라고 누가 감히 상상이나 했을까.

"기주 씨, 우리가 탄 배는 불침선이겠지? 우리가 탄 배는 어떤 암초도 비바람에도 좌초되지 않겠지?"

영지 어투는 유치해서 오글거렸다. 영원히 가라앉지 않는 배는 없다는 내 말이 끝난 지 몇 분도 채 되지 않았는데 영지는 불침선을 들먹였다. 우리가 탄 배는 암초도 비바람도 맞지 않았는데 언제부턴가 우리의 배는 가라앉고 있었다. 아무리 애를 써도 가라앉는 배를 어쩌지 못했다.

"전화가 왜 그렇게 안 돼?"

언젠가 업무를 마치고 통화했을 때였다. 영지는 나와 통화가 되지 않는다는 불평을 자주 했다. 현장에 있을 때면 전화를 받지 못한다는 걸 그녀도 잘 알았다. 잠수복을 입었다 벗었다 하고 바지선이나 씨뮤즈호를 들락거리며 장비와 인양유물 처리에 바쁜 대원에게 핸드폰은 방해물이었다. 그래서 나도 다른 대원들처럼 핸드폰을 선실 안에 두고 작업할 때가 많았다.

나는 휴식 때마다 핸드폰을 확인했다. 부재중 전화는 거의 영지한테서 온 것이었다. 나는 영지한테 전화가 와 있든 없든 그녀에게 전화했고, 잠들기 전에는 무조건 전화를 했다. 잠들기 전에 영지와 통화하는 때가 하루 일 중에 가장 행복한 순간이었다. 영지는 그날 일과를 시간대별로 들려주곤 했다. 나는 그녀의 일과를 너무나 잘 꿰고 있었지만, 잠자코 들어주었다.

그녀가 동료 교사들과 호프나 카페에서 시간을 보냈다는 이야기를 할 때면 시끌시끌하고 커피 냄새 그윽하게 풍기는 장소들이 그리웠다. 흙탕과 짠물에 절어 지내는 생활을 청산하고 영지가 누리는 곳으로 가고 싶은 충동이 없었던 것은 아니었다. 몇 되지 않은 동료들과 나누는 빤한 대화, 빤한 신경전이 반복되는 탐사현장이 지루했지만, 그딴 말은 영지한테 하지 않았다. 아침에 출근하고 저녁에 퇴근하는 박물관이나 미술관 같은 곳에서 일하는 동료나 선후배가 부럽다는 생각을 안 한 것도 아니었다. 영지와 통화를 하거나 통화를 끝냈을 때 그런 생각들이 더욱더 많이 들었다. 그러나 다음날 수중에 들어가면 전날 품은 생각들이 스르르 녹았다. 수장된 것들이 내 손짓을 기다리는 것만 같았다. 내 부름을 기다리는 난파선을 생각하면 나도 모르게 발길질이 빨라졌고 거세졌다.

"바쁜 일이 좀 있어서."

재작년부터 영지 전화는 뜸했고, 그녀는 내가 전화해도 거의 받지 않았다. 우리는 군산 야미도 발굴이 마무리되는 대로 결혼하기로 했지만, 그 계획이 물거품 되리라는 예감은 떨쳐 지지 않았다. 나는 일 년 중 반 이상을 섬에서 보내기 때문에 서울에 있는 영지와 만나는 게 쉽지 않았다. 열흘에 한 번꼴로 순번을 정해 억지휴무를 하지만 내 휴무 때 영지는 학교에서 행사가 있거나 회식이 있다고 했다. 여느 때라면 영지가 방학 때 내 현장에 왔지만, 점점 그런 일은 뜸해졌다.

"어제도 맞선을 안 본다고 했다가 엄마와 싸웠어. 기주 씨, 이제 부모님 설득하는 거 지쳤어. 선택해, 나야, 잠수야?"

영지는 재작년 여름에 내 작업현장인 야미도로 찾아왔다. 개학 막바지쯤이었다. 나는 제토작업을 하다가 그녀를 만나러 나갔기 때문에 몰골이 엉망이었다. 그 차림으로 멀리 갈 수도 없었고 그럴 시간도 없었다. 우리는 야미도 선착장 근처로 나갔다.

"부모님은 잘 계시지?"

나는 잠수도 영지도 포기할 수 없다는 대답 대신 그녀 부모 안부를 물었다.

"선택하라고! 나야, 잠수야?"

"개학하면 또 바쁘겠네?"

"대답하라고!"

영지 말투는 짱돌이 섞인 것처럼 옹골찼다. 그녀는 나를 만날 때마다 학교 애들 이야기, 교사 이야기 등을 늘어놓았지만 그런 이야기는 전혀 하지 않았다. 나는 어색한 분위기를 메우려고 이야깃거리를 찾았지만, 현장에서 인양한 유물 이야기 말고는 할 말이 없었다. 어둡기 전에 서울 들어가야 한다며 자리를 박차고 일어나는 영지에게 저녁이라도 먹고 가라는 말도 나오지 않았다. 나는 영지한테 말 붙이는 것조차 주춤거려졌다.

"마지막으로 물을게. 나야, 잠수야?"

나는 여전히 대답할 수 없었다. 그건 오엑스문제가 아니었다. 동전을 굴려 자장면이냐 짬뽕이냐를 선택하는 문제도 아니었다. 둘 중 하나만 고르면 되는데 어려웠다. 내가 수중고고학에 청춘을 걸었다는 것을 누구보다 영지가 잘 알았다. 나는 영지와 잠수를 동일 선상에 놓고 무게를 잰 적 없었다.

"나야? 잠수야?"

영지와 잠수, 그 모두는 내게 하잠 줄과 공기탱크만큼 소중했다. 영지는 기어코 그녀와 잠수 중 하나를 선택하라고 윽박질렀다.

"나야? 잠수야?"

그것은 영지가 내게 질문한 게 아니라 그녀가 나를 단념하겠다는 절규였기 때문에 나는 아무 대답도 하지 않았다. 그때나 지금이나 나는 영지도 잠수도 포기하지 않았다. 그러나 영지는 썰물처럼 빠져나갔다.

인류에겐 아가미가 없다

3일간의 긴급탐사가 끝나자, 팀장 핸드폰에 불이 났다. 태안 대섬에서 청자 수십 점이 발견됐다는 소식은 방송사마다 특보로 다루었다. 팀장은 대원들이 유물을 발굴하는 장면을 취재하겠다는 기자들 전화를 쉴 새 없이 받았고 그를 거절했다. 팀장은 전화기를 끄고 켜기를 반복했지만 그게 오히려 전화기에 더 매달리는 것 같다면서 켜놓았다. 그 사이 박사가 야미도 작업이 마무리되어가고 있다는 소식을 전해왔다. 긴급탐사가 끝나자 팀장은 계획대로 마농에게 야미도로 가라고 지시했다. 가뜩이나 대원이 부족한데 두 팀으로 쪼개져 팀장 머리가 복잡할 것은 뻔했다.

"임 대원, 수고 많았어. 자네 덕분에 긴급탐사도 무사히 끝냈어. 자네는 일단 야미도로 가서 이 대원과 손발 맞춰 현장정리 하라고. 야미도에 한 대원과 이 대원한테만 맡겨두니 불안해. 이 대원은 마무리가 다 되어간다고 하는데 그쪽 일이 자꾸 지연되는 것 같아."

팀장이 마농 어깨를 쳤다. 마농은 입을 꾹 다문 채 차에 올라탔다. 그는 운전석 뒤에 앉아 가방을 품에 꼭 안고 정면을 응시했다. 김태완은 이번에도 현장 기사 노릇을 자청했다. 계획대로라면 마농이 야미도로 떠나고 그 자리를 박사가 와서 메워야 했지만, 팀장이 아직 '태안 프로젝트'를 짜지 않았기 때문에 박사를 미리 오게 할 필요는 없었다.

"이번에도 임 선배가 치고 나가지 않았다면 짧은 시간에 깔끔하게 처리하지 못했을 겁니다."

나는 떠나는 차 꽁무니를 보면서 말했다. 그의 공과를 대차대조표로 작성한다 해도 공이 훨씬 많은 것은 사실이다. 마농의 괴팍한 성미 때문에 그의 공이 묻히는 감은 있었다. 잘한 건 잘했다고 해야 한다. 대원들도 마농의 날렵함과 물속에서의 치밀한 동작은 누구도 따라 할 수 없는 경지라고 치켜세웠다. 탁도가 흐려 시야가 나오지 않은 데다 물살까지 센 데도 불구하고 수색지대를 정확하게 찾아 유물을 발굴하고 인양까지 했던 마농은 이 바닥에 꼭 필요한 일꾼이라는 걸 또 한 번 느꼈다. 잠깐의 방심에도 대형 사고가 생기는 곳이 잠수현장이다. 마농은 그 흔한 잠수사고 한 번 나지 않았다.

"임 대원 잠수 실력이야 천하가 아는 거고. 저 성질만 조금 누긋하면 금상첨화지, 허허허."

공자가 너털웃음을 지었다. 나는 마농이 평소에는 가시덤불이지만 물속에서는 새순처럼 부드러워진다고 대꾸하려다 관두었다. 물속이 사람을 순화시킨다는 걸 나까지 나서서 굳이 보탤 필요는 없었다. 넓고 고요한 세계에 잠입하면 무언극의 주인공이 됐다. 마농은 무언극의 주인공 역할을 잘 해냈다. 바닷속에서만 느낄 수 있는 신비감이 없다면 잠수할 수 없었다. 잠수는 인공장비라는 아가미로 호흡을 하지만 뽀글거리는 물소리가 들리면 마음의 지느러미가 순하게 숨을 쉰다.

"팀장께서도 촬영장면을 보셨다시피 현장에는 깨진 청자가 많았습니다. 청자 운반선이 침몰할 때 깨졌겠지요."

마농이 떠난 오후 대원들은 모두 바지선에 둘러앉았다.

"그러게, 나도 그 장면을 여러 번 돌려 봤어. 이번 태안 발굴은 시일이 오래 걸리겠는데? 프로젝트를 잘 짜야겠어. 태안에서 뭔가 큰 게 발견될 것 같아."

"식당 개 삼년이면 라면을 끓인다는데, 이 바닥 짬밥 삼년인데 딱 보이 알겠네예. 이건 고려 왕족이나 귀족들에게 진상되는 최고급 청자가 틀림없습니더. 팀장 말씀대로 여기에 큰 게 빠져 있을 것 같습니더."

김태완이 청자 접시 한 점을 들고 요리조리 살폈다. 바지선에 널브러진 청자들은 야미도에서 발굴한 청자와는 태깔과 문양이

달랐다. 힘들게 잠수를 했기에 인양한 것들이 최상품으로 보이는 것은 당연했다. 대원들이 인양한 것들은 모두가 국보급이어야 하고 보물이어야 했다. 임금이나 고위관료들만 청자를 쓴 게 아니라 서민들도 사용했다. 고려 때 도공 그릇은 당연히 청자였다. 보령도에서 인양한 청자 중에 그런 청자가 많이 인양됐다.

"촬영한 장면을 보니까 갯벌이 엄청 많던데요. 진흙 제거만 하는 데만 며칠 걸리겠는데요."

"그거야 뭐 에어 리프트가 확 빨아 당길 거고. 현장은 날씨가 받쳐주는 대로, 순리대로 하면 돼. 우선은 기자들을 막아야 돼. 조금 전에도 KBS 역사스페셜 피디한테 전화가 왔는데, 한국 수중고고학의 미래라는 제목으로 우리 탐사대를 다루고 싶다고 하네? 잔잔한 물에 파문 내지 말라고 잘랐어. 작업 중에 기자 나부랭이들이나 방송쟁이들이 얼씬거려서 우리한테 좋을 거 하나도 없어. 현장에 그런 치들이 어슬렁거려도 신경 쓰지 말고 일에만 집중하라고. 기자들이 말을 시킨다고 대답 척척 하지도 말고. 말꼬리 잘못 잡히면 해명하느라 우리가 되려 기자 찾아다녀야 해."

팀장은 바지선 철대에 걸린 셔츠를 입었다. 그의 셔츠에 땀내가 진동했다. 나는 기자들이 묻는다고 척척 대답할 만큼 아직 이 현장에 대해 아는 게 없다. 나뿐 아니라 대원들도 설령 현장에 대해 안다고 하더라도 기자들을 상대할 시간이 없다. 이 바닥도 야비위꾼 기질이 없으면 버티지 못한다. 미끼와 덫을 피할 줄 모르면 구설수를 오지랖에 싸고 살아야 한다.

"와아 송 대원, 아직 안 죽었는데? 오랜만에 잠수했는데도 1, 20분 안에 이 모든 것을 촬영했으니 대단해."

공자가 청자 대접 굽바닥에 입김을 불어 넣으며 나를 힐끗 보았다. 말라붙은 진흙을 무르게 하려면 입김보다 물걸레가 빨랐지만 손닿는 곳에 걸레가 없어 나는 물티슈를 공자에게 건넸다.

"임 선배가 수색지대를 빨리 찾아서 촬영할 여유가 많았습니다."

박사보다 마농이 긴급탐사에 투입된 게 잘 됐다고 하려다 말을 돌렸다. 우리 대원 중에 잠수해서 1초를 10분처럼 유용하게 쓰는 이는 마농 뿐일 것이다.

"저도 올해부터는 본격적으로 잠수해야 되는데 선배님들 마이 도와 주이소."

김태완이 머리를 쓸면서 말했다. 그는 이물질제거를 한 청자를 두꺼운 종이에 둘둘 말았다.

"김 대원은 부산의 물개 아닌감, 허허허."

"물개는 무슨예. 이제부터는 잠수 수당까지 받게 되는데 수당 가치는 해야지예. 선배님, 요새는 잠수 수당은 얼맙니꺼?

"잠수 수당 5만 원, 승선 수당 2만 원."

내가 대답하려는데 팀장이 나섰다.

"아직도 5만 원입니꺼. 참 너무하네예. 잠수 한 번이라도 해

보면 수당을 그리 적게 측정하지는 못할거라예."

"잠수 수당 올려주기 바라는 것보다 인간에게 아가미 달아달라고 용왕님께 비는 게 빠를걸?"

수중고고학이 일찍부터 발전된 유럽에서는 일찌감치 잠수하는 것부터 연구했다. 잠수부들이 고통을 받자 소르본대학 폴 베르 교수가 기압력에 대한 연구발표를 했고, 잠수부들이 수중 압력 아래서 호흡을 할 때 혈액 속에 녹아든 가스가 그들을 고통스럽게 한다는 걸 밝혀냈다. 폐로 숨을 쉬는 한 인간이 수중에 머무는 시간이 한계가 있음을 제대로 증명해낸 발표였다.

수중고고학이 나아갈 길은 음파탐지기나 장력 장치를 개발하는 것보다 잠수부들의 건강부터 연구하는 게 우선이었다. 잠수부들이 목숨을 담보로 잠수한다는 걸 알았던 그들은 잠수부를 위한 법도 만들었다. 비잔틴제국의 법전에는 잠수부가 수심 15미터 이내에서 인양한 유물 삼분의 일은 잠수부가 가지고, 수심 27m까지 내려가서 인양한 유물은 이분의 일을 잠수부가 갖도록 규정했다. 또한, 잠수부가 하루에 5분씩 두 번 이상 입수하지 못하게 법으로 규정한 나라도 있었다. 잠수부를 보호하고 아끼는 것만이 선대의 유물을 세상에 빛을 보게 하는 길이라는 것을 그들은 일찌감치 알았던 것이었다.

"그러니까 김 대원도 아직 늦지 않았으니 잘 생각하라고. 아니다 싶으면 빨리 포기해버려. 나처럼 뻘탕에 빠져 오도 가도 못 하는 신세 되지 말고."

팀장은 생수 뚜껑을 비틀었다.

"난들 이런 데 발목 잡혀 살게 될 줄 알았겠어? 내가 문화인류학과에 갔던 이유는 세파를 등지고 저 이집트나 황하 유역을 돌며 답사나 하면서 살려고 했는데. 내가 이런 데서 이러고 있을 줄 누가 알았겠느냐 말이지."

팀장은 생수를 벌컥벌컥 들이켠 뒤 말을 이었다.

"해양유물전시관에 수중유물 발굴과를 만들어놓고, 수중유물 발굴과 대원들 힘으로 유물을 발굴하고 인양할 수 있는 경지까지 만들어놓고 때려치우려고 했는데."

팀장은 목에 걸쳐진 수건으로 입가에 흘러넘친 물을 닦았다. 그가 해양유물전시관에 왔을 때도 수중발굴은 해군 특전사가 도맡았다. 어민들이 유물신고를 해올 때마다 관은 급히 해군에 연락했다. 현장을 알려주면 그리드를 치고 발굴과 인양까지 거의 해군 특전사가 했다.

"위기가 기회였지."

해군들이 유물발굴에 손을 떼기 시작한 지는 연평해전 이후부터였다. 2002년 한일월드컵이 한창 진행 중이던 6월 29일, 우리나라 축구팀이 터키 축구팀과 3, 4위 결정전을 벌이고 있을 때 북한 경비정이 북방한계선을 침범해 폭격하는 바람에 해군 여섯 명이 전사하고 19명이 부상했다. 그때 나는 관에 갓 입사한 신입이었다.

연평해전이 발발했던 당시 우리는 군산 비안도 2차 발굴 작업을 하고 있었다. 잠수사도 장비도 많이 모자랄 때였다. 팀장은 해군에게 도움을 요청했지만 거절당했다. 해군은 연평해전으로 침몰한 고속정 인양작업에 여념 없을 때라 도움을 요청해도 응해줄 입장이 아니었다. 팀장도 해군 측 입장을 충분히 이해했지만 거절당하고 보니 자존심이 상하더라는 것이었다. 수중유물 탐사대원들이 너무 초라하고 무능해 보여 괴로웠다고 했다.

"그때 해군한테 냉대를 안 받았다면 지금 탐사대원은 없었을 거야. 그 덕에 잠수대원들도 많아졌지. 뭐 그래도 아직 해군 도움을 받고 있지만 말이야."

팀장은 신원표와 공자를 힐끗 보았다.

"해양유물전시관 직원들 뽑을 때 고고학과니 문화인류학이니 하는 그따위 학과 출신을 우선으로 뽑는 거, 소용없어. 학벌도 뭐도 필요 없어. 그냥 신 대원, 박 대원처럼 잠수만 잘하면 돼."

"임 선배도 맨날 팀장님과 똑같은 말 합니더. 임 선배 보면 해병대 출신 표가 딱 난다 아입니꺼. 저도 임 선배가 워낙 빡세게 잠수 훈련을 시키는 바람에 해병대 잠수대원이 다 됐다 아입니꺼."

"임 대원이 대원들 잠수 훈련시킨다고 수고 많이 하지. 암튼 해양유물과 관련된 일은 해군을 빼면 일이 안 되는 건 사실이야.

곳곳에 해양경찰들이 배치되어 있으니까 우리가 오리발을 편하게 파닥거리는 거 아니겠어?"

팀장은 탐사대원들 힘으로 유물수색과 인양하는 걸 보여주고 관을 떠나려 했지만, 뜻대로 되지 않았다. 그의 발목을 잡은 건 탐사대원 곽희철의 잠수사고였다. 곽희철은 내 입사 동기였다. 그는 마농의 강압적인 훈련을 못 견뎌 했다.

"지금이라도 안 늦었어. 내 말이 고까우면 당장 때려치우고 떠나!"

마농은 잠수 훈련 때마다 곽희철을 모질게 몰아세웠다. 곽희철은 다른 신입과 달리 마농의 언행을 아니꼬워하고 반항적으로 대처 했다. 마농에게 잠수 훈련을 받은 대원들은 하나 같이 그의 가혹한 훈련방식에 불만을 드러냈다. 그러잖아도 매사에 직설적인 곽희철은 마농의 욕설과 거친 행동을 참지 않았다. 마농은 잠수 훈련을 시킨답시고 수중에서 숨을 쉬지 못하게 한다거나 억지로 물을 먹이는 것도 서슴지 않았다. 곽희철은 입에 들어간 물을 마농 얼굴에 뱉는 등, 과격하게 반응했다. 둘의 신경전은 살벌했다.

"우리에겐 아가미가 없어. 빤한 사실을 대원들이 까먹고 잊는 것 같아. 아가미도 없는 인간이 건방지게 물고기처럼 바닷속을 쀨쀨거리겠다고 마음먹는 자체가 오만방자한 짓이지. 아가미가 없으면 물속에서 살아남는 법부터 배워야 할 거 아냐? 물속이 아니라 전쟁터라고 생각하고 뛰어들어야 한다고, 알아?"

내가 봐도 마농이 유독 곽희철한테 더 거칠게 몰아붙이는 것 같았다.

"씨발, 여기가 해병댄 줄 아나, 해병댄지 개병댄지 똥폼잡을 데가 없어서 이런 데서 비비고 지랄이야."

곽희철은 마농한테 잠수를 배우기 싫다며 민간잠수를 찾아다녔다. 그는 잠수 과외를 받았다. 현장에서도 모르는 게 있으면 공자한테 물었다. 곽희철은 보령도에서 공자와 한조로 입수했다. 어느 날 그는 출수하자마자 바지선에 드러누워 두통을 호소했다. 마농이 감압실로 데려가려고 일으켜 세우던 중 의식을 잃었다. 병원에 입원했지만 며칠째 의식이 돌아오지 않았다. 그는 질소 마취에서 깨어나지 못했다. 곽희철이 질소 마취에서 쉬이 깨지 못한 이유는 흡연 탓이었다. 잠수에 흡연은 치명적이었다. 팀장이나 마농은 곽희철을 볼 때마다 담배를 끊으라고 했다. 그는 끊었다고 했다. 그러나 그는 대원들 몰래 담배를 피웠던 걸로 드러났다.

그때부터 팀장은 대원들에게 잠수 훈련을 더 혹독하게 시켜야겠다고 다짐했다. 잠수 안전수칙 중에 금연을 제 일 순위에 두었다. 신입 수중유물 발굴 탐사 대원을 뽑을 때 흡연자는 지원 자격이 주어지지 않는다는 소문이 돌았다. 폐가 망가지면 잠수가 어렵기 때문에 대원들의 금연은 아무리 강조해도 지나치지 않았다. 팀장은 마농에게 대원들 잠수교육을 더 혹독하게 훈련시키라고 명령했다. 마농은 팀장 명령이 떨어지기 전부터 독하게 훈련시켰다.

"김 대원, 해양대학교에는 수중발굴학과나 뭐 그런 비슷한 학과는 없나?"

공자가 김태완에게 물었다.

"없습니더. 그라고 보이 해양대학교에 수중발굴학과가 있으면 딱이겠네예."

"아니면 고고학과에 잠수자격증 소지를 필수로 하든지."

신원표가 말했다.

"그것도 좋겠네예. 우리나라 대학에는 왜 수중고고학과가 없는지 모르겠네예. 교육받으러 가면 천날만날 하는 소리가 우리나라는 수중고고학이 미개척 분야라서 비전이 좋다고 하면서 그걸 제대로 가르치는 기관이 없다는 게 이상하지 않습니꺼. 그러니까 방법은 딱 하나! 우리 관에서 유물발굴 탐사과를 설치해 잠수사를 뽑아야지예."

"잠수 대원들은 잠수만 해도 힘들어. 수중발굴과 직원처럼 실측이니 촬영이니 하는 업무까지 잠수사들이 해야 한다면 잠수 대원 중에 누가 해양유물전시관에 입사하려고 하겠냐 말이지."

"솔직히 바다 참 무섭다 아입니꺼. 저 속에 들어가서 몇십 분 있다가 나오는 게 장난입니꺼? 오죽하면 잠수사들은 생명보험 가입도 안 되겠습니꺼. 우리 수중유물 탐사대원들도 생명보험 가입 안 됩니더. 잠수를 하기 때문이라 하더라고예."

수중유물 발굴 탐사대원들이나 잠수사들은 생명보험 가입도 되지 않을 만큼 극한직업군에 속하는 것은 사실이었다.

바라옵건대

“앗따 오늘은 내가 관장님 전화 받느라 하루 다 가버리게 생겼네.”

팀장은 핸드폰 벨이 울리자 코팅 장갑을 벗고 수신 버튼을 눌렀다. 점심 식사를 끝낸 우리는 바지선에 모여 안전기원제에 대해 이야기하고 있었다.

“안전기원제를 지내든 어쩌든 여기 일은 여기서 알아서 하겠습니다.”

전화를 받는 팀장 말투는 뻣뻣했다. 수중유물 발굴과에서는 새로운 발굴 현장이 생길 때마다 안전기원제를 꼭 지냈다. 팀장이 오늘 관장과 통화한 내용을 들은 대로 추측하면 관장은 안전기원제를 지내지 말라는 것이었다. 야미도 현장도 마무리하지 못했는데 새 현장이 갑자기 꾸려지니 어수선했다. 안전기원제 지낼 시간을 아껴 유물발굴 하나라도 더 인양하라는 게 관장의 바람이었다. 팀장은 발굴이 더디고 유물 인양을 덜 하더라도 안전기원제만큼은 무조건 지내야 한다는 주장을 굽히지 않았다.

예전 관장과 달리 이번에 새로 온 관장은 실무를 중요시했다. 바다에서 빠져 죽은 사람들의 혼을 달래고 위로하는 넋 거리굿이야말로 어떤 제의祭儀보다 중요하다고 생각하는 예전 관장에 비해 이번 관장은 여러모로 달랐다. 그는 안전기원제 따위는 형식적인 행사에 불과하며 돈과 시간만 낭비한다고 여겼다.

새 관장은 작년에 이곳으로 부임했다. 그는 내 대학 선배다. 그는 우리 관에 부임하기 전에 문화재관리국 기획실에 있었다. 해양 유물 쪽은 이번이 처음이라고 했다. 해양유물전시관 직원 중에는 벌써 새 관장의 업무 스타일이 따분하다고 아우성이었다. 관장은 추후에 말썽이 될 만한 일들을 시도하지 않아야 한다는 입장이었다. 그는 일반인을 상대로 유물전시관에서 해왔던 연중 이벤트도 추진하지 않겠다고 했다. 그래서 행사 기획안을 올리지 못하는 실정이다. 우리나라 선박 역사를 근거로 고려 때의 배를 재현해 만들어 승선하고 고려 때의 방식으로 고기잡이를 하자는 누군가의 건의도 깡그리 묵살됐다. 긁어 부스럼 만드는 일은 시작부터 안 하려는 관장 덕분에 우리 대원들의 잡무는 줄었다.

"관장님 말씀대로 곧 장마가 닥칩니다. 그러니까 안전기원제를 더 지내야지요."

팀장은 쉽게 물러나지 않았다. 그는 어제도 관장 전화를 받고 가슴을 툭툭 쳤다. 앞으로 2년여 동안이나 태안 바다를 들쑤셔야 하는데 안전기원제를 지내지 말라는 게 이해 안 된다며 답답해했다.

"관장님, 개수제하고 안전기원제는 엄연히 다르고요. 구멍가게도 고사 따로 개업식 따로 합니다. 하물며……."

팀장은 핸드폰을 귀에서 뗐다가 다시 댔다. 관장은 야미도에서 개수제를 지낸 것으로도 용왕을 달랬다고 우기는 모양이었다.

"관장님 말씀대로 개수제하고 안전기원제가 같다고 칩시다. 용왕님께 제를 여러 번 올려서 나쁠 거는 없잖습니까? 더군다나 여기는 물귀신이 바글바글한 태안이라고요, 태안. 안전기원제를 지내면서 대원들이 안전을 더 염두에 두고 조심한다 이 말입니다."

팀장 목소리는 진흙 흡입기 모터 소리처럼 탈탈거렸다. 상대와 소통이 막힌다, 싶으면 튀어나오는 팀장 특유의 말투였다.

"바다를 뒤져 먹고 사는 사람한테 다 물어보십쇼. 그 사람들, 하루에 몇 번씩 해신님한테 머리를 조아리는가 말입니다. 해신님한테는 수천 번 머리를 조아려도 나쁠 것 없다니까요."

팀장은 연신 발동기 소리를 냈다. 그는 용왕님과 해신님을 번갈아 가며 입에 올렸다. 팀장은 수중발굴 유물 탐사 대원이 하는 일은 자신한테 맡기라는 말이 하고 싶은 거였다.

"동냥은 못 해도 쪽박은 깨지 말아야지. 내가 어디 안전기원제 지낼까 말까 허락받으려고 전화를 했간디? 와서 돼지 입에 봉투나 좀 물리라는 말을 그렇게 못 알아들어? 나 참, 내 꼴이 꼭 무당이라도 된 것 같잖여. 뭘 헌다고 해신님, 해신님 해감서 관장에게 사정하느냐 말이지. 내가 해신님한테 막걸리 한 사발 올리는 것도 요로코롬 입 아프게 실갱이를 해야 쓰겄냐 말이여."

팀장은 전화를 끊은 뒤에도 여전히 진흙 흡입기가 개흙을 빨아 당기는 목소리를 냈다.

"아, 뭣들 하냐고!"

팀장은 우두커니 서 있는 나와 김태완을 향해 소리 질렀다. 나는 얼른 김태완을 앞세웠다. 신원표가 태안읍에 돼지머리 잘하는 곳을 안다며 따라나섰다.

"굿을 해야 떡이라도 얻어먹지, 흐흐흐."

신원표가 앞머리를 쓸어 올리면서 차에 탔다. 나는 탐사대원으로 일하면서 바닷가에서 넋 거리굿이나 배연신굿, 풍어제를 지내는 것을 여러 번 봤다. 만신인 무당과 무꾸리들이 색색의 무의를 입고 방울과 부채를 흔들며 신을 부르고 축원하는 굿을 먼발치에서라도 보고 있으면 희한하게도 마음이 편해졌다. 해안가 사람들이 지내는 풍어제도 결국은 안전기원제다. 해안가 사람들에게 풍어제는 1년 중 최대의 행사다. 그들 또한 믿고 의지할 데는 용왕밖에 없다. 바다 앞에 시번 살봇한 것 없는데도 잘못했다고 머리가 조아려졌다. 희한했다.

탐사대원들도 안전장치가 잘 된 최신장비와 뛰어난 잠수 실력보다 해신에 더 의지했다. 대원들의 안전과 생명은 해신이 쥐고 있다고 믿었다. 개수제니 안전기원제 같은 제의가 있을 때마다 모두들 경건해졌다. 후려치는 물살에 두 발이 휘청 들려 허우적대다 보면 문밖이 저승이라는 할아버지 말이 실감 났다. 알피니스트들이 산에서 죽고, 폭력배들도 결국 육탄전을 벌이다 죽는다고 하듯, 바다가 주요 업장인 이들이 죽는 곳이 거의 바다라고 한다. 자신이 잘 알 아는 곳에 죽음이 도사린다고 상상하면 소름이 돋았다.

잠수 중에 쥐가 나고 머리가 멍할 때면 갯벌에 박힌 조개껍데기에도 저절로 마음이 조아려졌다. 암초나 바위는 말할 것도 없고 개흙에도 마음이 수그러졌다. 팥 범벅인 시루떡과 넙데데한 돼지머리가 최첨단 장비보다 믿음직스러울 때는 개수제와 안전기원제 따위를 지낼 때였다. 과학이니 신념이니 하는 것도 우리가 만사형통일 때 찾는다. 출렁이는 파도가 장례의 만장輓章처럼 보일 때가 한두 번이 아니었다.

내가 수중탐사대원이 되고부터 엄마가 아버지 속옷에 부적을 끼워준 것도 이해됐다. 엄마는 대서양에서 아버지를 지킬 것은 오로지 부적밖에 없다고 여겼다. 엄마는 부적 쓰는 날짜도 따로 뽑았다. 부정 없는 날이 따로 있다는 것이었다. 부적 쓰는 날이 되면 목욕재계를 하고 집을 나섰다. 용하다는 무당이 있다는 서산까지 가서 부적을 써 왔다. 내가 이 바닥에 들어서고부터 엄마는 다시 서산을 찾아 부적을 써왔다. 용왕제나 사찰에서 하는 방생放生도 꼬박꼬박 참석했다. 나는 엄마가 건네는 부적을 지갑 안쪽에 넣어 다녔다. 부적을 지니고 다닌다는 것만으로도 마음이 편하다는 사실이다.

"네가 사고를 당하지 않았으면 대원 중에 누군가가 바다에서 횡사할 운이었다고 하더라."

엄마는 내가 작년에 잠수사고를 당한 뒤에 급히 서산의 무당을 찾았다.

"용왕님이 너희 아버지를 제물로 삼았으니 우리 식구는 더는 해코지 안 하신단다. 곧 털고 일어날 거야. 그래도 바다는 늘 조심해."

엄마는 내가 퇴원하던 날 바다 조심하라는 말을 여러 번 했다.

"용왕신이시어. 태안군 근흥면 정죽리 대섬 해역에서 고하나이다. 망망대해에 떠도는 혼령들을 굽어살피시어 위로해주시기를 당부드립니다. 풍파를 맞은 영혼들이 여기 빠져 있습니다. 그 영혼들의 넋을 위로합니다. 그 영혼들이 바다에서 인양되도록 보살펴주옵소서."

무당이 부채를 펼치고 방울을 흔들며 축원을 빌자 북소리와 징 소리가 둥둥거렸고 쟁강거렸다. 무당은 이번 안전기원제에도 제수아치(굿할 때 악기를 연주하는 이들)와 무꾸리행렬을 대동했다. 무당은 몇 년 전부터 대원들의 안전기원제 때마다 찾아와 넋거리굿을 했다. 무당은 '정화'라고 했다. 정화는 팀장이 여기저기 수소문해서 데리고 온 무당으로 매스컴에도 꽤 알려진 이였다. 태안 바다의 웬만한 굿만이 아니라 서해의 굿 행사는 거의 그녀가 맡는다는 것이었다.

"에고에고 서러워라. 이내 신세 서러워라. 이내 고향 목포에서 허리 휘도록 조업해서 거둬들인 김과 낙지젓을 개경 임금님께 진상 가다 모진 비바람을 맞아 안흥량을 지나지 못하고 배가 침몰했어라. 용왕님이시여, 가여운 이내 영혼을 소금같이 반짝이는 햇살로 보내주십쇼. 그날은 곱디고운 내 딸이 친정 나들이 오는 날인디, 윽윽윽. 차라리 나랏님 명을 어기고 딸이나 맞으며 삽짝을 지킬 걸 그랬나벼요, 훠어이 훠어이 용왕신이시여. 한 많은 이내 영혼을 달래나 주시오."

무당은 노부 목소리를 냈다. 무당에게 들러붙은 영혼들은 다양했다. 태안에서 주꾸미 조업하다 빠져 죽은 어부, 해주로 야반도주한 아내를 찾으러 가다 빠져 죽은 보령도 사내, 꽃게를 잡으러 왔다가 태안 해양경찰대와 대치하면서 빠져 죽은 중국 선원 등, 안전기원제 때마다 무당이 불러낸 원혼들은 많았다.

"오냐 불쌍한 영혼들아. 여기 이 광목 깃대처럼 펄펄한 선생님들이 그대들을 구할 것이네. 선생님들이 침몰한 것을 구하러 팔걷어 올렸어. 잡귀야 물렀거라. 이끼에 붙고 바위에 붙고 뻘창에 붙은 영혼들한테서 떨어져 나가거라."

정화가 불러낸 원혼에 따라 목소리가 달라지는 건 어떤 과학으로 증명할 수 없을 것 같았다.

"아이고 용왕님 우리 용왕님, 이내 말씀 들어주쇼. 저는 부안 줄포 사람입니다. 고려 강화도 중방 소공인 오문부 앞으로 성준盛樽(고려시대, 매병이름)에 꿀을 담고 정읍, 고창 일대에서 거둬들인 쌀과 콩, 청자인 접시, 대접, 잔, 항아리 등을 잔뜩 싣고 가다가 태풍을 만나 이렇게 물속에 갇혔습니다. 용왕님 우리 용왕님, 이내 혼이라도 마른 갈대밭에 좀 뉘어 주시오. 무사히 강화도를 잘 다녀오라고 줄포 포구에서 손을 흔들던 내 아내와 아들이 저 기슭에서 바람이 되어 기다립니다. 혼이나마 내 아내와 아들 손 어루잡고 둥개둥개 얼싸안고 나비처럼 저 들판으로 날고 싶습니다, 흑흑흑."

정화는 컬컬한 사내목소리를 냈다. 통곡을 삼키는 소리는 영판 걱실한 사내소리였다.

"아, 용왕님! 저는 강화도에서 군산으로 가던 도중 풍파를 만나 대섬 바다에 빠진 돗자리 장수랍니다. 가진 건 없어도 댓싸리 꼬는 솜씨는 타고났습죠. 비가 오나 눈이 오나, 툇마루에 퍼질러 앉아 대를 꼬았더니 돗자리가 산더미가 됐습죠. 돗자리를 팔기 위해 군산장터로 가던 중 날벼락을 맞아 육신도 혼령도 이곳에서 떠돕니다. 박꽃같이 고왔던 내 아내와 채송화처럼 아리따운 세 딸을 두고 저는 불귀로 떠돌았습니다. 용왕님, 이 영혼을 구해 주십쇼."

정화 목소리는 금세 중년 사내 목소리로 바뀌었다.

"야, 작년에는 한상출 영혼도 불려오던데 죽은 사람 영혼이 무당 안에 들어간다는 말이 맞긴 맞나보네."

신원표가 내 귀에 대고 속닥였다.

"참수리호 인양할 때 나도 현장에 있었어. 그때 우리 후배가 참수리호를 발견했을 때 매스컴이 밝힌 대로 한상출 하사 손이 정말로 조타키에 묶여 있더래. 참다운 군인이란 그런 거지. 내 평생 흘릴 눈물을 그때 다 흘렸어."

"신 대원, 조용히 좀 하지."

마농이 신원표를 힐끗거리며 낮게 말했다. 마농이 눈치를 줘도 신원표는 아랑곳하지 않았다. 신원표는 심해잠수사 자격으로 연평해전 전사자를 수색하고 구조하러 현장에 가 있었다는 말을 여러 번 했다.

"저런 무당들이 우리 같은 사람들 때문에 먹고 사는 거지."

마농은 팔짱을 끼며 혼잣말을 했다. 그는 무당이 영혼들의 목소리를 낼 때 인상을 쓰고 보았다. 나는 넋 거리를 하는 것은 어차피 안전기원제에 끼어있는 행사니까 가만히 지켜보자고 말했다. 굿이라도 하니까 떡이라도 먹을 수 있지 않냐고 말하면서 툴툴거리는 그의 입을 막으려 했다. 무속이 인류에게 끼친 영향과 사람들이 점점 무속에 관심을 기울이는 이유를 대학 다닐 때 배웠다.

고고학과 커리큘럼 중에 '샤머니즘과 문명'이 있었다. 인류는 두려움과 맞서기 위해 자연에 신이 있다고 믿고, 그런 신에게 제의를 한다는 것이었다. 최첨단의 과학들은 일어난 것들을 해결하지만 샤머니즘은 사고 예감에 깔린 두려움을 없앤다는 주장에 공감했다. 아버지 속옷에 부적을 끼워줌으로써 대서양을 누비는 아버지에 대한 엄마의 두려움은 옅어졌을 것이다. 아버지는 엄마가 부정한 날을 피해 길한 날만 골라 써온 부적을 품었지만 난파당했다. 엄마 식으로 생각하자면 아버지는 부적이라도 품었기 때문에 난파당하기까지는 무사했던 것이었다.

"송 대원은 늙은이처럼 저런 굿판 좋아하는 것 같더라."

마농이 손등으로 내 팔을 툭 쳤다. 대학가에 점집이 점점 늘어난다는 게 무슨 뜻이겠냐고 마농한테 묻고 싶지만 그럴 필요는 없었다. 확신할 수 없고 불분명한 상황에 미신에서나마 위안을 찾으려는 사람의 마음을 마농이라고 모르랴 싶었다.

"고고학과 출신이라서 그런가?"

"어차피 벌어진 굿판, 선배도 그냥 즐기세요. 해병대에서도 지옥 주 들어가기 전에 고사 지내잖아요. 그런 고사와 이 굿판은 모양만 다르지 용왕께 비는 것은 똑같잖아요."

나는 뒷걸음치며 말했다. 해병대뿐 아니다. SSU나 UDT 같은 바다가 연병장인 부대원들은 수중유물 발굴 탐사 대원보다 고사를 소중하게 지낸다. 대원들이 제아무리 완전무결한 훈련을 받고 바다에 나선다 해도 언제 사고가 날지, 모르는 불안감이 잠재되어 있다. 그들의 불안감을 누그러뜨리는 방법은 용왕에게 비는 것뿐이다.

"잔부터 한 잔 치시고."

정화가 상 앞을 가리키며 팀장에게 말했다. 이제 무당 차례는 끝났다. 상에는 돼지머리와 흰떡, 수박과 참외, 바나나 등 과일이 줄줄이 놓였고, 여러 개의 촛대가 놓였다. 정화와 무꾸리들은 새벽부터 바닷가에 나와 만신들과 바다 기슭에서부터 신장대를 잡고 걸었다. 함께 따라온 만신은 워어이 워어이 소리를 내며 흰 휘장을 바다에 적셨다. 하얀 천을 바다에 적시는 것은 초혼의식이다. 바다에서는 무엇을 하든 망자를 기리고 달래는 게 우선이었다.

"유세차, 오늘 저희가 태안군 근흥면 정죽리 대섬 해역에서 고하나이다. 저희 해양유물전시관 수중발굴 대원들이 오늘부터 태안 해저유물 수중발굴을 시작하려 합니다. 대원들이 발굴 작업을 끝낼 때까지 안전하게 임할 수 있도록 용왕님께 비나이다. 여태까지도 자애롭고 넓은 아량을 베푸시어 저희 대원들이 무사히 발굴 작업을 할 수 있게 해 주셔서 감사드립니다. 바라옵건대 앞으로도 목포해양 유물전시관 수중발굴 탐사 대원들을 굽어 살펴주시옵소서. 거듭 바라옵건대 대원들이 서로서로 화합과 사랑이 넘치게 하옵시고 무사히 발굴 작업이 진행되도록 도와주시길 삼가 엎드려 고합니다. 저희들이 마련한 조촐한 술과 음식을 기쁘게 여기시고 저희들의 긴 여정을 굽어살펴 주시기를 다시 한번 간절히 비옵나이다."

팀장이 축문을 읽자 옆에 선 관장이 절을 했다. 정화와 제수아치, 구경꾼들이 빠져나갔다. 제수아치들의 북과 징 소리도 점점 멀어졌다. 멀리 만장 깃발이 보였다. 알록달록한 만장 깃발은 바람에 펄럭였다.

"여기."

팀장은 관장이 들고 있는 잔에 막걸리를 따랐다. 관장은 제상 가운데 막걸릿잔을 놓았다.

"해신님, 모쪼록 잘 부탁드립니다."

관장은 막걸리 사발을 바다 쪽을 향해 뿌리고 팥 시루떡 귀퉁이를 떼서 돗자리 밖으로 던졌다. 넓적한 철 상자 안에 김이 모락모락 나는 팥 시루떡 옆에 돼지머리와 꼭지를 살짝 도려낸 사과와 배, 커다란 황태가 나란히 놓였다.

"우리 대원들 안전을 비옵니다."

관장은 돼지머리에 봉투를 꽂으면서 뒤로 물러났다. 그는 화장지로 이마와 목덜미를 닦았다. 6월 초순치고 몹시 무더웠다. 관장은 안전기원제가 막 시작될 때 현장에 도착했다.

"바쁘신데 이렇게 찾아주셔서 고맙습니다."

팀장이 구두를 벗고 돗자리 안으로 들어서는 김 총경한테 잔을 건넸다. 그는 지난해 태안해역에 출몰한 중국 불법 어선을 나포하는데 성과를 거두는 바람에 경정에서 총경으로 승진했다. 해마다 꽃게 철이 되면 중국 어선들이 서해를 넘어와 서해 쪽 해양경찰서는 여느 때보다 바빴다. 그 중에도 태안해양경찰서 소속 경찰들은 더욱 바빴다. 김 총경은 SSU 출신으로 신원표 선배다. 그는 SSU를 전역하자마자 해양경찰특공대에 지원해 경찰 밥을 먹기 시작해 총경까지 올랐다. 총경은 태안해양경찰서로 오기 전에 평택해양경찰서에서 근무했다.

"해신님, 모쪼록 우리 대원들 잘 부탁드리고요. 올여름 우리 태안 바다를 찾을 많은 피서객들 안전도 좀 부탁드립니다!"

김 총경은 절을 한 뒤 돼지 입에 지폐 몇 장을 물렸다. 넓적한 돼지머리는 세상을 다 품어줄 듯 너그러운 상이다. 돼지머리 관상에서도 길상을 점치고 싶은 게 대원들의 마음이다.

"저는 그냥 절만 할랍니다."

김 총경이 태안군청 과장한테 잔을 내밀자 과장은 손사래를 치고 상 앞으로 다가왔다. 과장이 절을 하자 그와 함께 온 주무관도 절을 했다.

"김장수 선생님도 한 잔 올리시죠."

팀장은 돗자리 끝에 앉아있는 김장수를 불렀다. 그는 고무 앞치마를 입고 현장에 왔던 날과 달리 이번에는 양복 차림이었다. 양복은 쭈글쭈글했지만, 흰색 셔츠를 받쳐 입은 그의 차림은 그런대로 어울렸다. 김장수는 얼른 신을 벗고 돗자리 안으로 들어왔다. 잔을 받은 김장수는 상 앞에 놓고 절을 했다.

"해신님, 용왕님, 천지신명님, 아무튼지 간에 잘 부탁혀유."

돗자리를 짚은 그의 손등은 두둑했고 까맸다. 나는 김장수가 절을 하는 모습을 찍었다. 누구보다 김장수 모습은 잘 찍어야 했다. 태안 작업 현장을 기록으로 남길 때 누구보다 김장수를 부각시켜야 하기 때문이다.

"저도 한 잔 올리겠습니다."

신원표는 김장수가 물러난 자리에 들어갔다. 상 앞에 엎드린 신원표 등짝에 햇빛이 내려앉았다. 그의 뒤통수는 봉송했고 맨발인 발바닥은 새까맣다. 그는 며칠째 검은 바지와 하늘색 셔츠차림 그대로다.

"용왕님, 이번에도 저희 대원들이 무사히 일을 끝낼 수 있도록 도와주십시오."

신원표는 제상 앞에 막걸릿잔을 빙 돌리면서 중얼거렸다. 한 시절 바다를 주름잡았던 신원표도 바다는 두려울 터였다. 용왕님을 부름으로써 두려움이 누그러뜨려질 터였다.

"다들 와서 차례차례 절을 하라고."

팀장은 죽 서 있는 대원들을 오라는 손짓을 했다. 박사가 상 앞으로 갔다.

"잔에 꾹꾹 눌러서 채워야지예."

김태완이 박사가 든 잔에 막걸리를 붓고 돼지머리 주위로 날아드는 파리를 손으로 쫓았다.

도둑질 하지 말라

해마다 한 번씩 실시되던 '문화재 사랑' 강의가 올해도 빠지지 않고 실시됐다. 이번에도 수강 대상자는 수중유물 탐사 대원과 어민들이다. 우리가 태안 근흥면 주민 센터 강당에 도착했을 때 마을주민들도 우르르 들어서고 있었다.

"이런 거 좀 안 하면 안 돼?"

신원표가 내 옆자리에 앉으면서 한숨을 쉬었다. 유물탐사 대원과 현장 마을주민을 대상으로 해마다 문화재 교육을 실시했다. 일 년에 한 번이지만 매번 같은 강의를 듣자니 나도 지겨워서 만신이 뒤틀렸다. 발굴시즌 중에 문화재관리국에서 강사를 초청해 민간잠수부를 포함한 전 대원들을 관공서에 모아놓고 안전사고 대비와 문화재 사랑에 관한 강의를 했다. 강의의 주요 목적은 문화재 도굴 방지를 위한 정신무장 교육이었다. 강당에 모인 사람

중에 며칠 전에 안전기원제 때 봤던 이들도 제법 됐다. 뒤늦게 김장수 내외도 왔다.

강의는 매번 비슷했다. SSU나 UDT의 간부가 강사로 나와 바다에서 위험에 처했을 때 대처하는 법부터 간단하게 설명했다. 곧이어 문화재관리국이나 박물관 측에서 학예사나 고고학과 대학교수가 나와 도자기나 그림, 건축물 등을 스크린으로 보여주었다. 이 강의 역시 매년 비슷했다. 조상들의 뛰어난 미적 감각과 장인정신에 대한 것들을 책 읽듯 강의를 했다. 강사가 강대국들이 약탈해간 문화재를 하나씩 소개하기 시작하면 대원들은 의자 등받이에 기댔다. 팔등으로 입을 가려 하품을 하거나 천장에 달린 선풍기를 멍하게 보았다.

"우리의 뛰어난 문화재를 제대로 지켜내지 못한 것은 위정자나 사대주의에 치우친 관료들 탓이지요."

엄마가 바다 조심하라는 말만큼이나 싫증 나는 소리가 시작됐다. 나는 하품을 가리면서 시계를 보았다. 점심시간이 되려면 한 시간이나 남았다. 어디선가 코고는 소리가 들려 돌아보았다. 어구 가게 앞에서 그물 손질을 하는 양 노인이었다. 그는 입을 벌린 채 자고 있었다. 다음 강의는 도굴과 약탈문화재에 관한 것이었다. 개성이나 강화도에 묘구도적들이 고려왕이나 귀족 무덤을 파헤쳐 수백 점의 청자를 일본 관료에게 진상했다는 말이 나오면 만신이 꼬일 것 같았다. 주민들처럼 유인물을 돌돌 말아 등이라도 긁고 싶었다.

“우리나라 문화재가 뭐 그리 뛰어나냐? 우리나라에 에펠탑이 있냐, 원형경기장이 있냐, 모나리자 그림이 있냐, 뭐가 있다고?”

신원표가 눈가의 진물을 훔치면서 중얼거렸다. 그는 방금까지도 목을 뒤로 꺾어가면서 하품을 해댔다. 신원표는 문화재교육을 받을 때마다 같은 말을 했지만 내가 답할 말은 그다지 없었다.

“솔직히 청자가 어떠니 저떠니 해도 나는 그게 뭐 그리 대단한지 모르겠어. 옛날 그림도 내 눈에 다 똑같아 보여. 누런 종이 쪼가리에 먹물 그림 찍찍 갈겨놓은 거, 그게 그리 대단해?”

나도 신원표처럼 생각한 적 있었지만, 그의 장단에 맞출 수는 없었다. 에펠탑이나 콜로세움 등만 문화재나 유물인 줄 아는 신원표의 생각이 바뀌지 않는 한 그에게 청자와 종이 쪼가리 따위는 그저 그런 옛 물건에 지나지 않을 터였다. 신원표 말대로 박물관에 전시된 물건 대부분이 거기서 거기였다. 박물관의 전시품이 사람살이에서 남은 것들이라 옛날이라고 요즘과 다를 것은 없었다. 물건의 재료와 모양이 다를 뿐 용도는 같았다. 비슷한 모양과 문양의 도자기들, 그림이라 해 봐야 누런 종이에 산과 물, 매와 난초가 그려진 것들이었다. 안내자 해설을 아무리 들어도 도자기는 그릇으로 보였고, 그림 내용은 여느 시골집에서 한두 번 본 듯한 그렇고 그런 것이었다. 관람객들이 전시관을 쓰윽 훑고 나가는 것은 다리가 아파서만은 아닐 거다. 모두 비슷해 보이는 물건들을 굳이 해설을 듣고 설명서를 읽어가며 분별할 필요를 느끼지 못했기 때문일 터였다.

"그나마 이런 훌륭한 분들이 계셨기 때문에 이렇게라도 우리 문화재가 남아 있게 됐지요."

강사가 목청을 높이자 졸던 김태완이 눈을 떴다. 천장에서 돌아가는 선풍기 소리와 강사 목소리가 섞여 실내는 어수선했다. 위정자나 관료들이 문화재를 외국에 팔아넘긴 이야기가 이어지자 김태완은 다시 눈을 질끈 감았다. 나도 눈이 자꾸 감겼다. 강사는 전 재산을 털어 우리 문화재들을 사들여 박물관에 기증하거나 박물관을 지어 전시한 사람들을 소개했다. 다큐멘터리 영상자료가 나오자 졸던 대원들이 꼰 다리를 펼 뿐 여전히 등받이에 등을 기댄 채였다.

"장물아비 중에 조선인이 많았지요!"

강사 목소리는 더 높아졌다. 장물아비로 조선인이 많이 기록됐을 뿐이다. 일본의 지시로 조선인이 무덤을 파헤쳤지만, 청자를 팔아먹은 이는 거의 일본인이다. 장물이든 세전가보世傳家寶든 누군가가 유물을 팔았기 때문에 많은 사람이 구경할 수 있었다는 설명도 덧붙였으면 했다. 약탈된 문화재는 거의 육상유물이었다. 수중 문화재는 없었다. 수중유물을 인양하기 시작한 지가 얼마 되지 않았기 때문이었다. 결국 '안전교육과 문화재 사랑' 시간은 우리나라 수중고고학이 아직 기초단계라는 사실을 재차 실감하는 시간일 뿐이었다.

"요즘 인사동에는 서해에서 발굴된 도자기들이 소리소문없이 돌고 있다고 합니다. 모두 도굴품이겠지요!"

강사는 목청을 다시 가다듬고 대원들을 차례차례 일별했다. 졸고 있던 이들이 눈을 번쩍 떴다. 신원표는 눈을 떴다가 다시 감았다.

"아이고 참, 고마 대놓고 도둑질 하지 마라 하면 될낀데 사람을 이래 안차놓고 두 시간이나 고문을 하노."

김태완이 눈을 감은 체 혼잣말을 했다. 객석 앞자리에 앉은 팀장과 공자는 의자 등받이 위로 머리만 보였다.

"배도 고파 죽겠거마는."

김태완은 두 손으로 배를 비볐다.

"김 대원이 일어서서 한마디 해. 도둑질 안 할 테니 이런 자리 그만 좀 만들라고."

신원표가 머리를 긁으며 말했다.

"그런 말이 먹힐 것 같으마 벌써 했지예. 그라고 도둑놈이 내 도둑질 한다, 하고 도둑질하는 놈이 어디 있습니꺼. 뭐 어쨌든간에 오늘 같은 날에는 어디 가서 얼음 빡빡하게 든 커피나 마시면서 만화책이나 보면 딱 좋겠습니더."

김태완은 등받이에 머리를 대고 천장을 올려보았다. 시간은 시독히노 흐르지 않았다. 수중유물 발굴 탐사 대원들의 견물생심을 방지하고 도굴에 대한 경각심을 일깨우기 위한 시간 치고 정말이지 두 시간은 너무 길었다.

인골

문화재교육을 마칠 무렵 주민 센터 앞에 뷔페 음식이 차려져 있었다. 출장뷔페 음식이었다. 문화재교육에 참석한 주민들이 다 함께 식사했다. 나는 얼음이 둥둥 뜬 식혜부터 몇 사발을 들이켰다. 배가 빵빵했지만, 나중을 위해 김밥과 유부초밥 몇 점을 먹은 뒤 근처 정자 옆에 걸터앉아 대원들이 식사가 끝날 때까지 기다렸다. 정자에 드러누워 딱 두어 시간만 잔다면 바랄 게 없겠지만 그럴 기회는 주어지지 않았다.

"시간이 많이 흘렀어."

팀장이 현장에 가야 한다면서 서둘렀다. 나는 정자 기둥에 기대자마자 일어나야 했다.

"오늘은 진짜 땡땡이치고 싶네. 컨테이너 창고에 가서 늘어지게 한숨 자면 살이 뽀독뽀독 찌겠구만."

"어차피 그럴 처지도 못 되는데 바람 잡지 마."

나는 신원표의 흰소리에 대꾸하며 입수준비를 서둘렀다. 이번에도 신원표와 한 조다. 마농이 현장에 오지 않는 한 나는 계속 신원표와 한 조로 입수할 것 같다. 공자는 김태완과 한 조다.

"출수!"

팀장의 호령에 신원표가 입수했다. 늘 그랬듯이 신원표는 입수하자마자 수색지대를 향해 돌진했다. 그는 가뿐하게 그리드 구역에 착지했다. 나는 신원표의 보조 다이버로 그가 수색해낸 물건을 촬영하고 인양 소쿠리에 담아 수면으로 띄웠다. 구불구불하게 몸을 움직이며 물살을 가르는 신원표 몸짓은 부드러웠다. 그의 자세는 호미가 흙덩이에 착 꽂히듯 안정감이 있었다.

며칠 동안 인양한 유물은 거의 청자였다. 청자 운반선이 침몰한 게 분명했지만 아무리 주변을 훑어도 침몰선은 보이지 않았다. 청자가 우르르 쏟아진 곳이라면 근처에 침몰선이 처박혀 있어야 했다. 조그마한 나뭇개비만 떠다녀도 뱃조각인가 싶어 덥석 잡았다. 그러나 나뭇개비는 생선 상자 조각이거나 가구에서 떨어져 나온 것이었다.

청자 무더기를 발견했다는 기쁨이 채 가시기 전에 철제 솥을 발견했다. 음파탐지기에 측정된 대로 철제 솥은 그리드 H6 구역에서 발굴됐다. 나는 붓 손잡이로 뭉텅이 진 갯벌을 부수어 솥을 꺼냈다. 철제 솥이 나왔다는 것은 배에서 밥을 해 먹었다는 증거였다.

"이런 항아리는 배 아래 칸에 실렸을 텐데. 선원들이 불을 지피는 근처에 두었을 거라고. 완도선을 발견했을 때도 배 아래 칸에 부싯돌하고 솥, 젓갈 든 항아리가 있었잖아. 그것도 고려 때 물건이었는데 젓갈 맛이 그대로 보존됐었지?"

"확실히 바다 밑에는 공기가 없으니까 몇백 년이 지나도 젓갈도 그대로네예."

김태완이 독에 든 젓갈을 검지로 찍어 입에 대자 대원들도 따라했다. 나는 젓갈을 두 번 찍어 입에 댔다. 짭짤한 젓갈 맛이다. 예나 지금이나 긴 뱃길에 오래 먹을 수 있는 음식으로는 염장식품이 으뜸이다.

"물 들어올 때 노 저어!"

내가 젓갈 독을 여미자 팀장이 소리쳤다. 나는 신원표 뒤를 이어 입수했다. 돌을 가득 짊어진 듯 몸이 무거웠지만, 물속에 들어가니 몸놀림이 가벼워졌다. 나는 갯바닥에 길게 뻗어 있는 허연 토막을 보자마자 하잠 줄을 세게 한 번 당겨 신원표를 불렀다. 하잠 줄은 느슨했다. 나는 다시 하잠 줄을 당겨 신원표를 불렀다. 그는 여전히 기척이 없었다. 나는 레귤레이터를 뼈물고 허연 토막 가까이로 다가갔다. 진회색 흙을 걷어내자 허연 토막이 보였다. 인골人骨이었다. 심장이 뛰었다. 착지해서 흙을 살살 걷어냈다.

"신!"

나는 레귤레이터를 뻐물고 좀 전보다 더 세게 하잠 줄을 당겼지만 신원표에겐 반응이 없었다. 흙 사이에 인골이 묻힌 현장을 카메라가 아닌 실물로 신원표에게 보여주고 싶었다. 시야가 탁해 앞이 보이지 않았다. 흙탕을 걷어내려고 물을 휘저었지만 저을수록 시야가 더 희붐했다. 나는 인골을 중심으로 카메라를 요리조리 돌렸다. 하우징 수중카메라 성능은 인골을 덮은 물결을 잘 살려낼 터였다. 인골 위로 흙이 모이자 다시 걷어냈다. 흙은 팥고물처럼 푸슬푸슬했다.

인골은 척추뼈와 어깨뼈였다. 노를 젓고 돛을 걷고 밧줄을 걸고, 당겼던 척추와 어깨가 그렇게 해저에 처박혀 있었다. 인골은 약간만 힘을 주면 부서질 것 같았다. 팔과 다리뼈는 어디서 마모되고 부식되었을까. 나는 폼페이에서 화산재로 덮인 유골을 발견한 피오렐리(이탈리아 고고학자)라도 된 것처럼 비장해졌다. 팔과 다리에 힘을 줘 인골 주변을 뒤졌다. 가랑잎 같은 인골도 가라앉아 있는데 중량 있는 내가 바위처럼 물을 밀어내고 있는 게 뜨끔해졌다.

인골 주위로 청자 사발이 듬성듬성 엎어져 있었다. 청자는 완형보다 깨진 게 더 많았다. 배가 침몰하면서 선적물인 청자들이 와르르 쏟아졌을 것이고, 인골은 그 밑에 깔린 게 분명해 보였다. 인골이 깔린 모양으로 보아 사람이 탈출하기 위해 몸을 좌측으로 비틀어 상반신을 일으키려고 애쓴 흔적이 역력했다. 쏴아아아. 물결 소리가 바람처럼 들렸다. 인골 위로 바람 같은 물결이 흘렀다.

나는 인양 소쿠리를 당겨 인골 조각을 조심조심 담았다. 갯벌에 뻗어 있는 자세 그대로 담았다. 인골은 조가비처럼 가벼웠다. 인골도 어느 집의 가장이었을까. 그렇다면 이토록 가벼운 뼛조각에 온 식구가 매달렸을 것이다. 나는 인골의 영혼이 훨훨 날아가길 기원하며 인골을 담은 소쿠리를 에어백에 띄워 올렸다.

"송 선배, 인골 발견구역이 H 구역 맞지예?"

김태완이 화이트보드 앞에서 매직펜을 들었다. 그는 화이트보드에 그려진 그리드 구역에 H1-H5 사이에 빗금을 쳤다. 인골 발굴구역이었다.

"정확히는 G8 쯤에서부터야."

나는 잠수복 지퍼를 내리면서 대답했다. 물속이 아니면 잠수복을 입은 채로 앉아 있을 수 없었다. 잠수복에 꽉 조인 몸은 숨이 막히는 듯했다.

"그럼 G8 구역부터네예?"

"H 구역 시작 전부터니까 그렇다고 봐야겠지."

G8 구역까지 청자들이 엎어져 있었다.

"송 대원, 언제 이걸 발견했어?"

신원표가 바구니에 든 인골을 내려다보면서 물었다.

"신 대원도 인골이 있는 현장을 보라고 내가 줄을 몇 번이나 당겼는데도 반응을 안 하던데?"

"줄을 당겼다고? 나를 불렀다고? 내가 왜 몰랐지? 나도 줄을 당겨 송 대원을 몇 번 불렀는데 반응이 없더라고. 송 대원이 내 뒤를 잘 따라온다 싶었는데 갑자기 조용한 거야. 짧은 순간 온갖 방정맞은 생각들이 다 들었지. 이래 큰 거 한 건 해 오느라 죽은 체했구나. 그것도 모르고, 괜히 걱정했잖아."

신원표는 소쿠리에서 떨어져 다이버 게이지를 풀었다. 그는 잠수모에서 줄줄 흘러내린 물을 손으로 쓱쓱 훑어 털었다.

"그러니까 이 유물들 사이에 인골이 있었다는 거네?"

신원표가 청자 파편들을 가리키며 나를 보았다. 나는 인골을 인양한 뒤 다시 입수해 청자 파편들을 인양하려고 했다. 그러나 그럴 필요는 없었다. 그때까지 출수하지 않은 신원표가 내가 거쳐 온 구역을 되짚어오면서 청자 파편을 챙길 거라고 여겼기 때문이었다. 나는 인골을 챙기기에 바빠 발굴한 물건들을 암초 사이에 두었다. 많은 암초와 진흙이 가득한 그곳은 물건을 묻어두기에 알맞았다.

"인골이라, 인골 발굴은 여기 태안이 처음이야. 그러니까 수중 유물 발굴 탐사 최초야, 최초."

팀장은 인골을 마른 수건으로 꾹꾹 눌러 닦았다.

"와, 이번에는 넋 거리 지낸 효험 있네예. 그런 굿이 침몰한 영혼을 끌어올리고 달랜다더니, 그게 바로 이건가 보네예. 팀장님, 우리 인골까지 발굴했는데 태안 이 현장 마무리해도 안 되겠습니꺼, 하하하."

"이제 시작인 거지. 인골이 나왔으니 더한 것도 나올 거야. 당분간 입다물어야 돼. 인골 발굴했다는 소리가 밖으로 새나가는 순간, 일 제대로 못 해."

"당연하지예. 우리가 가만히 있어도 기자들은 귀신같이 냄새를 맡고 찾아올낀데예. 그런데 이런저런 이유로 바다에서 죽은 사람이 많은데 그 많은 인골은 우째 발견이 잘 안 될까예?"

"무슨 소리. 우리가 인양한 시신이나 인골만 해도 얼마나 많았는데. 사고로 조난당한 사람도 있지만 죽으려고 물에 뛰어든 사람도 많아. 내가 해난 조난구조대에서 일할 때 태안 바다에서 인양한 시신만 해도 오십 구 넘어. 자살한 시신, 어선이 좌초돼 조난당한 시신, 이런저런 이유로 빠져 죽은 시신, 언론에 보도가 다 안 돼서 그렇지 물에 빠져 죽은 사람 많아."

공자가 말했다.

"그럼 이 인골은 태안 바다를 건너던 중 조난당했겠네예?"

김태완이 공자를 쳐다보았다.

"그야 모르지. 더 먼 데서 떠밀려온 인골일 수도 있고, 강물에서 바다까지 온 인골도 많아. 암튼 자살이든 조난이든 물에 빠지는 순간 죽을힘을 다해 허우적거렸을 거야."

공자는 목소리를 낮췄다.

"죽으려고 바다에 뛰어든 사람들도 허우적댔을까예?"

"당연하지. 내가 인명구조를 하면서 느낀 것은 세상에 정말로 죽고 싶어 물에 뛰어든 사람은 없다는 거야. 자살하려고 마음먹은 사람들도 뛰어들기 전에 수천 번 고민했을 거잖아. 죽으려고 바다를 찾았지만, 저 시퍼런 바닷물을 보면 오금이 저리고 덜덜 떨렸을 거란 말이야. 막상 바다에 빠졌지만 살고자 몸부림부터 쳤다는 거야. 죽음 문 앞까지 가니 살고 싶어진다는 거야. 그래도 죽으려고 물에 빠지는 사람들 참 독해 보여. 나는 아직도 저 바다가 너무 무서워."

"무섭지예, 무섭고 말고예. 저것 좀 보이소. 저런 파도를 보면 뛰어들 마음이 싹 사라질 것 같은데예."

"뛰어들까, 말까. 죽으려고 작심을 했지만, 미련이 생겼겠지. 작심해놓고도 실행에 옮기기까지 엄청 망설였겠지? 구조된 그 사람들이 응급실에서 회복돼서 나갈 때 뭐라는 줄 알아? 구해줘서 고맙다고 해."

"그렇지예. 그 사람들은 죽음 직전까지 간 사람들 아니겠습니꺼. 새로 태어난 기분 들겠지예. 예전에 저희 할머이도 개똥밭에 굴러도 이승이 저승보다 낫다 하더라고예. 그런데 이 인골은 어떤 사연으로 이렇게 됐을까예."

김태완이 눈을 끔뻑거렸다. 인골도 누군가의 아버지이고 지아비였겠지. 그도 배가 난파되기 전에 부표에 의지한 채 필사적으로 허우적거렸겠지. 인골은 어느 시기에 살았을까. 그는 어디서 어디를 가다가 이 해저에 가라앉았을까. 인골은 할아버지처럼 선원이었을까, 선주였을까. 그는 선했을까? 악했을까? 그도 뚜렛증후군이 있었을까? 인골 두어 조각으로는 그 무엇도 가늠되지 않는다. 후세사람이 인골에 이야기를 입히고 감정을 덧칠할 뿐이다.

오욕칠정도 살았을 때의 이야기이다. 인골은 그저 부서진 배의 널처럼 물건의 조각일 뿐이다. 인골도 여느 인양유물과 마찬가지로 대원들에 의해 곧 발굴번호가 붙을 것이다. 당분간 인골은 번호로 불릴 것이다.

"그런데 이걸 관에 보내야 하나 국과수에 보내야 하나."

팀장이 인골 척추를 들었다 놓았다.

"일단 관에 보내면 거기서 몇 가지를 캐내지 않을까요? 우리 관에서도 국과수 못지않은 눈썰미에 과학적 촉이 뛰어나잖아요."

"허긴 관이든 국과수든 그게 중요한 건 아니지. DNA가 나오면 대조군도 없을 텐데, 생각하니 약간 으스스 하네."

인골이 누구든 그는 후세의 우리에겐 고물일 뿐이다. 남은 사물에 불과할 뿐이다. 옛 물건을 골동품이라 하여 소중하게 여기는 것도 사물에서 죽은 자의 영혼을 느끼겠다는 뜻이 아니고 무엇이랴.

"박 대원님 말씀 듣고 보니 그렇네예. 고고학에서는 최초, 처음, 이런 걸 대게 중요하게 생각하잖아예."

김태완이 팀장을 보면서 말했다.

"인골이니까 진혼제를 먼저 지내야 하지 않을까?"

"그렇네예. 이 사람 가족들은 이 뼛조각이라도 찾기를 얼마나 바랐겠습니꺼."

김태완은 과학실험실에 온 학생처럼 진지한 표정을 지었다. 아버지는 흔적도 없이 사라졌지만, 집안 곳곳에 아버지가 남아 있었다. 그는 현관문의 윤기 나는 장석으로, 전지가 잘 된 향나무와 장미 아치로, 서랍 속에 든 카메라나 샤프로 우리 가족 곁에 머물렀다. 아버지 손길 닿은 모든 곳이 아버지라고 생각하니 실체가 오히려 허상으로 보였다.

"일단 선실로 옮기자고."

팀장의 말이 끝나자 김태완이 인골 상자를 들었다. 나는 김태완 뒤를 따라 씨뮤즈호 선실로 갔다. 인골에 정신이 팔려 옷 갈아입는 것도 깜빡 잊었다. 인골 상자는 죽은 자의 관棺 같았다.

노다지

날씨는 며칠 계속 더웠다. 쨍쨍한 날씨는 입수하기에 더없이 좋은 날씨였다.

"멍때리고 있지 말고 얼른 얼른 하자고."

팀장이 내 등을 쳤다. 나는 눈을 끔뻑이며 수평선에서 시선을 거두었다. 그저께 인골을 발견한 뒤부터 희끗희끗한 물보라가 모두 인골로 보였다. 겹겹이 밀려오는 파도는 희번덕거리는 칼등 같았다. 바다는 아무리 삼켜도 허기진다는 듯 꼬르륵대고 있다. 바다는 수많은 난파선을 삼키고 능청스럽게 아가리를 달싹이고 있다. 바다를 북북 찢으면 난파선들이 벌컥벌컥 치솟을 것 같다. 수천 년 묵은 고래가 솟구치듯 난파선들이 튀어오를 것 같다.

"바다가 청자를 낳기라도 하는지 이건 뭐 캐도캐도 자꾸 나오니 원."

팀장은 허리에 손을 얹고 해면을 내려다보았다. 안전기원제를 지낸 뒤 지금까지 열흘 동안 인양한 청자는 깨진 것까지 포함해 이천여 점이 넘었다. 좀 부풀리자면 바지락을 캐듯 청자를 캤다. 진흙만 뭉개면 청자나 청자 사금파리가 나왔다. 대원들은 매일 늦게까지 바지선에 남아 청자를 정리해야 했다.

'태안 프로젝트' 주요 골자는 태안 대섬을 중심으로 마도와 신진도 주변을 탐사하는 거였다. 탐사 계획은 최소 2년을 잡고 크게 1, 2차로 나누었다. 2년 동안 발굴 작업이 마무리될지 더 연장될지 장담할 수는 없다. 대원은 한정되어 있고 현장마다 할 일은 산더미다. 수중유물 발굴 대원들은 끝없이 서해를 뒤져야 한다. 서해가 보물창고라는 누군가의 말은 틀린 말은 아니다. 강진에서 개경까지의 뱃길은 예나 지금이나 같다.

"곧 장마 닥친다니까 서두르자고."

발굴현장을 옆으로 옮기자 서해에 장마전선이 북상한다는 소식이 전해졌다. 팀장이 재촉하지 않아도 대원들은 분주히 움직였다. 설치된 그리드 주변에 개흙이나 모레를 제거해가면서 물건들을 인양했다. 인양된 청자가 나날이 늘어나자 대원들은 점점 바빠졌다. 일손도 턱없이 부족했다. 팀장의 발굴일지에도 유물이 인양된 구역과 유물 종류가 빽빽하게 적혔다.

야미도 현장은 철수됐다. 마농, 박사, 아르키메데스는 야미도에서 바로 목포로 갔다. 이곳 태안 현장에서 보낸 유물을 정리해야 했다. 목포유물전시관에는 그들을 도울 직원이 있어 태안 현장처럼 일손이 모자라지는 않을 것이다. 팀장은 목포로 가 있는 박사를 이쪽으로 불러들였다. 그는 인양된 물건을 시대별로 나눠 포장하고 팀장 대신 관공서를 찾아다니면서 행정업무도 봐야 했다. 박사가 현장에 와도 팀장은 여전히 바빴다.

"조심해, 이 와중에 누구 하나 사고라도 나면 작살이야."

내가 입수할 때면 대원들이 하는 말이었다. 한정된 시간 안에 일을 마무리하려면 대원 누구도 탈이 나지 않아야 한다. 안전은 아무리 강조해도 지나치지 않았다. 입수한다고 무조건 유물을 인양하는 것도 아니었다. 허탕 치는 날이 더 많았지만, 대원 중 누구도 그런 때를 허탕이라 하지 않았다. 해저에 깔린 흙의 질감을 느낀 것도 업무였다. 원인 모를 소용돌이가 바다 밑에서 일어났다. 예상과 달리 시야가 나오지 않았지만 의외의 상황을 맞닥뜨린 것도 업무에 속했다.

바다는 속을 꼭꼭 여민 여인 같다. 뿌연 시야에 거뭇거뭇한 물체가 보인다 싶어 급히 잠영해가면 암초였다. 속이 보여 덥석 잡으러 가면 장막을 치듯 안을 가렸다. 행여 암초 사이에 배 널이나 용골이라도 끼어있을까 하여 주변을 뒤졌지만 허탕이었다. 해초 거스러미가 용골 조각으로 보였다.

"이건 장기 알이잖아."

공자가 작은 조약돌 몇 개를 바닥에 늘어놓았다. 작고 납작한 조약돌에 철사鐵砂로 馬, 兵, 卒, 士가 쓰였다. 긴 항해 시간 동안 선원들의 소일거리로 장기 두기만 한 게 없을 것이었다.

"이것도 틀림없이 난파된 조운선에서 나왔겠고. 야, 바싹바싹하게 그대로 있구만."

팀장은 볍씨가 든 항아리를 보면서 눈을 크게 떴다. 고창이나 부안이나 장흥 쪽에서 곡식을 실은 배가 태안을 지나다 침몰했을 터였다. 곡식 항아리는 테두리가 깨졌지만 쌀 반 가마 정도는 거뜬히 들어갈 만큼 컸다. 어제는 청자뿐 아니라 사슴뿔과 동전 꾸러미도 인양했다. 그 모두 침몰선이 토해낸 것들일 터였다. 바지선에 청자가 줄느런히 놓여 있어 도예 공방을 방불케 했다.

"저기, 신 중사님!"

갈색 몸뻬를 입은 아낙이 신원표를 불렀다. 신원표는 씨뮤즈호 선실에서 막 바지선으로 건너오는 중이었다. 아낙들은 나흘째 여기서 우리와 일을 했지만, 용무가 있으면 신원표만 찾았다. 청자에 묻은 티를 없애는 게 아낙들의 주요 일이었다. 유물을 관에 보낼 때는 해초 거스러미나 흙 따위를 깨끗이 지워야 했다. 대원들은 인양한 유물을 닦을 새가 없었다. 팀장은 신진도나 마도 동사무소에 유물 닦는 인력을 요청했지만 남는 인력이 없다는 답만 들었다.

근방의 아낙들은 근흥면 도롯가에 잡초 솎는 일에 거의 다 동원됐다. 일꾼을 구하러 나간 팀장이 번번이 빈손으로 돌아오자 신원표가 나섰다. 신원표가 인력사무실에 전화하고 아낙들을 데려오는데 두어 시간도 채 걸리지 않았다. 아낙 네 명이 승합차에서 내리는 걸 보면서 팀장은 신원표에게 양손을 들어 엄지를 세워 보였다.

"여기가 제 나와바리잖습니까? 아는 형님이 근처에서 인력사무소를 하거든요. 그 형님은 이 바닥 본토라 발이 넓습니다, 잠수할 인력도 필요하면 언제든지 말만 하라 하더라고요 하하."

"신 대원 말만 들어도 든든하구만."

팀장은 헤벌쭉거리는 신원표 어깨를 툭툭 쳤다. 아낙들의 연령대는 대충 오륙십 대쯤 되어 보였다. 아낙들이 주고받는 이야기를 듣고 있으면 그녀들은 이곳에 오기 전에 마늘밭에서 일한 것 같았다. 나는 근흥 마늘이 전국에서 가장 유명하다는 것도 아낙들이 주고받는 대화를 듣고서야 알았다. 근흥면 비탈에는 온통 마늘밭이었다. 아낙들은 주꾸미와 꽃게, 오징어 철이 되면 하역장에서 선별작업을 하고, 마늘 수확 때가 되면 마늘밭에서 일했다. 그런 일감도 없으면 갯벌에 나가 조개를 캐면서 소일했다. 조개만 캐서 팔아도 먹고 사는 데 지장 없다는 것이었다. 반나절만 개펄에서 움직이면 반찬값 정도는 거뜬히 벌 수 있으니 아낙들 말대로 바다는 그야말로 노다지였다.

"여기는 새참 안 줘유? 엊그제 일할 때부텀 궁금해 물어보고 싶어 입이 근질근질했슈만. 점심을 너무 일찍 먹어서 그런지 배가 고프구만유.”

갈색 몸뻬는 고개를 틀어 신원표를 보면서 외쳤다. 신원표는 젖은 잠수복을 철대에 걸었다. 바닷물에 젖은 잠수복을 담수에 헹궈 물을 뺄 때까지만 햇볕에 말려야 했다. 잠수복 옆에는 대원들의 셔츠나 수건들도 줄줄이 널려 있었다. 대원들은 개수제 지낸 뒤부터 집에 가지 못해 갈아입을 옷이 제대로 없었다. 땀에 전 옷들을 말려서 입는 수밖에 없었다. 나도 여벌 몇 벌을 벌써 다 버려놓았다.

“여긴 새참 같은 것은 따로 없어요. 조금만 참으세요. 일 다 마치고 나가면서 제가 쭈쭈바 하나씩 사드리지요.”

신원표는 목에 두른 수건에 코를 갖다 대며 킁킁거렸다.

“노가다판에 새참 없는 데가 워디 있슈?”

아낙은 뚱한 표정을 지었다.

“마늘밭에도 오전 열 시 반에 빵하고 우유가 따박따박 나오구유, 오후 네 시에도 빵이나 떡이 나온다니께유. 아, 물론 점심도 당연히 주구유.”

“앗따 당진 성님도 참. 여기는 이 청자만 닦으면 끝나니께 얼릉 하고 가면 되잖아유. 그라고 이건 마늘 뽑는 일보다 훨씬 수월하잖유. 마늘쪽 안 깨지게 해서 다발로 착착 묶는 것보담 이게 낫잖아유. 또 여기는 잘생긴 선생님들도 많구유, 호호호.”

아낙은 대원들을 휘둘러보면서 웃었다.

"나는 마늘 뽑는 게 더 쉬운디? 신 중사님이 아기 보듬듯 청자를 소중하게 다루라고 했잖여. 아기도 아닌디 아기 보듬듯 하라니께 힘들구만."

"청자나 우리 집 사기그릇이나 뭐가 다른가는 모르것구만. 귀하게 다루라고 하니께 조심조심 다루기는 한다만서두."

"그러게, 나도 암만 봐도 이 사기그릇하고 우리 집 개밥그릇하고 뭐가 다른지 모르겠다니께. 이런 그릇 하나에 몇백만 원씩 한다니께 참말로 세상은 요지경이란 말이여."

"당진 댁은 개밥그릇도 좋은 거 쓰네. 우리 집 개밥그릇은 찌그러진 냄비란 말여."

"당진 성님, 성님 집 그 개밥그릇 혹시 청자 아닌감요? 오늘 집에 가서 잘 살펴봐유."

"아이구, 청자는 무슨 놈의 청자. 내가 시집올 때부터 찬장에 처박혀 이리저리 뒹굴던 사기여, 사기. 그것도 이빨이 듬성듬성 나가 얼금뱅이구만. 그 대접에 밥을 담으면 밥그릇, 국을 담으면 국그릇, 된장을 담으면 된장 그릇. 아 우리 영감이 막걸리 부어 마시면 막걸리 그릇이지."

"나 같으면 암만 돈이 썩어 나자빠져도 이런 사발 떼기 하나에 몇백만 원씩, 몇천만 원씩 주고 안 사."

"이게 맷백만 원 한다구유?"

"어떤 거는 몇억도 한다는구만."

"시상에나!"

"이 청자란 놈하고 우리 집 김치 사발하고 하나도 달라 뵈지 않는디 어떤 놈은 몇백만 원씩이나 하고, 시상이 요지경이 맞긴 맞구만유."

아낙들의 떠드는 소리가 자갈처럼 자글거렸다. 그녀들은 몸뻬바지에 헐렁한 셔츠를 입고 토시를 낀 데다 꽃무늬가 박힌 챙 넓은 모자를 썼다. 모자에 드리운 천으로 얼굴까지 싸매 눈만 빠끔 보였다.

"우리 아주머님들, 수고 많으십니다. 이쁜 아주머니들이 매만져서 그런지 우리 청사들이 더 반짝빈짝하네요."

팀장이 에어 리프트를 끌고 나와 헤드에 납을 끼우면서 말했다. B 그리드 구역에 제토 작업을 또 해야 했다. 어제 수중 제토기로 흙을 빨아 당겼지만, 웅덩이가 파인 그곳에는 흙이 자꾸 쌓였다. 나는 아낙들이 닦아놓은 청자를 상자에 담았다. 매직펜으로 상자에 인양번호를 썼다. 2028.

"이야, 오늘 벌써 2028번째?"

내가 다음 상자를 당기자 팀장이 다가왔다.

"태안 프로젝트가 끝날 무렵에 이 숫자는 몇천쯤 되겠지요?"

나는 청자 상자에 2029를 쓰면서 말했다.

바지선에는 인양된 유물로 발 디딜 틈이 없었다. 인양한 것 중에 닭과 개 뼈나 털메기도 있었다. 가축 뼈나 신발 종류는 육상고고학 탐사 때도 흔하게 나오는 것들이었다. 인류의 흔적들은 육상이나 바다나 다르지 않았다. 속이 메스껍고 어지러워 바지선에 늘린 것들이 제대로 눈에 들어오지 않았다. 나는 어제저녁부터 체증이 있어 아침과 점심을 굶었다. 어제저녁 반찬으로 나온 오징어무침을 먹고 체한 것 같았다.

아침부터 몸이 으슬으슬했다. 팀장은 선실에 누워 있으라고 했지만 누워 있을 정도는 아니었다. 다행히 내 빈자리를 박사가 메워 대원들한테 덜 미안했다. 박사가 선실에 앉아 컴퓨터 장비만 맡아줘도 수월한데 잠수에 촬영까지 하니 일꾼 몇 사람이 들러붙은 것처럼 든든했다. 장비를 만지던 김태완이 입수하겠다고 했지만, 박사가 재바르게 일을 처리해주어 잠수사도 남아도는 듯했다.

"그저께 신 선배님하고 송 선배님이 얼마나 많이 끌어올렸습니꺼. 신 선배님은 혼자 입수해도 두 사람 몫은 거뜬히 한다 아입니꺼."

김태완이 내 곁에 다가왔다. 신원표는 혼자 잠수했다. 그는 그저께 발견한 것을 인양하는 일만 남았다. 나는 그저께 신원표와 입수해 유물을 많이 발굴했다. 유물을 소쿠리에 담아 올리기 바빴다. 여러 유물과 함께 소쿠리에 넣으면 깨질 것 같은 물건은 암초 사이에 끼워 두었다. 나는 촬영하랴 유물 인양하랴 정신없었다. 출수 시간이 임박해오자 마음이 급해졌다. 소쿠리에 담지 못한 물건들은 암초 사이에 끼워 두고 출수했다. 암초 사이에 두고 온 물건이 자꾸 눈에 밟혀 안절부절못했다.

"목포에 있는 샘들은 다 잘 있지예? 임 선배하고 한 선배님은 억수로 바쁠거고예."

김태완이 박사를 보면서 말했다.

"임 대원은 엊그제 고선박 유물보존처리실에서 잠깐 봤고, 한 대원은 여기 현장에서 보내온 유물 실측하느라 정신없어 보이더라고. 관에서도 우리는 식사 때 아니면 얼굴도 못 봐."

나는 어젯밤에도 마농 전화를 받았다. TV 마감 뉴스를 보면서 선실 침대에 누워 있는데 머리맡에서 핸드폰 진동음이 울렸다. 체증 때문인지 머리가 어질어질해 앉아 있기도 거북했다. 속엣것을 게워내면 좀 나을 것 같아 몇 번이나 구토를 시도했지만, 신물만 나왔다. 나는 컨디션이 안 좋아 전화 받기가 좀 그러니까 다음에 통화하자고 했지만 마농은 아랑곳하지 않았다.

"컨디션 타령 그만해. 여기는 바빠서 아플 시간도 없어."

마농한테 위로를 받자고 내 컨디션을 말한 건 아니지만 어금니 깨무는 듯한 그의 말투는 많이 거슬렸다. 마농이 곁에 있었으면 작작 하라며 멱살이라도 잡았을 것이다.

"여기는 화장실 갈 시간도 없을 만큼 업무가 바쁜데 팀장은 이영준 선배는 왜 빼가느냐고."

마농은 자신도 현장과 행정업무를 잘할 수 있는데 팀장이 박사만 불러내서 불만을 드러냈다. 나는 더는 전화를 받을 힘이 없다며 전화를 끊었다. 곧이어 진동음이 계속 울렸지만 무시했다. 예외가 없다면 오늘 밤에도 마농은 전화를 할 것이다. 자갈밭에 군홧발 디디는 소리가 벌써 귓전에 맴돈다.

"신 대원 출수!"

감압기 앞에 있던 공자가 외치자 신원표가 출수 라인의 계단을 걸터듬어 바지선에 올랐다. 그야말로 그는 돌고래처럼 수면 위를 솟구치며 나타났다. 나는 출수대 앞으로 다가가 손을 내밀었다. 신원표는 베테랑 다이버답게 40분이나 물속에 있었으면서도 헉헉대지 않았다. 오히려 입수 전보다 더 늠름했다. 나는 얼른 출수계단 앞으로 다가가 신원표가 안은 청자 꾸러미를 받았다.

"신 대원 수고했어."

나는 한 손으로 청자 꾸러미를 받치고 한 손으로 신원표 손을 잡아끌었다. 그의 한 손에는 작대기가 들려 있었다. 청자 꾸러미에서 뚝뚝 흐른 물이 내 발등을 적셨다.

"이게 뭡니꺼? 꼭 자(尺)같이 생겼네예."

김태완이 신원표가 내민 작대기를 받으면서 말했다.

"아니 이건 목간이잖아!"

박사가 작대기를 보고 소리를 높였다. 김태완이 박사한테 건네받은 작대기를 바닥에 놓았다. 나는 물이 뚝뚝 듣는 청자 꾸러미를 한쪽에 놓았다. 청자 꾸러미를 엮은 새끼줄에서도 물이 주르륵 흘렀다. 나는 청자 꾸러미와 신원표 손을 번갈아 보았다. 그는 그저께 암초 속에 묻어 둔 물건을 전부 인양하지 않은 게 분명했다.

"와, 목간을 다 발견하고. 누구 말마따나 여기 태안은 정말 보물창고네. 없는 게 없군."

나는 청자 꾸러미를 놓고 박사가 살피는 목간을 만져보았다. 목간木簡은 요즘으로 치면 택배 선적 꼬리표와 같은 것이다. 신안선에서도 목간이 발견됐다. 그 목간에 적힌 글이 아니었다면 신안선의 출항지가 중국이고, 목적지가 후쿠오카라는 사실을 알아내기 힘들었을 것이다. 목간에 쓰인 '지치삼년至治參年'이라는 글 때문에 신안선 출항 연도가 1323년이라는 걸 알았다.

"있다가 목간에 쓰인 글자를 자세히 보면 알겠지만, 만약에 이게 고려 사람이 쓴 목간이라면 고려 시대 최초의 목간이 되는 거야. 신 대원이 정말 귀중한 유물을 발굴했네. 팀장님, 이것 좀 보십시오!"

박사는 씨뮤즈호에서 나오는 팀장에게 목간을 들어 보였다.

"뭐라고 썼는지 읽어 보라고."

"신해…… 뭐지? 탐진현재경……."

박사는 물기 축축한 목간을 마른 수건으로 꾹꾹 눌러 닦으며 더듬더듬 읽었다. 물기를 닦아도 글씨를 알아보지 못한다면 원적

외선에 비추면 알 수 있다. 나는 원적외선에 글씨가 아무리 선명하게 드러난다 해도 해석할 자신이 없다. 목간에 쓰인 글을 척척 읽고 해석해내는 이영준이야말로 박사라 할 만했다.

“대정인수호부사기일. 그러니까 신해년에 강진에서 개경에 있는 대정이라는 관직을 지닌 인수라는 사람한테 청자 한 꾸러미 보낸다는 뜻인 것 같은데요.”

박사는 목간을 읽은 뒤 바닥에 놓았다. 목간에는 ‘耽津玄齋京隊正仁守戶付砂器壹’이라는 글이 세로로 쓰여 있었다. 탐진현은 지금의 전라남도 강진군이다. ‘京’은 고려수도 개경이니 청자 운반선은 출항지가 강진이고, 목적지가 개경일 것이라고 우리가 추측한 대로였다.

“역시! 이 선배님은 모르는 게 없네예. 박사라는 별호가 그냥 붙은 게 아니라니까예.”

목간을 줄줄 읽는 박사가 정말 감탄스러웠다.

“신해 년이라 하면…….”

팀장이 박사를 보면서 말했다.

“1131년입니다.”

“그럼 이게 신안선 보다 더 빠른 목간이네요?”

나도 모르게 목청을 높였다.

“8백 년이 지났는데도 이렇게 생생하다니.”

나는 목간을 어루만졌다. 목간 홈 쪽에 거뭇한 물이끼가 밴 것만 빼면 요즘 목간이라도 해도 손색없어 보였다.

"그렇지. 신안선 유물이 1323년경에 발견된 선박이니까 이건 192년이나 빠르군."

"야, 이거야말로 진짜 특종이네예."

"수백 년 가라앉아 있었으면서 이렇게 멀쩡하다니. 이런 거 찾는 맛에 바다를 뒤지는 짓을 때려치우지 못하지."

팀장은 입을 다물지 못했다.

"수중유물은 모두가 특종이야. 송 대원 말마따나 수백 년 가라앉아 있었으면서 이렇게 멀쩡하잖아, 바다니까 가능한 거 아니겠냐고. 이걸 예사로 안 보고 건져 온 신 대원 눈썰미가 대단해. 신 대원 수고했어."

팀장이 신원표 어깨를 쳤다.

"제가 뭘 알겠습니까, 이왕 물에 빠진 거 빈손으로 오는 것보다 뭐라도 훑어 와야 한다는 마음인 거죠."

신원표가 수모를 벗으면서 말했다.

"이것도 좀 보시죠, 어제 촬영할 때는 이게 대접인 줄 알았는데 지금 보니 발우 같습니다."

나는 청자 꾸러미를 대원들 앞으로 끌어놓았다. 부목 판때기를 덧댄 청자 꾸러미는 깨진 게 하나도 없이 모두 멀쩡했다. 대접은 전부 열 점이었다. 나는 꾸러미 밑바닥을 살폈다.

"그저께 송 대원하고 입수했을 때 발견한 건데, 그날 인양 소쿠리에 다 담을 수 없어서 송 대원이 암초 사이에 끼워 둔 겁니다. 이건 암초 사이에 있던 거 건져왔을 뿐입니다. 다행히 암초 사이에 그대로 잘 박혀 있지 뭡니까?"

신원표는 청자 꾸러미와 나를 갈마보았다. 발우 청자 꾸러미는 사이사이에 완충재인 짚이 들어 있어 형태가 온전했다. 이번에 청자 꾸러미를 많이 발굴했지만, 발우 꾸러미는 처음이었다. 발우는 옥빛 청자로 여느 청잣빛보다 맑고 은은했다. 아무리 봐도 신원표는 암초 사이에 있는 물건을 모두 인양하지 않은 것 같았다.

"이 발우만 봐도 고려 때 승려 위상이 어느 정도인지 알 수 있어. 어쩌면 이렇게 빛깔이 고울까."

팀장이 꾸러미를 뒤져 발우를 빼 들었다. 발우는 모두 매끈했고 완충재인 짚도 별로 삭지 않았다.

"발굴 위치는?"

"그리드에서 제법 벗어난 지점입니다."

팀장이 매직펜을 들고 화이트보드 앞에 서자 신원표가 목청을 높였다.

"와! 진짜 태안 바다에서 나온 청자는 전부 최상품이네예. 목간도 그렇고 이거 전부 국보급 아입니꺼?"

김태완이 박사와 팀장을 보면서 말했다.

"앙이나 실에서 육상에서 나온 청자하고는 비교가 안 되네예."

"하하하, 청자뿐만 아니겠지, 육상고고학은 오래전부터 사양길에 접어들었다고 봐야겠지. 웬만한 데는 전부 도굴됐고 다 파헤쳐졌잖아. 수중고고학은 이제 시작인 셈이야. 특히 우리나라는 수중유물 발굴 역사가 짧으니까 무슨 유물이 나올지 예측이 안 돼. 아마 무궁무진할 거야."

"역사는 짧지만, 때깔 나는 유물을 얼마나 많이 발굴했습니꺼. 신안선만 봐도 엄청나다 아입니꺼. 군산 십이동파도선, 보령 원산도, 야미도, 이번 태안 대섬 뭐, 청자만 해도 천지빼까리로 건졌다 아입니꺼."

"김 대원 말이 맞아, 정말 천지빼까리네."

팀장은 그리드가 그려진 화이트보드를 보면서 그리드 밖의 지점에 매직펜을 댔다. 그는 '목간, 청자 발우 꾸러미 발견'이라고 썼다.

"와, 오늘은 만선이라 기분도 대빵이고, 어디 가서 소주 한잔 하면 딱 좋겠다."

김태완은 까치놀을 보면서 혼잣말을 했다. 낙조는 농익은 홍시 색깔 같았다. 대원들의 얼굴에도 발그레한 낙조 빛이 어룽거렸다. 나는 인양유물을 찬찬히 살폈다. 아무리 살펴도 암초 속에 묻어두고 온 사자 향로는 없었다.

"예예 괜찮습니다, 말씀하세요."

팀장이 핸드폰을 귀에 대면서 말했다.

"내일 낮이라고요? 기자회견 한다는 소식은 들었지만."

팀장은 손등으로 땀을 닦았다.

"아참, 무슨 날짜를 그렇게 촉박하게 잡았답니까? 기자회견을 하려면 긴급 탐사가 끝났을 때 바로 하든지, 아니면 지금 하고 있는 1차 발굴이라도 마무리될 때 하든지 해야지 한창 발굴하고 있는 이 시점에……."

팀장이 손 갈퀴로 머리카락을 쓸어 넘기면서 인상을 썼다.

"솔직히 기자회견을 해도 난 할 말 하나도 없소, 알아서들 하시오!"

팀장 음성이 점점 높아졌다. 곧 그의 질펀한 전라도 사투리가 우르르 쏟아질 기세였다.

재주는 곰이 넘고

태안군청 주차장에 다다르자 엄마한테 전화가 걸려왔다. 대원들은 모두 태안군청 강당으로 향했고 나는 한 귀퉁이로 빠져 핸드폰을 귀에 댔다.

"너 바쁜 줄 알지만, 용건만 간단히 말할 테니 전화 끊지 말고 들어. 참한 아가씨가 있어. 서른두 살이고 은행에서 일한대. 새로 생긴 내 단골손님 조카란다. 잠깐 시간 내서 한 번 만나 봐. 너도 곧 마흔이야."

"마흔은 무슨요, 이제 서른여섯 살인데요."

"그게 그거지 뭐. 휴가 받아서 한 번 만나 봐."

"우리는 휴가 없다는 거 엄마도 아시잖아요."

발굴시즌 중에 대원들은 휴일도 휴가도 없다. 악천후가 계속되는 날이 휴일이다. 늦봄에서 늦여름까지는 수중유물 탐사의 골든타임이다. 날씨가 더울수록 입수하기 좋았다. 발굴시즌에는 연차나 휴가신청도 할 수 없다는 게 이 바닥 사정이라는 걸 엄마도 안다.

"곧 장마잖아. 장마철이 네 휴가잖아. 그때 잠시 다녀가. 내가 새로 말해 놓을게."

"엄마, 지금 내가 무지 바쁘니까 그만 끊어요."

짜증이 치솟아 나도 모르게 목청을 높였다. 나는 한쪽 어깨에 멘 카메라 가방을 추어올렸다. 장마철에도 폭우만 아니라면 입수했다. 이번에는 시즌이 시작되고부터 폭우가 내렸지만 개수제를 지내고 마수도 못 한 터라 바로 쉴 수도 없었다. 하염없이 내리는 비를 보며 현장에서 멍때리는 것도 고역이었다. 세상에서 가장 힘든 일이 업무 시간에 빈둥거릴 때였다.

"이 아가씨는 네가 수중유물직원이라니까 좋아한다는데?"

"엄마 제발, 제발 나 일 좀 편하게 해줘."

나는 목소리를 누그러뜨리며 강당을 향해 걸었다.

"가정을 꾸려 봐. 그럼 일을 더 편하게 할 수 있지."

"결혼하고 싶으면 내가 알아서 신붓감 구할 테니까 신경 쓰지 말라고요."

"네 말 믿었다가 여기까지 왔잖아. 잔말 말고 조만간 만나 봐. 내가 본다고 약속 해놨어."

"전화 끊어요."

나는 핸드폰을 바지 뒷주머니에 넣고 허겁지급 걸었다. 강당 입구부터 기자들이 진을 쳤다. 각 언론사 로고가 붙은 카메라가 실내 곳곳에 배치되어 있었다. 나는 재빠르게 기자들 틈을 비집고 실내에 들어섰다.

"앞으로는 오늘처럼 갑자기 기자회견 할 것을 대비해서 팀장님도 양복 한 벌은 갖고 다녀야겠어."

내가 대원들이 있는 자리에 다다르자 공자가 옆으로 밀려 앉으면서 말했다. 팀장은 어느새 강당에 자리를 잡고 앉아 있었다. 회색 셔츠에 주황색 조끼 차림을 한 팀장은 낚시터에서 막 온 사람 같았다. 무대 위에는 팀장과 문화재관리국장, 도자기전문가, 태안군수 등, 양복쟁이 사내 몇 명이 나란히 앉았다. 우리는 태안군청 강당에 도착해 이번에 인양한 청자 몇 점을 무대에 진열하고 객석에 앉았다. 아르키메데스와 마농이 빠져서인지 대원들 좌석이 텅 비어 보였다. 김태완은 파일을 한 장씩 넘기며 보고 있었다.

"내 눈에는 우리 팀장이 제일 멋져 보이는데요."

"저런 자리에 작업복 차림은 좀 그렇잖아?"

"할 수 없지요. 갑자기 기자회견 자리가 마련된 게 이상한 거지, 팀장이 정장 준비 못 한 게 이상한 건 아니죠."

팀장은 태안군청으로 오는 차 안에서 내내 문화재관리국장이 언론에 휘둘려 기자회견을 승낙했다고 단정하고 그에 불만을 드러냈다. 한창 발굴 중인 유물들이 언론에 알려져 좋을 것 없다는 팀장 말은 틀리지 않았다. 발굴 현장이 노출됐다 싶으면 경찰서나 군청 등, 관계자들이 발굴 현장 경비업무에 더 신경을 써야 했다. 관공서직원들이 현장주위에 어슬렁거려 봐야 우리 대원들의 신경만 쓰일 뿐이었다. 팀장은 수중유물 발굴 현장은 은밀하고 조용하게 작업해야 한다고, 강조했다.

"청자가 저렇게 묻혔단 말 아녀?"

"그렇지. 바다 밑으로 들어가 저걸 건져 오는 양반들도 대단하다니께."

객석 어딘가에서 사내들이 주고받는 목소리가 들렸다. 스크린에는 내가 촬영한 수중유물현장이 반복해서 나왔다. 진흙에 묻힌 청자와 파편들 주위로 작은 물고기들이 살랑거리는 화면이 나오자 기자들이 그 장면을 카메라에 담았다. 다음 화면에는 누군가가 개흙을 솔로 제거하는 장면이었다. 솔을 잡은 손이 왼손인 걸로 보아 대원은 마농이었다. 화면에는 청자를 안고 출수하는 공자도 보였다.

"저 양반이 오야진가?"

"그러네, 오야지네."

공자가 내민 청자를 팀장이 건네받는 장면이 이어지자 장년 사내 둘이 주고받는 말이 들렸다.

"화면으로 보니까 우리가 작업하는 폼이 제법 근사해 보이네.

송 대원의 촬영기술이 뛰어나서 그렇겠지?"

공자가 나를 힐끗 보면서 중얼거렸다. 그는 탐사 촬영장면을 볼 때마다 같은 말을 했다. 그 짧은 시간에 촬영하랴 발굴된 유물을 인양 소쿠리에 담으랴 수중에서 허둥거렸을 내 모습이 연상되어 탐사장면이 더 귀하게 다가온다는 말도 빠뜨리지 않았다. 나는 기자회견 현장 사진을 찍기 위해 카메라를 조절했다. 사진기자들 틈으로 들어가 무대에 앉아 있는 사내들과 그 앞에 있는 유물이 모두 뷰파인더에 담기도록 앵글을 조절했다. 철컥. 셔터를 누르자마자 내 바지 뒷주머니에 든 핸드폰에서 진동이 울렸다. 나는 유물 진열대 모서리 부분에서 길게 잡아 셔터를 두어 번 더 눌렀다.

"잠깐만."

바지 뒷주머니에 든 핸드폰 진동음이 느껴져 나는 김태완 무릎에 카메라를 올려놓고 핸드폰을 집어 들었다. 핸드폰을 귀에 대면서 강당 문을 밀었다.

"팀장님도 이영준도 전화 안 받는데 어디야?"

핸드폰을 받자 바로 마농 목소리가 귀에 박혔다.

"태안군청 강당입니다. 기자회견이 갑자기 잡혀 있어 급히 군청에 왔어요."

"기자회견?"

"예, 기자회견이라고 하네요."

"기자회견을 하려면 긴급 탐사 끝나고 했어야지. 지금 어중간하게 그게 뭐야?"

"팀장님도 어제 오후 늦게 급히 연락 받았거든요."

"우리 관이 아무리 문화재관리국 따까리라 해도 팀장님이 판단을 잘못하신다 싶으면 대원들이 제동을 걸어야 할 거 아냐? 모두 팀장이 죽어라 하면 죽을 판이던데. 그래서 되겠어? 하긴, 대원이라고 해 봐야 송 대원, 김 대원뿐이지. 신원표나 박 대원 같은 민잠들은 입도 뻥긋 안 할 거고. 민잠들이 입 아프게 남의 제사상에 감 놔라 배 놔라 할 이유도 없고. 이영준 선배는 맘이 딴 데 가 있으니 수중유물에 그다지 관심도 없을 거고."

"선배, 급한 일 아니라면 나중에 통화하죠, 지금 사진 찍다가 나와서."

필요한 장면은 찍었기 때문에 급할 것은 없었지만 마농을 떼내기 위해서는 상황을 부풀릴 수밖에 없다. 신원표는 여기 안 왔지만 마농한테 세세하게 전할 필요는 없었다.

"김장수 씨도 기자회견 자리에 왔나?"

"예."

"김장수 씨가 무대에 올라갔느냐 그 말이야."

"아니요, 객석 맨 앞자리에 앉아 계시는데요."

"청자를 발견하고 신고한 김장수를 무대에 올리지도 않고 기자회견을 한다고? 그리고 또, 험한 조류를 무릅쓰고 긴급 탐사를 한 사람이 누구지? 긴급 탐사를 한 나를 빼고 기자회견을 한다고?"

마농 목소리는 점점 커졌고 말도 더 빨라졌다. 그의 말은 틀리지 않았지만 내가 답할 만한 것은 없었다.

"문화재관리국장이나 도자기전문가라는 사람들이 뭐라고 할지 안 봐도 훤해. 목숨 걸고 청자를 건진 우리 같은 사람 이야기는 빼고 청자가 어떻고, 고려가 어떻고, 무늬가 어떻고, 뭐가 어떻고 해대겠지?"

뒷골이 당겼다. 마농 말을 계속 듣고 있으면 골이 쪼개질 것만 같았다.

"유물이 어쩌네 하면서 생색내고 싶어 성급하게 일을 만드는 문화재관리국이나, 그 사람들 하는 대로 예, 예, 하면서 따르는 팀장이나, 앞뒤 아무것도 모르면서 이래라저래라 지시하는 태안 군청이나 그 나물에 그 밥이지. 그러니까 우리나라 골동계가 발전이 없는 거라고."

"선배, 팀장님한테 뭐라고 전할까요?"

나는 씹던 껌을 확 뱉어버리듯 거칠게 말을 했다. 마농 말만 듣고 있으면 문화재관리국이나 현장 관계자들은 모조리 문화재에 대한 문외한들이었다. 나는 우리나라 골동계가 걱정되면 마농 성질부터 고치라 하고 싶지만 할 말 다 하고 살 수는 없다. 전화를 빨리 끊으려면 마농을 건드리지 말아야 한다. 그의 불만을 듣고 있으면 타이어에 바람 빠지는 소리를 듣고 있는 것처럼 불안했다.

"다른 건 몰라도 수중유물 이야기만큼은 고고학계나 도자기전문가보다 잠수사가 나서야지, 안 그래? 뻘탕에 몸 한 번 안 적셔본 사람들이 수중유물 이야기를 한다는 게 말이 돼? 주꾸미가 웃을 일이지. 잠수부 없는 수중고고학이 어디 있다고!"

나는 핸드폰을 귀에서 뗐다. 그의 뒷말은 안 들어도 무슨 말이 이어질지 훤했다. 수중유물 발굴 대원이 아무리 고고학이라는 이론으로 무장했다 하더라도 잠수부가 해저에 가라앉은 유물을 건져내지 못하면 항로를 모르는 선장과 다를 바 없다는 말이 이어질 터였다.

"이영준 선배는 거기서 뭐한대?"

"기자회견 자리에 왔는데 문화재관리국에서 온 직원들과 이야기 중입니다."

"이영준 선배가 언제부터 의전과장이 됐어? 여기 목포는 쓰러질 시간도 없는데. 팀장님은 사람을 빼갔으면 다른 사람으로 땜빵을 해 주든가, 아니면 다시 이영준 선배를 목포로 돌려보내든가 해야지."

"안 그래도 오늘 이 선배가 목포로 가기로 했는데 팀장이 기자회견 마치고 가라며 붙들었어요."

"박사님은 박사답게 딴 네 가서 놀라고 해. 왜 어정쩡하게 뱃놈 흉내나 내느냐고. 그래, 잘 돌아간다, 잘 돌아가. 원래 새빠지게 고생하는 놈 따로 있고, 그걸 가로채 자기 공인 양 생색내는 인간은 따로 있지. 어제오늘 일인가? 됐고, 팀장님한테는 있다가 내가 다시 전화하지."

전화를 끊자 잠수할 때처럼 귀가 먹먹했다. 나는 핸드폰을 조끼 주머니에 쑤셔 넣고 강당 안으로 들어갔다. 벌써 기자회견이 진행되고 있었다.

"이 청자 접시는 접시의 유약이나 구름무늬 등으로 볼 때 강진 용운리 계통의 가마에서 만들어진 것 같습니다. 제작 시기는 순청자 전성시대인 12세기 중후반쯤이고요. 그 근거로 1146년에 사망한 고려 인종의 능에서 출토된 통 모양 잔과 거의 똑같은 잔이 나왔고, 1180년께 등장하는 상감청자는 나오지 않았다는 점이지요. 특히 참외 모양 주전자는 질도 뛰어날 뿐 아니라 바다에서는 처음 발굴된 청잡니다. 도자사적 의미가 클 것으로 보입니다."

"그럼, 거기 놓인 청자 가격은 각각 어느 정도 됩니까?"

도자기전문가 윤의 설명이 끝나자 어느 기자가 곧장 질문을 했다. 윤이 마이크를 가까이에 댔다.

"조상들의 유물을 값으로 매기려니 좀 그렇습니다만 굳이 값을 정해야 한다면 대접과 접시는 한 점에 약 5백만 원. 참외 주전자는 손잡이가 깨지지 않았으면 10억 원인데, 깨졌으니 1억 정도 되겠습니다."

"우와!"

여기저기서 탄성이 나왔다.

"깨진 것과 온전한 것이 이렇게 값 차이가 많습니다. 오늘 우리 목포해양 유물전시관에서 담당자분도 나오셨으니 유물을 인양할 때 조금 더 세심하게 다루어 주십사하고 미리 한 말씀 당부드립니다. 물론 현재도 우리 유물전시관 측의 발굴 대원들이 매우 애쓰신다는 거 잘 압니다."

"참외 모양 청자 주전자 값은 왜 그렇게 비싼 거죠?"

J 신문사 기자가 질문했다.

"참외 모양 청자 주전자는 우리나라에 몇 점밖에 없는 희귀품입니다."

참외 모양 청자는 신원표가 안전기원제 지낸 다음 날 입수해 발굴한 거였다.

"질문드리겠습니다. 육지에서는 청자 하나도 발굴하기 힘든데 태안 바다에서 고급청자를 많이 발굴했습니다. 태안 바다에 매장된 청자는 어느 정도가 될까요?"

YSN 로고가 붙은 마이크를 든 기자가 질문했다. 문화재관리국장은 고개를 내밀고 좌중을 둘러보다가 마이크를 태안군수에게 넘겼다.

"흠흠!"

군수는 헛기침하며 마이크를 입 가까이에 댔다. 나는 마농과 방금 통화한 내용이 떠올랐다. 객석에 앉은 김장수를 바라보았다. 태안 바다의 청자매장현장을 아는 자만이 YSN 기자의 질문에 대답할 수 있을 것 같다. 기자 말마따나 육지에서는 청자 파편 하나만 발굴돼도 화제였다. 앞으로 태안 바다에서 청자를 얼마나 더 발굴할 수 있을지의 여부는 태안군수가 아니라 바다 밑을 보고 온 수중발굴과 잠수 대원이라야 제대로 대답할 수 있을 것이다.

"아, 아."

군수는 마이크 테스트를 하는 시늉을 했다. 마이크에서 나는 그의 소리는 선명했다.

"우리 서해는 전체가 보물창고지요."

군수의 빤한 소리를 듣느니 마농의 툴툴거리는 소리를 듣는 게 낫다는 생각이 들었다. 재주는 곰이 넘고 돈은 되놈이 번다는 마농 말처럼 유물을 발굴하고 인양한 사람 따로 있고 생색내는 사람은 따로 있었다. 발굴 현장 근처에 얼씬도 안 한 사람들이 수중유물에 대해 한마디씩 하겠다고 나섰으니 주꾸미가 웃을 일이고 김장수가 웃을 일이었다. 태안에서 발굴된 청자는 그물과 주꾸미를 빼고 말할 수 없었다.

신원표는 기자회견 마친 오후에 현장에 나오기로 되어 있었지만 나오지 않았다. 나는 어쩔 수 없이 공자와 한 조가 되어 입수했다. 문화재관리국에서 나온 사람들은 굳이 대원들의 입수장면이나 인양유물을 봐야겠다며 바지선에서 죽쳤다. 하던 짓도 멍석 깔면 안 한다더니, 사람들이 보고 있으니 입수와 출수를 할 때 대원들 행동이 부자연스러웠다.

"박 선배님, 어서 입수해서 개흙이라도 한 줌 퍼 옵시다. 빨리 저 사람들을 보내야지요."

공자는 내 말이 떨어지자 바로 입수대로 올라갔다. 곧 나도 뒤따랐다. 나는 공자가 가리킨 수색지에 다다라 청자 접시와 목간 두 개, 청동 숟가락 등을 인양 소쿠리에 담아 띄웠다. 출수하는 공자 뒤를 따라 나도 출수했다. 문화재관리국 직원은 인양한 것들을 차례대로 찍고 대원들과 단체 사진을 찍고 곧 현장을 떠났다. 대원들이 바지선에 모여들자 갑자기 사위가 어두워지기 시작했다. 대여섯 시밖에 되지 않았다. 팀장 지시 아래 대원들은 모두 식당으로 갔다. 식당에 도착해 자리에 앉자 천둥 번개와 함께 비가 쏟아졌다.

"요새는 일기예보도 엉터리라니까예. 주말부터 장마라 하더니만예."

김태완이 화장지를 풀어 젖은 머리카락을 눌러 닦았다.

"기습적으로 비가 내리는 걸 보니 장마는 장마네. 이왕 닥칠 장마라면 빨리 왔다가 가는 게 낫지. 암튼 이쪽 태안에는 오늘부터 2, 3일 천둥 번개를 동반한 폭우가 있을 거라니까 이참에 3일 휴무다. 알다시피 우리는 휴가가 별도로 없으니 3일 동안의 휴무를 휴가처럼 보내라고."

팀장은 대원들 잔에 소주를 따라주었다.

"이번에는 시즌 초반부터 정신이 없었잖아. 그러다 보니 회식이라고 해 봤자 그게 그거지만 회식 한 번도 못 했잖아."

회식이라 해 봤자 저녁 식사 때 술 한 잔 곁들이는 정도였다. 대원 중에 누가 생일을 맞아도 회식이었다. 초코파이 몇 개 포개고 그 위에 성냥불 한 개 꽂고 박수 치며 생일 축하 노래를 부르면 생일파티였고, 밥상에 소주 몇 병 더 올리면 회식이었다. 취흥에 오른 대원중에 2차로 노래방이나 호프에 가자고 하지만 섬에서는 유흥업소는커녕 식당도 드물었다. 해안가에 즐비한 식당들 틈에 한두 곳 보이는 노래방과 호프도 늦은 시간이면 대부분 문이 닫혔다. 휴가철이 아니면 평일에도 문을 열지 않는 식당도 있었다. 유배자로 살 각오 없이 수중유물 탐사대원이 될 생각을 말아야 했다.

"와! 그라면 저는 부산에 가서 친구들이랑 광안리에서 좀 놀다가 올랍니더."

김태완이 꽃게탕이 올려진 가스레인지 불을 낮추면서 말했다. 꽃게탕이 펄펄 끓어 국물이 냄비 밖으로 넘쳤다. 상에는 양념게장과 주꾸미 볶음 등, 반찬이 푸짐했다.

"오늘은 기자회견이다 뭐다 해서 우리 대원들 수고 많았어. 이건 내가 쏘는 거니까 실컷 먹어."

팀장이 소주잔을 비우고 내려놓았다. 공자가 얼른 그의 빈 잔을 채웠다. 술자리를 좋아하는 신원표가 없으니 아쉽다.

"이런 날 대원들이 다 모이면 좀 좋아. 목포에 있는 임 대원, 한 대원은 내일 내가 가서 밥이라도 사 줘야지. 이 대원도 내일 목포에 갈 거지?"

팀장이 박사를 보면서 물었다.

"예, 가야죠. 저는 오늘 밤에 출발했으면 하는데요."

"그러면 나야 좋지만 이 대원이 너무 피곤하지 않겠어?"

박사가 소주를 입에 안 댄 이유는 목포까지 운전하기 위해서였다.

"신 대원은 오늘 오후에 비가 올 줄 알았나, 왜 안 오지?"

"이런 자리에 신 선배가 없으니까 허전하네예."

"신 대원은 지금 어디 있대?"

팀장은 나를 보면서 물었다.

"저도 모르겠습니다. 전화를 해도 안 받았거든요. 있다가 다시 연락해 보겠습니다."

나는 신원표한테 여러 번 연락했지만, 전화를 받지 않았다.

"신 대원한테 3일 푹 쉬고 바로 현장으로 나오라고 해."

팀장이 국자로 꽃게탕 국물을 뜨면서 말했다. 선풍기가 회전

할 때마다 가스레인지 불꽃이 일렁거렸다. 나는 받아놓은 술잔에 입만 살짝 축였다. 공자도 김태완도 술을 거의 입에 대지 않았다. 김태완은 마지막 기차를 타고서라도 부산으로 떠날 것이라 했다. 공자도 회식 자리가 파하면 곧장 본가로 갈 것이라며 소주 한 잔을 마시고는 입에 대지 않았다. 공자는 고향 가서 부모 농사일을 거들 예정이라고 했다.

"오늘 외부손님들 치다꺼리하느라 고생 많았고, 올해 남은 시즌에도 지금까지 했던 것처럼 잘 해 보자고. 짧은 휴무지만 달달하게 보내고, 자 건배!"

팀장이 잔을 들자 모두 잔을 높이 들었다.

휴가를 반납하다

대원들은 휴가 전날 회식을 마친 뒤 각자 흩어졌다. 나는 혼자 숙소에 남았다. 억지 휴가가 3일 생겨 좋아했지만, 휴가 첫날부터 비가 내렸다. 아침부터 줄금줄금 내린 비는 내렸다 멈췄다 반복하더니 오후 다섯 시쯤 완전히 멈췄다. 오후 다섯 시부터는 멍하게 있는 것 말고 할 만한 게 없는 시간이었다.

"송 대원, 집에 갈 때 숙소 단속 잘 하고."

팀장이 어젯밤에 박사와 함께 차에 오르면서 말했다. 나는 현장에서 휴가를 즐길 거라고 대답했지만 이미 차 문이 닫힌 뒤였다. 대원들이 떠나고 없는 숙소에 홀로 있으면 자유로울 줄 알았는데 지루했다. 마농의 퉁명스런 말투나 김태완의 썰렁한 유머도 그리울 지경이었다. 며칠 폭우가 내릴 거라는 일기예보는 있었지만, 잠깐잠깐 비가 그칠 때가 있을 줄 알았다.

"진짜 집에 안 가고 현장에 남은 거야? 청승맞게 혼자서 뭐 해?"

어제 팀장한테 전화가 세 번이나 왔다. 그는 숙소 단속을 잘했는지 확인하기 위해 전화를 했다. 나는 혼자 숙소에 남아 뒹굴뒹굴하는 것도 또 다른 재미라고 대답했다. 3일간의 귀한 휴가 중 하루를 날려 보내 아까웠지만, 팀장한테 말할 필요는 없었다.

"갈 데 없으면 목포에 와. 여기는 죽은 귀신도 벌떡 일어나 도와야 할 정도로 바빠."

"제가 휴가 때 아니면 언제 이렇게 혼자 숙소에서 지내겠어요. 저는 제 나름대로 휴가를 잘 보내고 있으니까 걱정하지 마십시오. 행여 마음이 변해 다른 데로 떠나게 되면 문단속 잘할 테니까 염려 마시고요."

내가 휴가를 반납하면서까지 현장에 남아야 하는 이유는 추후에 얼마든지 말할 기회가 있을 것이므로 나는 적당히 눙쳤다. 장맛비는 다시 밤부터 내리기 시작해 다음 날 정오까지 내렸다. 어느덧 휴가 이틀째를 맞고 있다는 게 초조했다.

"웬 난리래?"

비가 그치자 나는 곧 현장에 나갔다. 바다에 사람들이 웅성거렸고 경비정과 관공선이 바다를 돌았다. 그 사이로 IBS를 탄 조난구조대원들이 왔다 갔다 하며 뭔가를 수색하는 것 같았다. 딱 보아도 조난자 수색 중이었다. 나는 우리 대원들의 바지선이 있는 근처에는 얼씬도 못 하고 숙소로 돌아왔다. 꿀 같은 휴가를 이틀이나 날려버렸다.

휴가 3일째 되는 날 오전에는 비가 오지 않았다. 나는 얼른 태안해양경찰서에 갔다. 급히 인양할 게 있으니 우리 현장경비를 잠시 풀어달라고 말했다. 여느 때처럼 발굴 대원이 작업을 하지 않을 때는 경비정이 현장을 감시하고 지켰다. 수중유물 탐사대원이라 하더라도 휴가 때는 현장을 관할하는 경찰의 허락 없이는 입수할 수 없었다.

"어차피 비 때문에 작업을 중단하고 휴가에 들어갔다면서요. 그런데 송 대원은 왜 남아서 혼자 입수하겠다는 겁니까?"

나라고 어디 혼자 숙소에서 뭉개고 싶었으랴. 경비정 담당하는 김 경사는 같은 질문을 몇 번이나 했다.

"급히 인양할 게 있다니까요."

"인양요? 안 됩니다. 이런 악천후에 입수할 생각을 하다니, 말이 됩니까? 이틀 동안 내린 비로 바다가 지금 팅팅 불어 있잖습니까? 저 보시오, 저게 어디 바닷물입니까, 흙탕물이지."

"나도 눈이 있는데 바다가 지금 불어 터져 넘친다는 걸 잘 알죠. 누구는 이런 악천후에 입수하고 싶겠습니까. 급하게 인양할 게 있다고 몇 번 말 했습니까."

"안 된다고 하면 안 되는 줄 알아야지 누구 옷 벗길 일 있습니까?"

김 경사가 역정을 냈다. 김 경사가 맡은 경비정뿐만 아니라 현장 주변에는 경비 보트가 쉴 새 없이 오갔다.

"안 되니까 부탁하는 거 아니요. 모든 책임은 제가 질 테니까 어찌 좀 해봅시다."

나는 김 경사 손을 잡고 매달렸다.

"차라리 어제 말했으면 들어줄 수 있었지요. 어제는 오후부터는 비가 안 왔으니까 아주 잠깐은 입수를 허락할 수 있었는데."

"어제는 피서객 조난사고 때문에 바다에 들어가지 못하게 했잖습니까?"

"오늘처럼 물은 많이 안 불었으니까 어찌 융통해 볼 수 있었지만."

나는 어제 오후에 해양경찰서에 찾아갔다가 단칼에 거절당했다. 비는 그쳤지만, 날씨가 쌀쌀해 바닷가에 웅성거리던 사람들도 거의 빠져나가고 없었다. 입수해도 될 것 같아 경찰에게 부탁했다가 욕바가지만 돌아왔다.

"저런 걸 보고도 그런 말이 나옵니까?"

김 경사가 바다와 나를 힐끔 보면서 말했다. 바다에는 경비 보트 몇 대가 수면을 둥둥거렸고 조난구조대원들이 IBS를 타고 패들을 휘젓고 있었다. 여전히 조난자를 구조하지 못한 것 같았다. 바닷가 스피커에서는 입수금지를 외치는 사내 목소리가 쩌렁쩌렁했다.

"김 경사님, 각서를 쓰라면 쓰겠습니다. 제가 다 책임지겠으니 잠깐만 입수 허락해 주십쇼."

"안 됩니다."

"사람이 하는 일인데 융통 좀 부려 보십시오!"

나도 모르게 목청이 높아졌다.

"지금 나더러 규칙을 위반하라는 말입니까?"

김 경사도 언성을 높였다. 멱살만 잡지 않았지 그의 음성은 드잡이라도 할 것처럼 거셌고 표정도 험했다. 나는 곧장 팀장에게 전화했다. 내가 휴가를 반납하고 현장에 남은 이유를 자초지종 간략하게 이야기했다. 팀장이 태안경찰서 관계자와 군청직원한테 따로 부탁하는 게 내가 현장에서 김 경사한테 사정하는 것보다 백번 나을 것 같았다.

"팀장님도 아시다시피 그날은 기자회견이다 뭐다 해서 그럴 여유가 없었습니다. 지금이라도 입수하지 않으면 귀중한 물건을 놓칩니다. 팀장님이 경찰서와 군청에 연락해서 어찌 좀 해 주십시오."

"그러니까 오늘 기어코 송 대원 제삿날로 정하고 싶다 그 말 아닌가 지금!"

"정말 귀한 물건이라서 당장이라도 인양하지 않으면 떠내려간다니까요."

"냅둬. 물에 떠내려가든 주꾸미와 문어가 쪼아 먹든 냅둬라고!”

팀장 목소리가 돌격하듯 수화기로 터져 나왔다.

“급합니다 팀장님!”

나도 소리를 질렀다.

“냅둬란 말이여!”

“이번에야말로 긴급 중 긴급이니 입수할 수 있도록 도와주십시오!”

“차라리 나더러 죽으라고 해, 죽어라고!”

팀장은 발동기 가동되는 소리를 내며 전화를 끊었다. 내가 핸드폰을 만지작거리며 현장 쪽을 망연히 보자 김 경사가 조타실 쪽으로 갔다. 나는 경비정을 떠나지 않았다. 하늘에 먹구름은 잔뜩 끼었지만 비는 내리지 않았다. 나는 핸드폰을 만지작거리며 바다 수면을 망연하게 보고 있었다. 그러기를 약 20여 분이 흘렀을 즈음 조타실에 앉아 있던 김 경사가 나왔다.

“딱 십 분입니다. 십분 경과하면 안 됩니다.”

“고맙습니다!”

나는 연신 허리를 조아렸다. 김 경사가 누군가와 통화를 하자 조난구조대원 한 명이 나타났다.

“다시 한번 말하지만 딱 십 분입니다.”

나는 좀 전보다 허리를 더 꺾었다. 나는 둘을 스탠바이다이버로 두고 입수했다. 수심이 깊어질수록 물이 탁했다. 레귤레이터에서 다른 때보다 씩씩 소리가 더 크게 들렸다. 나는 오리발을 저으며 얼른 탐색지대까지 갔다. 물이 탁해 사자 향로를 묻어둔 암초는 눈에 쉬이 띄지 않았다. 물 색깔은 흙탕물이라기엔 쌀뜨물에 가깝고, 쌀뜨물이라기엔 감빛에 가까웠다. 물살이 세서 하잠줄이 휘청거렸다.

"잘 잡고 있습니다!"

위에서 김 경사 목소리가 들렸다. 그날 유물을 묻어둔 암초 주변을 찾았지만 사자 향로는 보이지 않았다. 암초 주변에 조개껍질만 수북하게 모여 있었다. 나는 조개껍질들을 들쑤셨다. 순식간에 물 색깔이 진회색으로 변했다. 깨진 조개에 찔렸는지 오른쪽 손톱 밑이 따끔거렸다. 그리드와 그리드 밖, 그 근처를 뱅뱅 돌았지만 사자 향로는 없었다. 사자 향로를 묻어놓았던 자리에 물고기들이 살랑살랑 움직였다.

"출수하시오!"

위에서 김 경사가 소리 질렀다. 잠수 시간 십 분이 더 연장된다 해도 사자 향로를 찾을 수 없을 것 같았다.

"그 조개껍데기가 귀중한 유물이오?"

김 경사는 조개껍데기를 움켜쥔 내 손을 보면서 말했다. 나는 조개껍데기를 바다에 팽개쳤다.

"나갑시다."

김 경사는 소타실로 들어갔다. 타타타타. 경비정 엔진소리가 나자마자 나는 핸드폰을 열어 신원표한테 전화를 걸었다. 그는 전화를 받지 않았다. 몇 번이나 해도 받지 않았다.

"입수 경과를 간단히 작성하면 됩니다."

김 경사가 경찰서 앞에 다다르자 나를 돌아보면서 말했다. 나는 김 경사가 내민 서류철에 '유물인양 작업차 긴급입수. 유물인양하지 못했음'의 입수 경위서와 결과를 쓰고 얼른 경찰서에서 나왔다.

숙소로 돌아온 나는 카메라를 열어 사자 향로 촬영장면을 다시 보았다. 사자 향로는 암초 사이에 얌전히 앉아 물살에 살살 흔들렸다. 사자 향로를 발견한 날 입수하지 못한 게 뼈저리게 후회됐다. 그날은 인양할 게 너무 많아 인양 바구니 사이에 사자 향로를 두면 향로가 깨질까 우려해서 암초에 묻어두었다. 그때는 장마전선이 기습적으로 태안에 찾아들지 몰랐고 그로 인해 3일간의 휴가까지 뒤따를 줄은 몰랐다.

나는 컵라면 봉지를 뜯고 나서 신원표에게 전화를 했다. 받지 않았다. 주전자에 물을 올려놓고 끓는 동안 몇 번 더 전화했다. 받지 않았다. 뜨거운 물을 붓고 라면이 익기를 기다리면서 전화를 했지만 받지 않았다. 컵라면을 두 개째 끓여 먹는 동안 신원표에게 통화를 건 횟수는 23번이었다.

만리포 백사장도 한산했다. 비는 오지 않지만, 우기가 잔뜩 끼어 공기마저 축축했다. 백사장에서 배구를 하는 청년들의 웃는 소리와 함성이 들렸다. 신원표 어머니는 바쁜데 어쩐 일로 만리포까지 찾아 왔는지 두 번이나 물었다. 나는 이쪽을 지나는 길에 어머니 얼굴이라도 보려고 잠깐 들렀다고 둘러대며 신원표 어머니가 끌어당겨 준 의자에 털썩 앉았다.

"아줌니, 여기 신김치 한 종지 더 달라니께유."

테이블에 앉은 사내 중 한 사람이 신원표 어머니를 보며 외쳤다. 사내들은 차림새로 보아 인부들 같았다. 빈 막걸릿병 두 개와 소주병 두 개가 그들의 테이블 근처에 놓여 있다.

"알았으니께 쪼끔만 지달려유."

신원표 어머니는 사내들을 향해 외쳤다.

"어쨌든 신 대원은 현장에서 일 잘하고 있으니까 걱정 마십시오. 신 대원도 올해 업무가 다 끝나면 고향에 꼭 들른다고 했으니 조금만 더 기다리시면……."

나도 모르게 말이 빨라졌다. 신원표 어머니가 바쁜 탓도 있지만, 거짓말을 하려니 켕겼다. 신원표 어머니를 보니 최근 며칠 신원표가 잠수를 탔다는 말이 차마 나오지 않았다. 잠수사가 잠수 타는 게 당연하지만, 그는 정말 잠수를 타버렸다. 행여 오다가다 신원표가 고향에 들렀는지, 최근에 연락이 왔는지 알고 싶어 그의 집에 와 봤지만, 오히려 내가 신원표 안부를 그의 어머니한테 선해수는 꼴이 됐다.

"그나저나 이 영감탱이는 이불 베개를 맨들어 오나 워찌 이래 소식이 감감혀. 와서 이런 거라도 좀 나르지 않고 말이여."

신원표 어머니는 김치 종지를 테이블 쪽으로 갖고 가면서 중얼거렸다. 신원표 아버지는 신원표 아들을 데리고 민박에 필요한 것들을 사러 장에 나갔다는 것이었다. 해수욕 철만 되면 외지손님들이 바글거리고 숙박업소마다 손님이 넘쳐나 민박까지 대목을 크게 본다고 했다. 그게 배가 아파 신원표 부모도 이번 휴가철부터는 민박도 할 계획이라 한다. 어제 창고에 있는 물건을 다 치우고 도배도 하고 장판도 새로 깔았다고 했다. 창고 방이긴 하지만 잘 꾸며놓으면 민박숙소를 낼 정도는 된다는 것이었다. 신원표 어머니는 하룻저녁 민박 손님 받는 게 며칠 동안 막걸리 손님 몇 팀 받는 것보다 이문이 낫다고 했다.

"그놈은 손가락이 없나, 다리몽댕이가 없나, 전화하든지 찾아오든지 하지 왜 바쁜 친구를 이래 부려먹어, 부려먹기를."

"신 대원은 제가 여기 온 줄도 몰라요. 조금 전에 말씀드렸듯이 제가 어머니 뵙고 싶어서 왔다니까요, 하하."

"가서 그놈한테 전혀. 지 에미애비가 워찌 되든 말든, 지 새끼가 워찌 되든 말든, 시상천지 지 맴대로 처돌아댕기는 그런 놈은 내 아들놈도 아니라고 말이여. 에미애비가 죽어도, 지 새끼가 죽어도 절대 우리 앞에 나타나지 말라고 말이여."

신원표 어머니는 전대로 눈가를 꾹꾹 눌렀다.

"천날만날 바닷물에 빠져 사는 게 안 됐어서 여그 와서 가게를 맡으라 했어. 그놈이 도통 말을 안 듣는다니께. 나와 영감탱이는 뻘만 캐도 먹고 사니께 우리 걱정 말고 이 가게를 차고 앉아 새끼나 키우면서 살면 좀 좋냐 말이여."

"신 대원은 늘 부모님 생각, 아들 걱정뿐이던데요. 신 대원이 속정을 잘 드러내지 않는 건 어머니가 더 잘 아시잖아요."

"속정? 그런 게 있는 놈이 그렇게 무정 혀? 사램 노릇도 하나도 안 하는 놈이 속정이 있을 턱이 있냐 말이여."

나도 신원표가 좀체 고향을 찾지 않는다는 걸 알았다. 아들이 어렸을 때는 한 달에 한두 번 정도 고향에 들렀지만 몇 년 전부터는 1년에 한두 번도 갈까 말까 한다는 말을 들은 터라 이번에도 그가 고향에 들렀으리라는 기대는 하지 않았다.

"다음에는 꼭 신 대원하고 같이 올게요."

나는 자리에서 일어났다.

"바쁜데 일부러 여까지 찾아왔는데 맨입으로 보내서 워쩌. 조금 지둘렸다가 저녁이나 한술 뜨고 가. 내 조개탕 맛나게 끓여줄께니께."

"아닙니다, 어서 가 봐야 합니다. 다음에 신 대원하고 오면 그때 조개탕 맛있게 끓여 주세요."

조개탕이라는 말에 군침이 돌았지만, 어서 숙소로 돌아가야 한다는 마음뿐이었다. 황금의 휴가 3일을 날려버린 억울함을 조개탕과 소주로라도 풀고 싶지만, 다음날을 위해 돌아서야 했다.

"할머니, 이거 얼마예요?"

한 청년이 오징어포와 캔 맥주 세 개를 가판대에 놓고 이쪽을 쳐다보았다.

"언제 한 번 꼭 다시 와. 그때는 조개탕 말고도 낙지볶음도 맨들어줄 텐께. 꼭 와, 꼭!"

신원표 어머니는 내 손을 잡았다가 놓고 가게 안으로 들어갔다. 나는 안개로 덮인 만리포를 바라보며 천천히 내 차가 있는 곳으로 걸었다. 휴가를 반납했지만, 건진 건 아무것도 없었다.

빗나가지 않은 예상

“이건 뭐 내가 신원표 땜빵이나 하러 온 꼴이잖아.”

마농은 음파탐지기 선을 꽂으면서 툴툴거렸다.

“핸드폰은 켜져 있다면서? 신호는 간다고? 신호가 간다는 건 배터리 충전을 잘하고 있다는 뜻이고, 배터리 충전을 잘한다는 것은 어디에 잘 처박혀 있다는 거지. 전화벨이 울릴 때마다 핸드폰을 빼꼼 들여다보면서 씹을 전화는 씹고 받을 전화만 받겠지.”

3일간의 휴가가 끝나고 대원들 모두 현장으로 복귀했다. 그러나 신원표는 휴가가 끝난 뒤에도 오지 않았고 업무 재개된 지 나흘이 지나도 나오지 않았다. 연락도 없었고 전화도 받지 않았다. 마농 말대로 신원표가 전화는 받지 않지만, 발신음은 착착 잘 떨어지고 있어 다행이었다. 신원표가 전화를 받지 않고 연락조차 잘 하지 않은 때가 이번만이 아니었다.

"어디 잘 처박혀 있을 거니까 걱정 마."

마농 말투는 가출한 동생을 둔 형의 말투다. 대원들이 현장에 복귀하는 걸 날씨가 아는지 3일간의 휴가가 지나자 거짓말처럼 비는 멎었다. 여전히 날씨는 흐렸지만, 작업에 지장은 없었다.

업무 재개가 시작되자마자 탐사 범위를 조금 더 넓혔다. 현장에서 2백 미터 떨어진 곳에 그리드를 연장 설치하고 바지선과 씨뮤즈호부터 옮겼다. 씨뮤즈호의 각 방향에 닻을 고정하고 선박에 장비를 설치하는 것부터 제토작업을 하고 동북(A1)지역 외곽 1미터 지점에 잠수사의 입, 출수 라인을 설치했다.

"그래서 내가 민잠을 고용하지 말자는 거야. 수중유물 발굴 탐사를 하루 이틀만 하고 끝낼 것도 아니고, 바닷물이 마르지 않는 한, 목포해양 유물전시관이 있는 한, 발굴은 해야 할 것 아냐? 늘 민잠들로 땜빵하니까 이런 사달이 나잖아. 민잠들은 소속감이 없으니까 책임감도 없어. 특히 신원표는!"

마농이 인상을 쓰자 이마에 주름이 깊게 팼다. 말할 때마다 그의 눈썹도 씰룩거렸다. 나는 신원표 이야기는 하고 싶지 않았다. 그럭저럭 발굴의 골든타임도 하강 곡선을 긋는 추세니 어서 서둘러야 했다. 길 것 같았던 여름도 후딱 가버린다. 장마와 휴가철이 지나면 어느덧 늦여름이다. 늦여름 태풍 한두 개가 지나면 추석이 목전이었고 그럭저럭 시즌 막바지에 다다른다.

"기자회견 했던 날 저녁 회식 자리에도 신원표가 안 나타났다며?"

"회식만이 아니라 현장에도 안 왔지요."

"어쨌든 그날부터 지금까지 신원표 소식 없잖아."

마농의 닦달을 받는 내 꼴은 훈육 주임한테 훈계 받는 모양새였다.

"신원표 고향에도 전화해 봤어?"

"연락할 만한 데는 다 했죠."

나는 퉁명스럽게 뱉었다. 신원표 고향에까지 다녀왔다고 한다면 그깟 민잠에 무어 그리 애가 달아 찾아다니느냐고 비아냥댈 게 빤했다.

"그건 그렇고 송 대원은 휴가 때 현장에는 왜 간 거야?"

마농은 업무 복귀한 첫날부터 같은 질문을 몇 번이나 했다.

"누가 보면 수중발굴은 송 대원 혼자 다 하는 줄 알겠어. 할 일 없으면 목포로 넘어와 일을 거들든지, 아니면 가만히 앉아 빗줄기라도 세든가 바지락이나 캐지 그렇게 날뛴다고 누가 알아주는 거 아니니까 자중 좀 하라고."

마농은 헤드랜턴을 여미면서 철대 앞에서 물러났다. 마음 같아서는 그를 물에 꼬라박고 싶다.

"어서 입수 준비 안 하고 뭐 해?"

마농이 입수 계단 앞으로 가다가 뒤돌아서서 소리 질렀다.

근흥면 용신삼거리 이정표가 보이자 나는 갓길에 차를 세웠다. 거기서 오른쪽 골목으로 꺾어드니 컨테이너 건물이 보였다. 건물에 붙은 '생생 화물'이라는 간판을 보면서 재게 걸었다. '생생 화물'은 근흥면에 있는 화물기사 사무실이다. 그곳은 신원표가 아는 형이 운영하는 업체로 화물 기사들한테 일거리를 알선하는 인력업체 중의 하나다. 신원표가 마도나 신진도 어딘가에 있을지 모른다고 여긴 내 판단은 맞았다. 나는 마도와 신진도에 있는 인력사무실 세 군데를 돈 뒤 '생생 화물'을 찾았다.

담배를 피우지 않는 신원표에게 담배 냄새가 나는 이유도 그가 사내들이 득실대는 곳에 드나들기 때문일 거로 추정했다. 언제부턴가 신원표는 채낚기 선장, 어장소장, 화물기사 이야기를 자주 했고, 인력이 모자라 꽃게잡이나 오징어 배를 탈 사람이 없다는 등의 이야기도 자주 했다. 신원표는 언제까지 수중유물 탐사 대원을 따라다니며 민간 잠수사로 떠돌아야 하는지 막막하고 갑갑하다는 말도 자주 했다.

"괜히 전역했나 봐."

그는 SSU에 그대로 있었다면 밥벌이 걱정은 하지 않았을 거라는 하소연도 빼놓지 않았다. 그의 하소연에 내가 해 줄 수 있는 말은 없었다. 그는 쉰 적 없이 일했다. 부모한테 생활비를 보내는 것도 아니었다. 그런데도 늘 돈에 쪼들려 하는 그가 이해되지 않았다. 1년 중 반을 수중유물 발굴 탐사 대원을 하고 나머지는 수

산센터나 조난구조업체에서 일하는 그가 돈에 쪼들려 카드 돌려막기에 바쁘다고 할 때부터 꺼림칙했다. 부모와 아들하고도 소식을 끊다시피 하고 혼자 사는 그는 돈이 그다지 필요해 보이지 않았다. 여자에게 돈을 쓰는가 싶었으나 그렇지도 않은 듯했다. 그가 핏발선 눈에 부스스한 몰골로 현장에 나타나는 날이 잦을 때부터 징조는 읽혔다. 전화를 받을 때면 발신처를 확인한 뒤 귀퉁이로 갈 때부터 알아봤어야 했다.

"워디서 오셨슈?"

내가 사무실 문을 두드리자 땅딸한 사내가 문을 열고 얼굴만 내밀었다.

"해양 유물발굴단에서 왔습니다. 급해서 그러니 신원표 씨 좀 불러주십시오."

이번에도 넘겨짚었다. 신원표가 여기 있는지 없는지 알고 온 건 아니다. 그러나 이번에는 헛짚지 않았음을 느낌으로 알았다.

"유물발굴단?"

"예. 급한 일이 있으니 좀 불러주십시오."

컨테이너로 된 이 사무실은 뒷문이 없다는 걸 미리 확인했다. 사내는 내 위아래를 쓱 훑은 뒤 안쪽을 향해 소리 질렀다.

"신 중사!"

나는 문 앞에서 몇 걸음 물러났다. 바지 주머니에 손을 넣고 휘저었지만, 아무것도 만져지지 않았다. 팔짱을 서너 번 풀었다

꼈다 하는 사이 신원표가 밖으로 나왔다.

"송 대원이 여길 어떻게……."

신원표는 운동화를 구겨 신고 금세 나왔다. 그는 수염이 텁수룩하고 볼도 홀쭉하다. 퀭한 눈빛엔 선홍빛 실금이 어른거렸다.

"잠깐 차에 타."

나는 손님을 기다리다 태우는 콜택시 기사처럼 그를 차 쪽으로 안내했다.

"어디 가는데?"

신원표가 뒤따라오면서 물었다.

"사자 향로 집에 있어?"

나는 뜸 들이지 않았다.

"사자 향료?"

"그 사자 향로는 어떤 박물관에도 없어. 신 대원, 그 향로를 아직 내돌리지 않았으면 내놔. 그 물건은 워낙 희귀품이라 처리하기 쉽지 않을 거야."

"사자 향로라니?"

신원표는 바닥에 침을 뱉으며 말했다.

"나는 여태까지 수중에서 그만한 물건은 본 적 없어. 그래서 그걸 촬영하는 내내 흥분됐다고. 그날 나와 함께 입수한 뒷날 말이야. 난 신 대원이 사자 향로를 인양해올 줄 알았는데 아니더라고. 그날 내가 컨디션이 안 좋아 신 대원 혼자 입수했잖아. 내가 입수했으면 사자 향로부터 챙겨왔을 텐데. 다른 건 다 챙겨왔던데 사자 향로는 없더라고. 사자 향로, 사자 향로 말이야!"

"무슨 소리를 하는 건지."

"신 대원도 알다시피 그 당시 우리 현장이 너무 바빠 팀장이 카메라를 볼 시간도 없었잖아? 그런데 며칠 전에 팀장이 사자 향로가 촬영된 영상을 봤어. 팀장도 당연히 놀라지. 이 귀한 물건을 왜 인양 안 하느냐고 난리였어. 자, 보라고."

나는 뒷좌석에 놓인 카메라를 잡고 영상을 보여주었다. 화면에는 청자 대접이 줄느런히 누워 있고 그 사이로 사자 향로가 물살에 흔들거렸다. 개흙 뭉텅이들 사이에 사자 향로는 명상에 잠긴 듯 고요하게 일렁였다. 연한 비취색 사자 향로는 연두색 물빛과 어우러졌다. 향로 사이로 작은 물고기가 살랑거리며 오갔다. 뽀글거리는 물소리도 귀를 간질였다.

"팀장도 이 영상을 여러 번 봤어. 사실 팀장 모르게 입수해서 사자 향로를 인양해 관에 갖고 가려고 휴가 때 남아 혼자 입수했어."

"송 대원 혼자 입수했다고? 그 물난리에?"

"휴가 끝날 때까지 기다리면 안 될 것 같았어. 그 암초 사이에 끼워 뒀으니 안심은 됐지만 아무래도 장맛비에 무슨 일이 날 것 같았다고. 내 카메라에는 담겨 있는데 현장에는 없다! 그게 말이 돼? 그래서 나 혼자 조용히 해결하려고 했지. 해경들 눈총 바리

바리 받으면서 입수했는데 사자 향로가 없더란 말이야! 가만히 생각해보니 사자 향로는 암초에 있는 게 아니라 신 대원 손에 있겠다는 판단이 들었어. 신 대원 손에 있다는 확신이 들어 차라리 안심됐어. 도굴꾼은 물건 냄새 기막히게 맡잖아. 혹시 도굴꾼의 짓인가 싶어 얼마나 불안했다고."

"그러니까 송 대원은 지금 내가 사자 향로를 빼돌렸다는 말을 하고 있잖아!"

"팀장한테는 암초 사이에 잘 숨겨놓았으니 곧 인양할 거라고 말했지만 팀장도 무슨 낌새를 챘는지 대답을 안 하셔."

"그럼 유실됐거나 도굴꾼들이 파 갔겠지!"

"그 자리는 유실될 자리가 아니잖아. 신 대원도 잘 알면서 그래."

"알긴 내가 뭘 알아?"

"신 대원, 사자 향로 같은 그런 청자는 소장자 한 사람 손에 가 있는 것보다 박물관에 전시되어 많은 사람이 봤으면 좋겠어. 아마 모르긴 해도 사자 향로는 보물 중의 보물이 될 거야. 신 대원이 장물아비한테 넘기면 며칠 안에 바로 외국으로 빠져나가. 국내에 내돌렸다가 어찌 될지는 신 대원도 알잖아. 외국에 돈 많은 청자 마니아들 많아. 그 사람들한테 사자 향로를 보이면 달라는 대로 돈을 주고 손에 넣으려 할 거야."

사자 향로를 처음 봤을 때 심장이 뛰었다. 사자 향로는 중국 도자기 역사책에서나 봤을 뿐 실제로 본 적은 이번이 처음이었다. 사자 향로를 카메라에 담은 그날 팀장이나 대원들한테 보여주고 싶었지만 인양하기 전에 발설하면 동티라도 날까 봐 입 밖에 내지 않았다. 물기 뚝뚝 흐르는 사자 향로를 바지선에 내놓고 팀장과 대원들을 놀라게 하고 싶었다. 수중유물 탐사대원들이 보람을 느낄 때는 인양한 유물이 전시되어 많은 사람이 그것을 관람하는 모습을 볼 때였다. 그럴 때면 잠수 때의 고통은 다 잊혔다.

"지금도 현장은 바빠. 나도 일하다가 나왔어. 얼른 현장에 들어가야 돼."

나는 팀장한테 급한 볼일이 있어서 잠시 어디 좀 다녀오겠노라 말하고 나왔다. 만약에 볼일이 길어지면 오늘 밤까지 현장에 못 들어갈지 모른다고 해두었다. 신원표가 '생생 화물'에 없다면 이 섬을 죄다 뒤질 작정이었다. 마도 두어 바퀴만 돌면 금세 신원표를 찾을 수 있다는 확신이 있었다.

"캭!"

신원표는 차창 밖으로 가래를 뱉었다. 나는 카메라를 뒷자리에 놓고 시동을 걸었다.

"보령도 사건 이후부터 우리 대원들은 늘 경찰 감시를 받고 있다고. 만약에 사자 향로가 외부로 유출된다면 이번에는 팀장님 옷 벗어야 돼."

내 목소리는 저절로 꺼져 들었다. 몇 년 전에 보령도에서 발굴을 하던 중, 민간 잠수사 D가 청자 항아리를 도굴해서 밀매하려다 경찰에 잡혔다. D는 팀장과 호형호제하는 사이였고, 팀 분위기를 끌어갈 만큼 호탕하고 매사에 적극적이었다. 대원들이나 팀장은 D가 골동품업자를 끼고 도굴했다는 사실을 그가 체포된 뒤 알았다. 그때 팀장은 내부공모혐의자로 경찰에 불려 다니면서 조사를 받았다.

"송 대원은 아직도 이 똥차를 끌고 다니네? 고고학도는 차도 골동품으로 탄다 이건가?"

신원표가 조수석 등받이에 머리를 기대면서 너스레를 떨었다. 내 차는 1992년식 르망 1.5 수동이다. 형이 중국에 가면서 두고 간 차로 시동을 걸 때나 오르막에서 그르렁대는 소리가 많이 나는 것 말고 끌고 다니는 데 아무 문제가 없다.

"기다려, 내 언젠가 송 대원한테 람보르기니 무르시엘라고 엘피 육백사십 로드스터 사줄 테니까. 아니지, 수중고고학자한테는 보트를 선물해야겠지?"

지금 신원표 속은 가시덤불 같을 것이다. 농담으로 불안한 마음을 덮는 것은 영화 속 주인공들이나 하는 짓이다. 지금 신원표는 농담할 기분은 아닐 것이다. 그래서인지 그의 농담은 차가운 물갈퀴처럼 시리게 다가왔다.

"SSU 신 중사, 꼴 조오타!"

신원표는 소리를 지르며 눈을 질끈 감았다. 나는 그의 숙소를 향해 차를 몰았다.

"강 선장 따라 몇 번 다녔어."

신원표가 입을 떼자 나는 라디오 소리를 푹 줄였다. 그의 말에 좀 더 집중하려면 라디오는 끄는 게 낫겠지만 소리만 줄였다. 신원표가 사자 향로를 빼돌린 이유를 라디오라는 잡음 없이 듣고 싶지 않았다. 잡음을 깔아놓아도 그가 뱉은 '카드빚', '포커', '꽃게잡이 배 선장', '골동품가게' 등의 낱말들은 또렷하게 들렸다.

"굶어 뒈져도 물건에는 손 안 대려고 했는데."

신원표는 두 손으로 머리를 헝클어뜨리며 인상을 썼다. 그는 작년부터 꽃게잡이 선장을 따라다니면서 재미 삼아 포커를 시작했다. 포커에 빠져들면서 빚이 늘어갔다. 빚은 감당할 수 없을 지경에 이르렀다. 때마침 현장은 청자 노다지였다. 일당백이 될 만한 것을 찾던 중에 사자 향로가 눈에 띄었다. 신원표는 수중유물 탐사대원의 몇 년 짬밥만으로 사자 향로가 예사 물건이 아니라고 판단했다.

"송 대원도 알겠지만 대원들 휴가 첫날, 비가 많이 내렸지."

신원표 목소리는 차분해졌다. 그는 사자 향로를 암초 사이에 숨겨놓고 휴가 때 인양할 계획을 세웠다.

"오후 늦게는 비가 안 온다는 걸 알았지."

그는 비가 온 날 밤에는 경비정의 경계근무가 여느 때보다는 소홀하다는 것을 알고 입수했다. 그와 공모했던 이는 '생생 화물'에서 알게 된 꽃게잡이 선장이었다. 그가 아무리 심해잠수사지만 퉁퉁 불어있는 밤바다는 위험했다. 급살에 휘말려 가뭇없이 사라질지도 모른다는 불안감을 안은 채 암초를 더듬었을 그의 모습을 상상하자 가슴에 차가운 파도가 덮치는 것 같았다.

"사자 향로는 너무 거물이었어."

거간꾼이 그에게 골동품수집가를 연결했다. 거간꾼은 사자 향로를 7억을 받아주기로 흥정을 해놓았지만, 매수자가 장물로 의심해 멈칫거리는 바람에 거래가 보류됐다. 신원표는 현재 다른 매수자를 알아보고 있다는 거간꾼의 연락을 기다리던 중이다.

"차라리 사자 향로가 아닌 매병 한 점만 슬쩍 할 걸, 흐흐흐."

신원표가 허탈하게 웃었다.

"여기서 기다릴게."

나는 신원표 숙소 앞에 차를 세웠다. 근흥면 사무소 부근에 있는 슈퍼마켓 곁방이 그의 숙소다. 그는 들어가자마자 금방 나왔다. 들고 온 배낭을 들고 차 뒷자리에 놓았다.

"모르는 내가 봐도 이건 내돌릴 물건은 아닌 것 같았어."

신원표는 배낭에서 신문지 뭉치를 꺼내 펼쳤다. 사자 향로는 수중에서 봤을 때처럼 목과 턱 언저리에 금이 가 있었다. 금이 간 사자지만 생명력이 느껴졌다. 눈 주변을 깊게 파낸 자리에 철사鐵砂로 눈동자 점을 찍었다. 입 주변에 음각된 갈기는 바람을 맞받는 것처럼 빳빳하다.

"나 혼자 팀장을 만나고 싶으니까 송 대원은 나서지 마."

내가 발굴현장사무실 앞에 차를 세우자 신원표가 사무실 앞에서 있는 팀장을 보면서 등받이에서 등을 뗐다. 팀장은 허리에 손을 올린 채 이쪽을 쳐다보고 있었다. 그의 뒤에는 '목포해양 유물전시관 임시사무실'이라는 현판이 보였다. 나는 신원표를 내려주고 차를 돌렸다. 라디오 소리를 더 높이고 소리 질렀다. 신원표 새끼는 도둑놈이다! 신원표 새끼는 도둑놈이다! 그렇게라도 소리쳐야만 내가 그를 붙잡아 들였다는 죄책감이 덜어질 것 같았다.

우리 안의 침몰선

"안 그래도 바빠 뒈지겠는데 일하랴 경찰서에 들락거리랴 정신없네. 우리도 그렇지만 팀장도 참 할 짓 아니겠어."

마농은 경찰서에 다녀온 뒤 같은 말을 몇 번씩이나 했다. 팀장을 포함해 대원들 모두 경찰 조사를 받았다. 말이 참고인조사지 신원표와 공모혐의를 둔 표적 수사였다. 수사결과 공모라는 사실이 드러나면 매장문화재보호법 위반으로 최소 2백만 원에서 최고 4백만 원까지 벌금을 물어야 했다.

"송기주 씨는 휴간데도 왜 현장에 그대로 있었죠? 그리고 왜 그렇게 입수하려고 애를 썼습니까?"

나는 경찰한테 같은 질문을 여러 번 받았다. 사자 향로를 인양하기 위해 입수했다는 대답을 반복하는 데도 지쳤다.

"송기주 씨는 평소에 신원표 씨와 친했다면서요?"

“예, 친한 게 뭐 어쨌다는 말입니까? 신원표를 경찰한테 갖다 바친 사람은 납니다. 내가 사자 향로를 촬영한 동영상을 싹 지우고 신원표가 사자 향로를 빼돌린 것을 모른 체했다면 아무 일도 일어나지 않았다고요, 안 그렇습니까? 경찰들이 할 일을 내가 해줬으면 고맙다 할 것이지 아무것도 아닌 걸 가지고 조사랍시고 이렇게 닦달하십니까, 참.”

나는 말을 다 마치기도 전에 목이 막혔다. 하지 못한 말은 속에서 꿀렁거렸다. 사자 향로도 친구도 잃지 않기 위해서 친구를 추궁할 수밖에 없었던 내 심정을 알기나 하느냐고 소리 지르고 싶었지만, 말이 나오지 않았다. 신원표가 체증처럼 명치에 얹혔다. 나는 몇 달 연차를 내고 바다에서 떠나 있고 싶었다. 그러나 내가 아무리 멀리 떠난다고 해도 신원표라는 침몰선이 내 마음에 더욱 깊고 넓게 처박힐 것만 같았다.

대원들은 신원표가 초범이라 형량은 얼마 되지 않을 거라 조심스럽게 추정했다. 공범인 꽃게잡이 선장 또한 초범이라 신원표와 비슷하게 1년 미만의 형량을 받을 거라 했다. 대원들은 팀장 주도하에 탄원서를 미리 써 놓았다. 탄원서는 모두 비슷했다. 수중유물 발굴 탐사대원인 신원표는 누구보다 유물을 잘 지켜야 할 의무가 있음에도 불구하고 유물을 빼돌렸다. 그는 씻을 수 없는 죄를 지었고 벌을 받고 지탄 받아 마땅하다. 그러나 그는 한순간의 실수로 잘못을 크게 뉘우치고 있다. 신원표는 평소 대원들 간의 화합을 주도했다. 더군다나 그는 봉양해야 할 노부모와 양육해야 할 아들이 있다. 그 모든 걸 참작해 너그럽게 선처해주기를 바란다는 내용의 탄원서였다.

"내가 왜 그렇게 신원표를 꼴 보기 싫어했는지 알아?"

마농이 에어 리프트 헤드 진흙을 털고 있는 내 곁에 다가와 앉았다.

"신원표한테 내 아버지라는 인간이 보였기 때문이야. 신원표에게 아들 하나 있다고 했지? 그 아들이 어릴 때 내 처지와 같아."

마농의 말투는 파도가 바위에 철썩철썩 부딪히는 것처럼 거칠고 빨랐다. 마농은 평소에 좀체 자신의 이야기를 하지 않았다. 간간이 툭툭 던지듯 몇 마디만 했다. 나는 그 몇 마디로 그의 아버지가 젊었을 때는 백령도에서 고기잡이배를 따라다녔으며, 가정을 꾸리고부터는 평택항 하역장에서 들무새를 했다는 걸 알았다. 그의 엄마는 그가 태어나 얼마 안 있어 떠났다는 걸 짐작했을 뿐이다.

"할머니는 내가 해병대 있을 때 돌아가셨어."

마농은 차분하게 말을 이어갔다.

"송 대원이 아버지 이야기를 할 때마다 어쩌면 그렇게 아버지에 대한 생각이 나와 다른가 하는 생각을 했어. 나는 어릴 때, 자고 일어나면 아버지가 죽어 있었으면 좋겠다는 생각을 하며 매일 매일 잠자리에 들었거든."

마농은 바닥에 앉아 다리를 뻗었다.

"언젠가 송 대원이 그랬지. 아버지하고 해수욕장 한 번 간 적 없다고 말이야. 나한테는 그 말이 아버지와 우주여행 한 번 안 해 봤다는 소리로 들렸어. 나는 아버지와 해수욕장은커녕, 아버지와 동네 구멍가게에도 한 번 간 적 없어. 아버지가 나한테 주스니 샤프니 그런 따위는 당연히 사준 적 없었어. 물론 눈깔사탕 하나 사준 적도 없었어."

언제인지 정확하게 기억할 수 없지만 마농이 내게 왜 수중고고학도가 됐느냐고 물은 적이 있었다. 그때 나는 대답하기 귀찮아서 아버지를 들먹였다. 모든 바다에 아버지가 떠도는 것 같고 아버지 유해를 건지는 마음으로 해저유물을 인양하고 싶다고 대충 얼버무렸다. 내가 아버지를 가물가물 떠올릴 때 그는 주린 부정父情을 되새기며 내 얘기를 들었던 것이다.

"눈깔사탕이 뭐냐, 그 인간이 할머니한테 돈 안 뜯어 가면 다행이었지. 그 인간이 집에 한 번 다녀가면 할머니 신세타령은 며칠 계속 이어졌지. 신세타령 절반은 손자를 떠맡은 당신의 기구한 팔자를 넋두리하는 거였어. 내가 아버지나 할머니 암초였던 거지."

나는 진흙이 제거된 납을 에어 리프트 헤드에 꽂아 한쪽으로 밀면서 그의 말을 계속 들었다. 그의 아버지는 몇 달 만에 집에 왔고, 올 때마다 할머니 쌈지를 털어갔다. 할머니는 평택 제2함대 부근에서 국밥 장사를 했고, 그는 할머니의 뒷바라지로 학교를 다녔다.

"망나니 인생 종착역은 뻔하잖아?"

그는 철대를 잡고 일어서면서 한숨을 내쉬었다.

"그 인간 죽은 모습은 썩은 생선 같았어. 썩은 생선을 처치하는 일만 고스란히 내 앞에 남은 거야. 그때 내가 깨달은 게 있지. 열심히 살지 말자. 되는대로 살자. 인간 그거, 아무것도 아니다. 썩은 생선은 다른 물고기 밥이라도 되지만 인간은 죽으면 아무짝에도 쓸모없구나, 하는 생각이 들더라고. 그때부터 내 마음 가는 대로 살기로 했어."

그는 고등학교 1학년 겨울방학 때 집으로 찾아온 경찰을 따라 컨테이너 야적장 한 귀퉁이에 갔다. 경찰이 마대 자루를 들추면서 그와 아버지 시신을 번갈아 보았다.

"아버지를 마지막으로 본 그 장면은 아직도 가끔 꿈에 나타나."

마농은 한 손으로 얼굴을 쓸었다. 그의 말투는 점점 느려졌고 목소리도 가라앉고 있었다. 아버지를 마지막으로 본 그 날짜에 맞춰 제사를 지낸다고 했다.

"송 대원도 가 봐서 알겠지만, 백령도 두무진에서 보이는 장산곶, 거기가 아버지 고향이야. 아버지는 고향이 보이는 백령도에 가고 싶어 했지만 늘 술이나 쳐드시느라 못 갔지. 내가 대신 백령도에 가기로 했지. 12월 29일이 그 인간이 죽은 날이거든."

나는 비로소 해마다 연말이면 마농이 연차를 내는 이유를 알았다. 다행히 그의 아버지 제삿날이 발굴 시즌은 아니었다. 관의 눈치를 덜 보고 연차를 낼 수 있었다.

"아버지는 육이오 때 할머니와 함께 아버지 외가인 백령도에 왔다가 분단이 되는 바람에 고향에 돌아가지 못한 거지. 할머니 친정이 백령도였나 봐. 평택은 내 엄마 고향이고. 여자를 따라 평택까지 나서지 않았다면 아마 아버지는 백령도에서 살다가 거기서 죽었겠지."

나는 손을 털고 마농 옆에 앉았다. 그의 목소리는 점점 작아졌다.

"육이오 때 이리저리 넘어오고 넘어갔다가 고향 땅 밟지 못한 사람이 내 아버지뿐인가? 그 인간은 실향민이라는 핑계로 마음껏 타락자 행세를 했던 게지. 다음 생이 있다면 아버지가 내 동생으로 태어나면 좋겠어. 엇길로 가면 좀 패기도 하고."

마농은 자리를 털고 일어났다.

"그 인간 뼈를 뿌린 데가 백령도 두무진이야."

그는 중얼거리면서 선실로 향했다.

"선배, 이번 겨울에도 백령도 갑시다."

"가서 또 쓰레기나 주우려고?"

마농이 뒤를 획 돌아보았다.

"쓰레기도 있으면 당연히 주워야죠. 그때 못다 본 백령도 구경도 좀 하고요."

나는 마농의 뒤통수를 보면서 말했다. 그는 뒤돌아보지 않고 선실로 들어갔다. 그의 마음에도 아버지라는 침몰선이 가라앉아 있었다.

백령도 추억

나는 재작년 겨울 마농을 따라 백령도에 갔다. 그해 여름에 영지가 빠져나간 뒤였다. 내장이 다 빠져나간 것처럼 허전했다. 바쁜 업무만 끝나면 며칠 연차를 내고 훌쩍 떠나고 싶었다. 백령도를 간다며 연차를 낸 마농을 따라 나도 연차를 냈다. 마농의 까탈을 받아내며 백령도 바닷바람이라도 쐬면 허방이 메워질까 싶었다.

"내가 명색은 수중고고학도인데 백령도를 한 번 못 가봤다는 게 말이 안 되죠."

"그럼 소청도, 대청도는 가 봤고? 우도와 연평도는?"

그는 한 마디로 서해 5도 중 한 군데라도 가 본 적 있느냐고 물었다. 나는 당연히 한 군데도 가보지 못했다고 대답했다. 전남, 전북, 충남 쪽 바다도 제대로 발굴하지 못한 상황에 서해 5도까지 발굴 현장으로 삼을 겨를이 없었다.

"이제 백령도부터 차례차례 가 봐야죠."

백령도 가는 뱃길에서도 소청도 대청도가 잠깐 보였다. 안내원의 방송이 없었더라면 나는 그게 소청도 대청도라는 것도 몰랐다. 한겨울이라 배를 탄 사람들은 적었다. 열 명 남짓한 관광객 빼고 대부분 백령도 주민들 같았다. 주민들은 인천에서 볼일을 보고 집으로 가는 이들이었다. 인천 연안부두에서 백령도 용기포 신항까지는 쾌속선으로 네 시간가량 소요됐다.

"저 헤드캐리 말이야, 저거 진짜 죽을 맛이거든. 저 아이비에스 무게만 해도 140키로야. 머리에 이고 백사장을 걸어 봐, 목뼈가 비틀어지는 것 같고 대가리에 금 가는 것 같아."

우리는 백령도에 도착하자마자 버스를 타고 하늬해변에 도착해 천천히 해안을 걸었다. 백령도에는 도민보다 군인이 훨씬 많은 곳이라는 그의 말이 실감 났다. 마농은 아이비에스를 머리에 이고 백사장을 걷는 해병대원들을 보면서 걸음을 멈추었다. 말로만 듣던 해군 흑룡부대원들이었다. 아이비에스를 머리에 인 대원들 표정은 모두 일그러졌다. 나는 모임에 대화를 주도하는 편도 아니고 웬만해선 말하는 것보다 듣는 편이었다. 화제가 군대라면 나는 더욱 입을 꾹 다물었다. 군대에서의 고생담을 이야기하는 사람들 틈에서는 더더욱 할 이야기가 없었다. 그들의 고생담에 비한다면 아침 7시까지 출근해 다섯 시에 퇴근하는 내 공익근무는 날로 먹었다는 생각만 들었다.

"저놈들 저 훈련 끝나고 곧 강원도 산속 눈밭으로 갈 거야. 아무것도 주지 않고 며칠 눈밭에 부려놓고 막사로 살아 돌아오게 하는 훈련인데, 로빈슨 크루소가 따로 없지. 해병대원들은 1리터 땀을 흘리면 전시에 4리터의 피를 구한다는 정신으로 힘든 훈련을 다 견뎌. 산속에서 동계훈련은 아무것도 아니고 저딴 아이비에스 훈련도 아무것도 아니야."

마농의 말투는 망치로 못을 때려 박듯 또박또박했다. 해병대원들은 아이비에스를 타고 여섯 명이 똑같이 패들을 저어 바다로 행군하는 훈련이라든가 아이비에스를 메고 개펄 위를 달리는 훈련도 예사로 해낸다는 마농의 말을 들으며 해병대야말로 최고의 상륙부대라는 말에 공감했다. 해상에서 적의 눈에 띄었을 때 바다에 뛰어들어야 하므로 수시로 11미터 높이에서 다이빙 연습을 한다는 것이었다.

"저게 용의 이빨이라는 거야."

마농은 해변 곳곳에 설치된 방어시설을 가리켰다. 용의 이빨이라는 방어시설은 커다란 닻 같았다. 해병대원들이 훈련하는 모습과 바다에 커다란 방어시설물이 설치된 것을 보니 백령도가 서해의 최북단에 있으며, 우리나라가 여전히 남북으로 대치되어 있다는 게 실감 났다. 어릿골 해안가는 온통 높은 담과 철조망으로 휘감겨 있었다. '이곳은 지뢰밭입니다' 라는 붉은 글씨의 안내표

지판도 곳곳에 있었다.

"백령도에도 수중유물이 많을 텐데요."

"오나가나 유물, 유물. 제발 이런 데까지 와서 티 좀 안 낼 수 없어? 저기가 NLL 군사 분계 지점이야. 이런 곳에 유물탐사선 띄우고 유물수색작업 하겠어? 저 산 너머가 황해도야. 여기서 저기까지 고작 팔백 미터야. 배 타고 팔백 미터 가면 군사분계선에 닿는다고. 그러니 서해 5도는 온통 군사지역이라 유물발굴 같은 건 할 수 없어."

마농은 월내도라는 섬을 가리켰고 그 너머 산을 가리키며 목청을 높였다.

"황해도 해주에도 청자를 만드는 고려소가 있었거든요. 해주에서 만든 도자기 운반선이 이 백령도를 지나다가 난파됐을 수도……."

"송 대원은 가만 보면 모든 배가 무조건 난파된다고 생각하더라?"

마농이 정색을 하는 바람에 나는 모든 배가 난파된다고 생각하는 게 아니라 난파된 배에 관심이 많다고 고쳐 말하지 못했다. 나는 마농을 백령도 가이드로 섬기고 고분고분 그를 따라 걷기로 마음먹었다.

"저 중화동 교회가 우리나라에서 두 번째로 지은 교회라는데 저기 가면 백 년 넘은 무궁화가 있어. 그것도 관광코스 중에 하나지만 백령도 볼거리를 다 보려면 우리 일정으로 안 돼. 그런 게 있다는 걸 알고나 있어. 기독교인들에겐 저 중화동 교회가 성지인가 봐. 우리나라가 열강에 치일 때 영국 함대가 대청도 앞바다에 정박했대. 그때 대령 일행이 중화동 포구를 방문해 성경을 선물하면서 이곳에 기독교가 전파됐다는데 그 세세한 내막은 잘 모르겠고. 해방되기 전에는 백령도도 황해도에 포함됐대. 내 아버지 빼고 황해도 사람들 교육열이 우리나라에서 최고였다는데 그 이유가 일찌감치 서양문물을 접했기 때문이라는 말도 있어."

백령식수원댐 근처를 지날 때 마농은 멀리 보이는 교회 탑을 가리키면서 설명했다. 나는 우리나라에서 두 번째로 세워진 교회 건물도 보고 싶었지만, 무엇보다 백 년 넘은 무궁화나무가 더 보고 싶었다. 마농 말대로 2박 3일의 짧은 일정으로 보고 싶은 걸 다 볼 수는 없었다. 보지는 못하지만 그런 게 있다고 언급하는 것만으로 마농이 고마웠다. 살다 살다 마농이 고마울 때가 다 있었다.

"버스 올 시간이 됐어."

마농이 먼저 언덕 쪽으로 걸었다. 걸을 때마다 발목이 눈에 푹푹 묻혔다. 몹시 추웠지만 어디서 좀 쉬었다 가자는 말도 안 나왔다. 두무진을 가는 버스 시간에 맞추려면 서둘러 걸어야 했다.

"선배, 이거 과자봉지 같은데, 남한 거와는 좀 달라요."

나는 비탈을 오르는 마농을 보면서 걸음을 멈췄다. 과자봉지에는 '딸기맛 단설기'라는 글이 적혀 있었다. 딸기 그림이 그려졌고 '청강무역회사' 라는 제조공장이 적혀 있었다. 나는 얼른 비닐봉지를 주머니에 넣고 손으로 쌓인 눈을 파헤쳤다. 곧 풀과 돌들이 드러났다. 돌과 풀, 모래 사이에 해안에서 밀려온 쓰레기들이 많았다. '튀긴 호두빵', '살구 영양즙'이라 쓰인 비닐봉지 등이 연거푸 나왔다. 모두 북한산인 것 같았다. '룡마산'이라는 회사 이름이 적힌 3백 미리 소주 페트병도 있었다.

"뭐해, 빨리 안 올라오고."

비탈길을 다 올라선 마농이 소리쳤다. 나는 두더지처럼 눈을 파헤쳤다. 곳곳에서 뭔가가 나왔다. 치약 튜브처럼 생긴 길쭉한 것과 '맛내기'라 적힌 비닐봉지 등도 주워 배낭에 넣었다. 떠밀려온 쓰레기는 거의 북한에서 온 것이 분명했다. 바다에 떠다니던 쓰레기들이 파도에 밀려 풀숲까지 떠밀려온 것이었다.

"여기 곳곳에 지뢰가 묻혔다는 푯말 못 봤어?"

"안 그래도 조심합니다. 이렇게 귀한 것을 보고 그냥 지나칠 수가 있어야죠."

나는 배낭을 열어 보였다. 마농은 언덕에서 다시 내려서서 배낭 안의 것을 살폈다.

"이까짓 쓰레기, 이 해안가에 흔해."

"이런 쓰레기들만 살펴도 북한 실정 반은 알 수 있습니다. 이왕 여기까지 온 김에 이런 쓰레기라도 좀 주워 갈랍니다."

나는 눈과 흙이 묻은 것들을 탈탈 털어 배낭에 넣었다. 마농은 버스 올 시간이 됐으니 어서 도로로 올라가자고 재촉했다.

"두무진은 선배 혼자 다녀올랍니까? 나는 여기 해안가를 좀 살펴보고 있겠습니다."

나는 긴 작대기를 주워 눈구덩이를 쑤셨다.

"고작 쓰레기나 주우려고 여기까지 왔어?"

"우리한테는 이게 쓰레기가 아니라니깐요."

"그래, 알았어. 고고학도 출신이라 이거지?"

내가 작대기를 던지고 맨손으로 풀밭을 헤집자 마농이 콧잔등을 찌푸리면서 말했다. 나는 쓰레기만 연구해도 고고학 역사 절반은 알 수 있다고 눙쳤다. 마농 비위를 거스르지 않으려면 말을 삼가야 했다. 마농이 아니었다면 백령도에 갈 엄두를 내지 못했고, 백령도에 가지 않았다면 북한 쓰레기를 주울 기회조차 없었을 거라 생각하니 마농의 억지도 좋게 들렸다. 그가 언제 성난 파도 갈퀴로 돌변해 내 심장을 긁을지 몰랐다.

나는 어릴 때부터 무엇을 잘 주워 왔다. 길거리에 버려진 선풍기 날개나 빈 담뱃갑 등을 주워 와 요리조리 살피다가 엄마한테 빼앗긴 적이 한두 번이 아니었다. 엄마는 집 쓰레기도 차고 넘쳐 처치하려니 성가신데 밖에서까지 주워와 보태냐며 타박을 했다. 먼지가 덕지덕지 묻은 낡은 선풍기 날개에서 헉헉대는 심장 소리가 들렸다. 선풍기 날개는 생명이 다한 게 아니라 시간을 내장한 물건으로 새롭게 다가온다는 것을 엄마가 알 리 없었다. 주워온 선풍기 날개에는 선풍기 앞에서 셔츠를 벌름하니 젖히고 선풍기 바람을 쐬는 누군가가 그려졌고, 벽에 걸린 달력이 선풍기 바람에 피릭피릭 펄럭이는 장면도 연상됐다. 주워온 담뱃갑은 라이터를 찾아 주머니를 더듬거나 허둥대는 누군가의 모습이 상상됐다.

공터에서 친구들과 축구를 하다가 언덕 아래로 축구공이 굴러 떨어질 때가 있었다. 공이 멈춘 곳은 잡초들과 나뭇가지들 틈바구니였다. 나는 주운 공을 옆구리에 낀 채 언덕의 메마른 흙 사이에 끼인 라면 봉지나 신발창이나 깨진 병 조각 등을 들여다보느라 축구공을 주우러 비탈을 더듬었다는 것조차 잊었다. 아이들이 어서 공을 들고 오지 않고 뭣 하느냐고 소리를 지르면 나는 흙 묻은 고무 딱지나 몽당연필 등을 바지 주머니에 넣고 언덕을 타고 올랐다.

라면 봉지는 잡자마자 버석하게 부서졌다. 한때 빠작빠작 소리를 내며 윤기마저 났을 라면 봉지는 가루가 됐다. 신발 밑창은 이미 고무 기능을 잃었다. 누군가의 밑창이 되어 곳곳을 디뎠을 신발은 메마른 시래기 줄기처럼 바스러졌다.

“조금만 늑장 부리면 이렇다니까?”

내가 쓰레기를 줍느라 두무진 가는 버스를 놓치자 마농이 목청을 높였다. 다음 버스 시간까지는 두 시간가량이나 기다려야 했다. 결국, 두무진까지는 택시를 타고 갔다. 버스를 기다리면서 두 시간이나 길에서 보내기엔 2박 3일의 일정이 너무 빡빡했다.

"저기가 장산곶이잖아. 여기서 저기까지 12킬로밖에 안 돼. 12킬로 너머가 북한이야."

마농은 횟집 창 너머로 보이는 곳을 가리켰다. 바다에는 유람선과 해병대 순찰선이 떠다녔다. 순찰선 뱃머리에 태극기가 펄럭펄럭 나부꼈다. 그날은 해무 하나 없는 맑은 날씨여서 멀리 황해도가 훤히 보였다.

"여기 잡어 한 접시 주십쇼."

두무진 항은 곳곳이 횟집이었다. 마농을 따라 들어간 횟집 이름은 '장산곶 횟집'이었다. 횟집 간판 대부분은 '호남 횟집', '경기 횟집', '포항 횟집' 등이었다. 전국 횟집은 거기 다 모인 것 같았다. 주인 여자가 마농 아버지 이야기를 하는 것으로 보아 장산곶 횟집은 마농의 오랜 단골 가게인 것 같았다. 횟집 주인이 마농을 '흑룡 캡틴'이라고 부르는 것만으로도 그의 해병대 시절이 어땠는지 상상됐다.

"우리가 너무 늦게 도착했어. 어두우면 두무진 진경을 제대로 못 봐."

늙은 신의 마지막 작품이라고 할 만큼 두무진은 아름답지만 해가 금세 지는 바람에 우리는 형제바위와 코끼리바위 등, 기암절벽은 구경하지 못하고 숙소로 가야 했다. 장산곶 횟집에 민박도 꾸리고 있어 숙소를 따로 알아보지 않아도 됐다.

"쓰레기를 청자보다 더 소중하게 다루는구먼."

그날 밤 나는 숙소에 앉아 해안가에서 주운 봉지들을 죽 펼쳐 놓고 화장지로 깨끗이 닦았다. 백령도는 야간통행이 금지된 곳이었다. 어민들도 거기에 익숙한지 어두워지자 밖에 사람들이 나다니지 않았다.

"어서 치워 냄새나잖아."

마농은 방바닥에 널브러진 쓰레기들을 보며 인상을 썼다. 인상을 찡그릴 정도의 악취가 나는 것은 아니었다. 아무 냄새도 나지 않았다. 나는 마농의 심술을 다 받아주기로 마음먹은 터라 묵묵히 조가비조각과 다시마 조각 등이 들어있는 봉지를 탈탈 털고 닦아 반듯하게 개켰다. 주운 쓰레기는 스무 종류쯤 됐고 빛이 바랬고 글자도 지워져 알아볼 수 없는 것들이 대부분이었다. 거의 북한산 과자나 상품이었다. 북한의 역사 한 모퉁이를 보는 것 같아 벅차고 설렜다. 음료수 봉지로 보이는 것들을 유심히 살폈다. 상표의 글씨는 대부분 굴림체처럼 쓰여 있었다.

'바나나 단물'이라 하지 않고 '바나나 맛 단물'이었다. '귤 탄산단물'이 아니라 '귤향 탄산단물'이었다. '맛'이나 '향'을 써넣음으로써 진짜는 아니고 맛과 향만 낸 것이니 알고나 먹으라는 뜻으로 읽혔다. 북한은 뭐든 얼렁뚱땅 해치울 것 같다는 내 생각은 어디서 기인 된 건지 알 수 없었다. 공장은 평양시 서성구역 와산동이라 적혔고 전화번호가 서울지역 번호와 같은 '02'였다. 평양과 서울의 지역 번호가 같다는 것은 두 곳을 한 지역으로 여긴다는 의미가 아니고 무엇이랴.

"북한에도 이런 음료수를 마시나 봐요?"

나는 '과일즙 비타민 칼시움 우유' 라고 적힌 페트병을 들고 중얼거렸다.

"900이나 1000이면 몰라도 960은 뭐지?"

페트병에 적힌 용량은 960ml였다. 나 같으면 어림수를 써 1000ml라고 썼을 것이다. 40ml의 차이를 예사로 여겨 어림수로 버무리는 것에 익숙한 내게 960ml는 진실의 잣대로 읽혔다. 나는 페트병을 거꾸로 들고 속을 탈탈 털었다. 병 안에서 나온 자잘한 돌멩이에 짙푸른 이끼가 끼었고 갯내가 물씬했다.

"송기주, 그거 냄새나니까 어서 좀 치우라고!"

마눌은 주워 온 슬리퍼 한 짝을 내 앞으로 던졌다. 슬리퍼는 회색으로 앞 축이 많이 닳았고 꿰맨 실밥도 너덜거렸다. 슬리퍼 역시 냄새는 나지 않았다. 굳이 냄새가 난다면 해풍 밴 짠 내 정도였다.

"그런 것도 유물이야?"

"그럼요, 바다에서 떠밀려온 게 틀림없으니 수중유물이죠."

나는 의기양양하게 대답했다. 내가 주운 것들은 수중유물이기도 하지만 북한연구에 중요한 자료였다. 슬리퍼 한 짝은 누군가를 태우고 세상이라는 바다를 실컷 누비다가 백령도에서 난파됐다. 나는 나머지 한 짝은 어느 기항지에서 정박하고 있을지 상상하며 슬리퍼를 살폈다. 슬리퍼 밑창에 새겨진 제조명은 닳아서 알아볼 수 없었다. '공업'이라는 글자만 희미하게 보였다. 나는 슬리퍼만 따로 봉지에 싸서 배낭 맨 아래에 넣었다. 언젠가 북한 유물을 전시할 기회가 있다면 내가 주운 그것들을 모두 기증하리라 다짐했다. 나는 잠수 하나 하지 않고 백령도 수중유물을 건진 셈이었다.

마농은 아랫목 벽에 바싹 붙어 누웠다. 그는 귀찮을 줄 알면서 나를 백령도에 데리고 왔는데 쓰레기나 줍고, 쓰레기로 숙소를 어지럽히니 다시는 나와 함께 여행하지 않겠다면서 벽을 향해 누웠다.

"선배, 갑갑한데 밖에 나가 조금만 돌다 오면 안 될까요?"

쓰레기 정리를 끝내고 마농을 불렀지만, 그는 대답이 없었다. 그새 곯아떨어진 것이었다. 창을 열고 밖을 내다보니 사방이 깜깜했다. 마농의 코고는 소리와 파도 소리만이 정적을 파고들었다. 영지는 어디서 무엇을 할까. 영지와 여행할 기회가 기적처럼 온다면 반드시 백령도 두무진을 찾으리라 다짐하며 나는 멀리 빛나는 경비정 불빛을 오래오래 보았다. 영지를 잊으려고 멀리 떠났지만 나는 서해 최 북쪽 백령도까지 영지라는 배를 끌고 갔다.

외출

이번에도 나는 아버지 기일에 맞춰 집에 왔다. 제사만 지내고 저녁에 대원들 숙소에 바로 갔을 때와 달리 이번에는 하루 연차를 냈다. 모처럼 서울 온 김에 인사동이나 좀 기웃거리고 싶었다. 늘 그랬듯이 이번에도 제사는 조촐하게 지냈다. 제사 지낼 식구라고 해 봤자 엄마와 나 둘뿐이었다. 몇 년 전에 큰아버지가 요양병원에 입원하고부터 큰엄마도 제사에 오지 않았다. 큰아버지에 이어 큰엄마까지 건강이 악화되는 바람에 할아버지 할머니 제사도 지내지 않았다.

"그러구러 앞으로 제사는 없어질 거야."

엄마도 당신 살아있는 동안만 아버지 제사를 지낼 테니 엄마 죽으면 아버지는 물론이고 당신 제사도 지내지 말라고 했다.

"네 큰엄마가 할아버지 할머니 제사 모시느라 애 많이 쓰셨어.

당뇨에 합병증이 왔다니까 큰일이야."

엄마가 큰엄마 이야기를 하면서 향불을 피웠다. 그때 형한테 전화가 왔다.

"네가 고생 많다. 멀리 떨어져 전화만 하려니 미안하지만 뭐 어쩌겠냐. 몸은 여기 있어도 마음은 거기 있어. 나 대신 술잔에 술 가득 따라드리고."

형은 아버지 제사 때면 전화했고 그때마다 하는 말은 같았다. 엄마와 나는 형과 형수 전화를 차례로 받았다. 형 내외는 제사에 참석하지 못해 미안하다고 했고 우리는 형 내외나 건강하게 잘 지내라고 말했다. 그러고 나면 서로 할 말이 없었다. 형수가 임신했는지 궁금했지만 묻지 못했다. 불임으로 마음고생이 심한 두 사람을 위로하는 길은 임신을 아예 꺼내지 않는 것이었다.

"오랜만에 집에 왔는데 그렇게 네 방으로 냉큼 들어가?"

나는 제사상을 물린 뒤 음복을 간단히 하고 내 방으로 들어갔다. 맞선을 보라는 엄마의 닦달을 받지 않으려면 엄마와 마주 앉는 시간을 없애야 했다. 방에 들어오자마자 침대에 누웠다. 엄마가 바로 내 방에 들어왔다.

"일단 잠부터 좀 자야겠어요."

나는 벽을 향해 누워 눈을 꾹 감았다. 맞선 보라는 말만 나오면 그 자리에서 벌떡 일어나 집을 나오려고 했다. 잠든 척하려고 누웠다가 정말 잠이 들었다. 눈을 떴을 때 아침 열 시가 조금 지나 있었다. 실컷 잤지만, 몸은 젖은 합판 때기처럼 무거웠다.

“무슨 잠을 그렇게 죽은 듯이 자냐? 아침이나 먹고 자라고 아홉 시부터 깨웠는데 암만 흔들어도 꿈쩍 안 해. 송장이더라, 송장.”

엄마는 밥상을 차리면서 말했다. 꼬박 열두 시간을 잤다. 마음 같아선 연차를 하루 더 내서 이틀 계속 잠만 자고 싶다.

“옷이라도 좀 말려 입고 가지. 뭐가 그리 바빠?”

밥을 먹고 씻고 하다 보니 어느덧 정오가 가까워졌다. 엄마는 전날 저녁에 세탁기에 넣어 빤 내 옷들을 걷어왔다. 옷들은 거의 말랐지만 꼽꼽한 것들도 있었다. 나는 옷들을 가방에 쑤셔 넣고 대문 밖으로 나갔다.

“덜 마른 옷 입으면 남한테 애먼 소리 듣는단다, 가방에 쑤셔 넣지 말고 차에 깔아서 말려. 무슨 팔자인지 3대가 허구한 날 바다에 젖어 살아, 허구한 날.”

엄마한테나 와야 구리텁텁한 말을 듣는다. 덜 마른 옷을 입으면 남한테 애먼 소리를 듣는다는 엄마 말대로라면 수중탐사대원들은 평생 애먼 소리 들어야 했다. 대원들은 갈아입을 옷이 없으면 어쩔 수 없이 세탁물에 처박아 놓은 옷 중에 몇 벌을 꺼내 빨래를 하지만 옷들은 다음날이 되어도 마르지 않을 때가 많았다. 덜 말라서 눅눅한 옷이 피부에 닿으면 찬 서리라도 맞은 것처럼 싸늘했다.

"이렇게라도 하면 조금이라도 마르겠지."

엄마는 가방에 든 옷들을 꺼내 차 뒷좌석에 펴 널었다. 나는 차 바닥에 흩어져 있는 음료수 캔과 빈 생수병을 쓰레기가 담긴 봉지 쪽으로 밀었다.

"또 언제 와? 얼마 전에 말하던 그 아가씨 말인데, 널 한번 보고 싶대. 꼭 한 번 봐."

"갈게요. 엄마도 나 때문에 오늘 지각이네. 건강 생각하면서 쉬엄쉬엄하시고요."

나는 얼른 시동을 걸었다. 더 머뭇거려봐야 영양가 없는 말만 주고받을 거였다.

"항상 바다 조심하고."

엄마의 마지막 말은 늘 같았다. 엄마에게 바다는 늘 천적이다. 나는 엄마 몸이나 잘 챙기라고 말한 뒤 엑셀을 밟았다.

"맞아, 해마다 이때 송 대원 아버님 제사가 있었지. 어머님도 잘 계시지?"

곽희철은 자판기 커피 두 잔을 뽑아 들고 내 옆에 앉았다.

"나이가 드시는지 잔소리가 더 심해지셨어."

"장가들라는 잔소리겠지. 나도 아주 그냥 죽겠다니까 결혼하라는 소리 때문에."

"우리도 어영부영하다 보면 곧 마흔이 되겠지."

"그러게 말이야. 세월 참 빠르네. 내가 여기 온 지도 벌써 2년이야."

곽희철은 관을 떠난 뒤 여기저기 일자리를 찾던 중 2년 전에 국립중앙박물관 공채모집에 응모해 합격했다. 그는 나와 대학은 다르지만, 나처럼 고고학과 출신이다. 박물관에 들어가기 힘든 마당에 곽희철의 합격은 축하할 만했다. 곽희철이 합격할 수 있었던 것도 그가 목포해양 유물전시관에서 몇 년 일한 경력 덕이었다. 곽희철은 인턴과정을 마친 뒤 곧장 수장고로 발령을 받았다. 나는 그에게 합격축하주를 사준다는 말만 했지 아직 실천하지 못하고 있다. 서로 시간 맞추기가 쉽지 않았다.

나는 곽희철이 잠수사고에서 회복된 것만으로도 고마웠다. 그는 질소 마취로 의식을 잃은 지 일주일 만에 깨어났다. 곽희철이 발굴 현장에 다시 왔을 때 팀장은 그를 입수시키지 않았다. 그도 잠수를 두려워했다. 팀장은 그를 발굴 현장이 아닌 목포의 관에만 있게 했다. 곽희철은 수중유물을 발굴하기 위해 목포해양 유물전시관에 입사했다. 그런 그에게 관에만 틀어박혀 있으라는 건 물고기에게 뭍에서 살라는 것과 같았다.

나는 그가 사표를 내고 관을 떠난 뒤 허전해서 한동안 일이 손에 잡히지 않았다. 곽희철은 수중유물 탐사대원 중에 나와 가장 뜻이 맞았다. 그는 대학 재학 때 세계고고학 시간에 영국 침몰 군함인 메리 로즈 호에서 인양한 유물 이야기를 익히면서 수중고고학에 매력을 느껴 목포해양유물관에 입사했다. 1511년 영국의 헨리 8세의 지시로 만든 메리 로즈 호는 세계 최초의 군함이었다. 선원 2백여 명과 병사 185명을 태우고 영국 포츠머스 항을 출발해 소렌토 해협을 향해 가던 중에 돌풍을 맞아 헨리 8세가 보는 앞에서 침몰했다.

1950년대 발전된 다이빙 기술이 전파되고 보급되면서 세계바다에서 해저유물을 찾자는 목소리가 커졌다. 영국에서 메리 로즈 호를 인양하기 위해 노력을 했지만, 소렌토 해협이 위험해서 성과가 지지부진했다. 여러 뛰어난 잠수사들의 부단한 노력으로 드디어 1982년에 메리 로즈 호는 인양됐다. 메리 로즈 호에는 청동제와 철제로 만든 대포부터 시작해 여러 가지 무기가 탑재됐으며 옷, 식기, 식료품, 연장, 등이 발견됐다. 선미船尾에 동물의 뼈와 체스 등이 나온 것으로 보아 부자나 귀족들이 선미에 탔을 것으로 추정했다.

나는 수중고고학의 꽃은 뭐니 뭐니 해도 침몰선의 인양이 아니겠냐는 곽희철의 말에 장단을 맞추면서 고개를 끄덕였다. 메리 로즈 호에서 빗도 나왔다. 빗이 나왔다는 것은 배에 여자가 탔을 거라는 추정과 달리 남자들이 빗으로 이를 훑었다는 거였다. 뱃사람에게 이가 들끓는 것은 동서고금의 골칫거리였다.

곽희철은 삼면이 바다인 우리나라에도 침몰선이 많을 것이고, 침몰선이나 거기서 흘러나온 유물을 발굴하고 인양하는데, 인생을 바치겠다는 포부를 안고 수중유물 탐사대원을 지원했다. 물이 두려운 그는 더는 수중유물 탐사대원이 될 수 없었다. 곽희철은 해양유물전시관을 떠난 뒤에도 내게 자주 전화를 했다. 비록 그는 도자기 운반선을 발굴 못 하고 관을 떠났지만, 나더러는 꼭 도자기 운반선을 발굴하라며 명령조로 말했다. 나는 도자기 침몰선을 발견하면 제일 먼저 그에게 연락하마고 맞장구를 쳤지만, 아직 배 조각 하나 발견하지 못했다.

"오랜만에 인사동을 돌았더니 어디가 어딘지 모르겠더라. 새 건물도 많이 들어섰고."

나는 아버지 제사 때마다 서울에 왔지만, 인사동은 오랜만에 갔다. 필방이나 갤러리들이 즐비한 골목, 골동상과 자그마한 공방들은 많이 헐리었고, 그 자리에 큰 상가 건물이 세워졌다. 영지와 함께 갔던 찻집은 그대로 있었다. 입도 축이고 잠시 쉴 겸 해서 찻집에 들어갔지만, 빈자리가 없었다. 근처에 고고학과 선배가 운영하는 골동 가게도 못 들렀는데 어느새 세 시가 훌쩍 넘어 있었다. 선배는 인사동에 오면 그의 가게에 꼭 오라고 했고, 나도 꼭 그러겠다고 했지만, 약속을 지킬 수 없었다.

국립중앙박물관 쪽으로 차를 돌리면서 곽희철에게 전화했다. 안 바쁘면 박물관 로비에서 자판기 커피라도 한잔하자고 했다. 박물관에 주차하고 박물관 앞 편의점에 다다르자 그가 나와 있었다. 곽희철은 만니자바사 팀장과 대원들 안부를 물었다. 나는 현재 태안은 물 반, 청자 반이라 팀장은 말할 것도 없고 대원들 모두 바빠서 눈코 뜰 새 없다고 대답했다.

"여기는 할 만해?"

나는 곽희철이 매단 명찰에 적힌 '수장고'라는 글을 보면서 물었다.

"어딘들 다르겠어? 여기도 힘들어."

"수장고는 그나마 좀 편할 것 같은데?"

"나도 넓고 쾌적한 수장고에서 실내 온도나 맞춰주고 창고지기나 하면 될 줄 알았는데 웬걸, 수장물건을 한 번 전시하거나 외부로 나가게 되면 아주 비상이야. 우리 수장고야 물건만 관리하면 된다 쳐. 전시기획팀은 관람객이라는 무서운 호랑이들 때문에 초긴장이지."

"관람객이 무섭지. 우리나라 사람들 수준이 좀 높냐?"

"관람객들은 복제품을 기가 막히게 알아맞히더라고. 자기들은 복제품 보러 박물관 관람하러 온 게 아니라면서 기어코 진품을 보여 달래."

복제품이 아닌 진품을 보여 달라고 성화를 부리는 관람객은 목포해양 유물전시관에도 있다. 그곳 상설관에 전시된 유물 중에 복제품이 제법 많았다. 진품을 보여 달라는 관람객에게 전시 담당 직원들이 하는 말은 거의 비슷했다. 복제품이긴 하지만 유물의 재료와 크기와 모양은 말할 것도 없고, 보존 상태까지 진품과 똑같이 만들었으니 진품이라 생각하고 관람하라고 설득했다. 그 설득도 통하지 않으면 S그룹 박물관 상설관에 전시된 고려청자 연화문 이야기를 들려주었다.

S그룹 총수는 기업인이면서 고미술이나 골동품 애호가로 유명했다. 고려청자 연화문은 도자기 전체가 연꽃잎으로 새겨진 데다가 비치 색도 맑고 선명해 세계 100대 도자기에 드는 청자다. 총수는 일본 도자기 소장가 손에 있는 고려청자 연화문이 경매에 나온다는 말을 듣고 거간꾼을 일본에 보내 가격에 구애받지 말고 무조건 낙찰받아오라고 했다. 거간꾼은 고려청자 연화문을 낙찰받아 총수 품에 안겼다. 고려청자 연화문은 S그룹 박물관 상설관 메인 룸에 전시되었다.

어느 날 S그룹 박물관을 관람하던 어린이가 고려청자 연화문을 건드리는 바람에 바닥에 떨어져 박살이 났다. 상설관에 전시된 그 청자는 다행히 복제품이었다. 복제품 값도 5천만 원으로 만만찮았지만 진품가의 3백억 원에 비한다면 아무것도 아니었다. 진품을 전시했더라면 3백억 원이 박살났을 뿐 아니라 귀한 물건 한 점이 사라졌을 터였다. 돈이 문제가 아니었다. 3백억이 아닌 3천억을 내밀어도 고려청자 연화문 진품을 다시는 볼 수 없다는 사실은 관람자만이 아니라 모든 이들이 새겨야 할 사항이었다.

"그런 사고를 대비해 진품 대신 복제품을 전시하는 것이니 이

해해 주십시오."

"그래도 그렇지, 박물관에서 가짜나 전시한다는 게 말이 됩니까?"

학예사가 S그룹 박물관의 에피소드를 들려주며 복제품을 전시할 수밖에 없는 사정을 아무리 설명해도 먹히지 않는 관람객이 있었다.

"열 명 지킴이가 한 명 도둑을 막지 못한다고 하듯, 누군가 유물을 꼬나보고 훔쳐낼 기회만 엿보고 있는 이상, 진품을 수장고에 가둬놓는 수밖에 없습니다."

"암튼 우리는 복제품 보기 위해서 온 게 아니라고요."

관람객 말은 틀리지 않았다. 복제품을 보는 건 도록 사진 보는 거와 다르지 않았다. 비싸기 때문에, 희귀하기 때문에, 도둑들의 표적이 되기 때문에. 이런저런 이유로 진품을 창고에 숨겨놓는 건 박물관 측에서 할 만한 변명은 아니었다. 그러나 박물관에서는 위험을 감수하느니 관람객 원성을 듣는 게 나았다.

"얼마 전에 TV 진품명품이라는 프로그램에서 봤는데, 어떤 할아버지가 오래전에 지인으로부터 빚을 담보로 잡은 겸재의 문인화 한 점을 들고 나왔어. 할아버지는 기분이 울적하면 그 그림을 보면 확 풀린다고 하더라고. 그래서 자기 기분을 좋게 만드는 그 문인화 감정가가 얼마나 되는지 알아보기 위해 진품명품 프로그램에 나왔다더라고. 감정 결과, 문인화는 모사화였어. 실망하는 할아버지한테 감정사가 뭐라고 했는지 알아? 비록 모사화지만 오랫동안 할아버지 마음을 위로했던 좋은 그림이었는데 가짜면 어떻고 진짜면 어떠냐고 하더라고. 앞으로도 진짜라 생각하고 걸어두고 계속 감상하라고 하더군."

"그러게. 할아버지가 TV 진품명품에 괜히 나갔구먼. 모사화라는 걸 모르는 게 나았지. 사실 TV 진품명품이니 하는 프로그램도 어떤 면에서 문제가 많아. 그 프로그램 생기고 나서 도굴꾼도 더 많아졌고, 가짜 골동품이 더 많이 나돌잖아."

나는 문화재 감정사인 동문 선배가 했던 말을 떠올렸다. 선배는 골동계에서 알아주는 문화재 감정사로 웬만한 물건은 그의 손을 거친다는 것이었다. 그는 재작년에 동문회에 참석해 골동가 소식과 골동품 감정을 하면서 있었던 이야기를 들려주었다. 그의 이야기들은 우리도 빤히 아는 것들이라 새삼스럽지 않았다.

"진짜보다 더 진짜 같은 가짜가 너무 많아. 그런 물건들은 평생 골동품 감정만 했던 베테랑들도 감쪽같이 속거든. 그냥 진짜니 가짜니 따질 것 없이 보이는 대로 보고 느끼면 돼. 골동품, 그건 그저 옛날 물건일 뿐이잖아? 뭐 그리 신줏단지 모시듯 할 것도 없어."

골동품의 진위여부에 관한 에피소드는 선배만이 아니라 모두들 차고 넘치도록 알고 있었다. 수많은 복제 골동품들이 더 예스러웠다. 삭고 녹슨 것까지 재현해내는 세상이었다. 오래되고 희귀하다는 이유만으로 귀한 대접을 받는 골동계의 생리가 바뀌지 않는 한 시간의 더께까지 재현해 내는 기술자는 계속 나올 것이다. 모사품유물만 전시하는 박물관이 안 생기리라는 보장도 없다.

“마농은 어때? 요새도 해병대 가오 잡냐? 가끔 마농이 물장구치러 왔냐? 하면서 옆구리 푹푹 찌르는 것도 그리워, 허허허.”

“그 성질 어딜 가겠냐? 여전하지 뭐.”

“마농은 수중탐사대에 있을 게 아니라 흑룡부대에서 교관 노릇이나 하는 게 나을 텐데.”

“무슨 소리, 마농 없는 발굴 현장은 도자기 없는 박물관이야. 이제 나도 마농 인상 팍 그리는 거 안 보면 일과 시작을 할 수 없다고, 흐흐흐.”

밉든 곱든 마농이 현장에 있어야 바다도 꿀렁거리는 것 같고 물고기도 꼬물거리는 것 같았다.

“마농하고 신 대원이 티격태격하는 모습도 그립고.”

곽희철은 손목시계를 들여다보면서 말했다. 그는 신원표 안부는 묻지 않았다. 신원표 소식은 언론에 다 알려진 터라 굳이 말할 필요는 없었다.

“이거 참, 내가 시간을 너무 빼앗았네? 여기까지 온 김에 도자기실 구경이나 하고 갈 테니 어서 일 봐. 이번 시즌이 끝나면 진짜 진하게 한잔하자고.”

나도 더는 그와 지체할 시간이 없어 자리에서 일어났다. 박물관 문 닫을 때까지 시간이 얼마 남지 않았다.

"오늘 한잔하지 뭐. 아참, 시즌 중이라 술은 좀 그렇지? 조금만 기다려. 마치고 나서 오랜만에 서천에 가서 저녁이라도 함께 먹자고."

곽희철이 수장고 쪽으로 가자 나는 신안 해저 문화재 상설전시관이 있는 3층을 향해 재게 걸었다. 신안해저유물 전용 전시관인 목포해양 유물전시관에 비하면 국립중앙박물관의 신안유물상설관 규모는 턱없이 적다. 국립중앙박물관에서 우리나라 수중고고학의 단초가 된 신안선 유물전시관을 따로 마련하는 것은 당연하다. 전시유물은 많지 않지만, 전시관 입구에 적힌 설명만으로도 신안선의 발견과 인양까지의 전모를 알 수 있다.

신안선은 우리나라 수중고고학의 시발점이기도 하지만 나를 수중고고학으로 이끌었다. 신안선이라는 중국무역선 한 척을 인양했을 뿐인데 당시 동남아 도자기나 생활용품까지 알 수 있었다. 신안선에는 중국 물품뿐만 아니라 인도나 고려 등 당시 송나라와 교류한 나라의 물건까지 실려 있었다. 평일인 데다 박물관 문 닫을 시간이 가까워서인지 신안해저유물상설관에는 사람이 몇 명뿐이었다. 중년 사내가 유리 너머 전시된 목간을 물끄러미 보고 있었다. 거대한 신안선이 신안 앞바다에 잠기는 걸 상상하자 내 귀에서 부걱부걱 물거품 소리가 들렸다. 중학교 3학년 그해 여름, 목포 바닷가에서 성희 누나 이야기를 듣던 때가 손에 잡히듯 감실거렸다. 세상이 온통 기우뚱한 배처럼 보일 때였다. 누나의 과장 어린 사투리가 조약돌처럼 자글자글 귓전에 맴돈다.

태안선

"야, 이거 닻돌이잖아!"

팀장은 바지선에 누운 닻돌 두 개가 나란히 뻗어 있는 걸 보며 감탄했다.

"송 대원, 닻돌이 거기 있다는 걸 어떻게 알고 집 찾아가듯 쉽게 찾아갔느냐고."

나는 아버지 제사를 지낸 다음 날 업무에 복귀했다. 국립중앙박물관 신안선 유물을 보고 와서인지 여느 때보다 날렵하게 입수했다. 입수하자 바로 닻돌 지점을 향했다. 닻돌이 뻗어 있는 현장을 촬영해 팀장한테 보여주었다. 팀장은 닻돌부터 인양해야 한다며 크레인 기사에게 연락했다.

"휴무 때 입수해서 욕을 먹었지만 헛걸음한 건 아니었네."

닻돌을 언제 발견했냐고 묻는 팀장한테 나는 사자 향로를 찾아 혼자 입수하던 날이라고 대답했다. 닻돌이 발견됐다는 것은 근처에 침몰선이 있다는 증거라고 연거푸 말했다.

"그리드에서 제법 벗어난 구역에서 발견됐습니다."

정규업무 때는 그리드 구역을 이탈할 기회가 주어지지 않았다. 그날은 혼자였기 때문에 그리드 외의 지역을 두루 훑어볼 수 있었다. 출수하라는 김 경사 소리가 확성기를 타고 들렸지만 나는 이왕 입수한 거 그리드 밖을 재빨리 살피고 출수하려고 했다. 폭우로 불어있는 바다에 혼자 입수했을 때는 극단적인 상황까지 감안한 거였다. 해양경찰서나 팀장이 충분히 반대할 만했다. 위험을 무릅쓰고 뛰어들었지만 사자 향로는 아무리 뒤져도 보이지 않았다. 마음은 바빴고 시간은 없었다. 어차피 그리드를 벗어난 거 과감하게 자맥질을 했다. 나도 물살과 힘겨루기를 하는 내가 미련하게 생각됐다.

발차기를 힘껏 해서 몸을 돌리던 그때 희끄무레한 물체가 어른거렸다. 다가가 보니 두 개의 닻돌이 뻗어 있었다. 닻돌은 가로 1미터는 능히 될 성싶었다. 닻돌을 발견한 기쁨이 사자 향로를 찾지 못한 절망감을 상쇄하진 못했지만 사자 향로를 찾은 만큼 심장은 뛰었다.

"조심해서 인양하쇼."

팀장 연락을 받은 크레인 기사는 이틀 후인 오늘 현장에 도착했다. 크레인 작업 세 시간여 만에 닻돌 두 점 모두 인양됐다.

"닻돌 크기를 봐서 침몰 선박도 제법 클 것 같은데."

공자가 넘어진 화이트보드를 세우면서 말했다. 으스스한 바람이 몰려오고 있었다. 태풍이 북상한다는 소식이 전해지면서 바람도 거세졌다. 여름이 수중유물 발굴 시즌이라 해도 장마철과 태풍 때문에 막상 발굴할 시간은 많지 않다. 골든타임인 정조 때 최대한 많이 움직여야 했다. 어영부영하다 보면 시즌 종착 지점에 이르러 있었다.

"정말 돌이 단단하네요."

나는 닻돌에 손을 올렸다. 닻돌은 풍랑에 휩쓸리는 배를 기항지에 단단히 붙들어 맸을 것이었다. 축축한 닻돌은 막 출수한 잠수부처럼 헉헉대는 것 같았다. 두 개의 닻돌이 바지선에 나란히 누운 걸 보니 오래전에 신원표와 내가 안면도에 갔던 때가 생각났다.

그때 내가 해양유물전시관에 합격했다는 연락을 받은 며칠 뒤였다. 나는 SSU 출신들의 친목 도모 행사인 돌문어 잡기 캠프에 참가한 신원표를 따라갔다. 신원표의 제안을 거절할 이유는 하나도 없었다. 그는 나를 수중고고학자라며 그들에게 소개 했다. 나는 수중고고학자가 되려면 까마득히 멀다면서 손사래를 친 뒤 그들과 차례로 악수했다.

그들은 문어를 잡기 전에 몸을 푼답시고 잠수를 했다 나는 신원표와 한 조로 입수했다. 컨디션도 최상이었다. 그런데 그날은 이상하게 입수하자마자 내 몸 체온이 급격히 떨어졌다. 발버둥을 치고 허둥거리면서 체력소모를 많이 했다. 나는 조류에 떠밀려 계속 허우적댔다. 하잠 줄에 몸이 뱅뱅 꼬였다. 잠수를 배우고 익히는 동안 작은 사고는 당했지만, 줄에 몸이 결박당하기는 처음이었다. SSU 대원들 행사에 내가 괜히 끼어 난관을 맞는구나 싶어 신원표를 따라나선 걸 후회했다.

버둥댈수록 줄이 내 몸을 더 묶는 것 같았다. 나는 줄에서 벗어나려고 힘을 주었다. 두려움이 엄습했다. 나마저 물귀신이 되게 할 수 없다며 잠수를 말리던 엄마 말이 귀에 맴돌았다. 레귤레이터를 악물 힘도 없이 맥이 풀렸다. 그때 신원표가 나이프로 급히 하잠 줄을 끊었다. 나는 미역 줄기처럼 흐느적거렸다. 그 순간 신원표가 나를 잡고 위로 솟구쳐 올라갔다. 나는 순식간에 바지선에 널브러졌다. 바지선에 올라와서야 내 공기통 줄이 그의 공기통과 연결되어 있다는 것을 알았다. 내 옆에 신원표도 헉헉대며 뻗어 누워 있었다.

"수중에서는 줄이란 줄은 모두 조심해야 돼."

신원표가 숨을 가누면서 나이프를 들어 보였다. 밧줄, 하잠줄, 노끈 등, 잠수사의 생명을 구하기 위한 줄들이 때로는 잠수사를 결박하고 숨통을 조이게 한다는 걸 나도 알았지만 아는 것과 관계없이 난관은 찾아왔다.

"송기주, 우리 심해잠수부 철칙이 뭔지 아나? 어떤 상황이 닥쳐도 동료를 바다에 두고 출수하지 않는다!"

신원표 목소리는 파도처럼 내 귀에서 철퍼덕거렸다. 그때만이 아니었다. 그와 잠수 연습할 때였다. 신원표는 그의 손목과 내 손목에 노끈을 연결해 묶었다. 만일의 사태를 대비해서 나 혼자 가라앉게 내버려 두지 않기 위해서라고 했다. 내 잠수 이야기는 신원표와 끈, 마농한테 배워 익힌 직립 다이빙을 빼고 말할 수는 없다. 11미터 높이에서 빳빳하게 선 채로 입수하는 건 마농이 시켜서 익힌 것이었고, 물속에서 끈을 죄고 풀어야 할 때를 일러준 이는 신원표였다.

"이 대원, 이건 언제 적 돌일 것 같나?"

팀장은 닻돌과 박사를 번갈아 보았다.

"좀 더 관찰해봐야 알겠지만, 이 닻돌은 몇 년 전에 군산 십이동파도 발굴 때 건진 돌하고 같은 화강암이라 일단 고려 때 닻돌로 보면 될 것 같습니다. 태안에서는 닻돌이 처음 인양된 거라 또 난리가 나겠는데요?"

"이 선배님, 이거야말로 특종 아입니꺼?"

김태완이 손바닥으로 닻돌을 쓸면서 박사를 보았다.

"김 대원이 왜 특종 소리를 안 하나 했지. 바다에서 건져 올린 것은 모두 특종감이지, 허허허."

"송 선배님이 사자 향로를 찾으러 안 갔다면 이것도 발견 못 했을 끼 아입니꺼."

김태완은 말을 하자마자 팀장을 힐끗 보며 입을 다물었다. 당분간 대원들 사이에 사자 향로는 금기어였다. 누구랄 것도 없이 신원표와 연관된 화제는 피하려고 했다. 그러나 신원표를 떠올리게 하는 것들은 곳곳에 넘쳐났다. 신원표는 바다에서 출렁거렸다. 나는 시퍼런 물결이 넘실대는 바다 한가운데를 바라보았다. 당장이라도 신원표가 돌고래처럼 수면 위로 솟구칠 것 같았다. 그러나 신원표는 당분간 기항지에 정박해 있을 것이다. 닻돌이 그를 실은 배를 단단히 붙들고 있을 것이다.

"이 닻돌은 인양번호가 어찌 됩니까?"

철대에 기대 먼 곳을 바라보던 마농이 기록지를 들고 슬금슬금 닻돌 앞으로 다가왔다.

"오늘도 안전하게!"

"오늘도 안전하게!"

"문화재를 사랑하자, 문화재를 사랑하자!"

"문화재를 사랑하자, 문화재를 사랑하자!"

오늘도 우리는 팀장의 구령에 복창한 뒤 일과에 들어갔다. 태풍은 목포까지 북상해 서해 내륙을 관통해 충남 해안을 강타할 것이라 했다. 오전에 공자와 김태완이 입수했을 때만 해도 먹구름은 끼지 않았다. 날씨는 두 시간 만에 돌변했다. 폭풍전야처럼 으스스한 바람이 바지선과 씨뮤즈호를 흔들었다. 공자와 김태완이 인양한 유물은 목간 몇 점과 청자 접시와 사발 여러 점, 염장 처리된 고등어가 든 항아리였다.

“바람이 이래 부는데 입수하겠어?”

아르키메데스가 그리드 구역에 인양한 유물을 표시하려 하자 화이트보드가 바람에 넘어졌다. 아르키메데스도 마농에 이어 태안 현장에 투입됐다. 넘어진 보드를 세워놓기가 바쁘게 또 넘어졌다. 아르키메데스는 화이트보드를 바닥에 눕혔다.

“무조건 입수해야 됩니다!”

나는 소리쳤다. 닻돌이 발견된 이상 지체할 여유가 없었다. 태풍이 온다는 이유로 작업을 못 하고 태풍 설거지하는 날도 작업하지 못하고, 이런저런 이유로 태풍이 지나가면 최소 이틀은 현장에 접근하지 못할 것이다. 2, 3일 후에는 본격적인 휴가철이다. 해마다 7월 말경에서 8월 초순에 휴가철로 삼는 것은 그 기간이 가장 더운 시기이기 때문이다. 팀장은 휴가철이 닥치기 전에 발굴 작업을 많이 해둬야 한다고 종종걸음을 치며 대원들을 닦달했지만, 악천후는 자꾸 이어졌다. 휴가철이면 피서객이 붐벼 발굴에 집중이 되지 않을뿐더러 조난사고가 나면 조난자를 구하느라 발굴이 중단되기 일쑤였다. 그럭저럭 늦여름에 태풍이 또 북상할 것이다.

“선배, 그리드 구역을 벗어나는 겁니다?”

나는 잠수 스테이지에 오른 마농한테 말했다. 우리가 팀장한테 지시받은 구역은 J 구역이었지만 그 언저리를 재빨리 훑고 구역을 벗어나 보기로 마농과 약속했다.

"그리드 구역과 닻돌을 발견한 지점과 그리 멀리 않으니까 아마 그 근처를 돌면 뭔가 나오지 싶은데요."

마농은 내 말이 끝나자마자 입수했다. 풍덩! 나도 곧장 그의 뒤를 따라 물에 뛰어들었다. 누가 밀어 넣기라도 한 듯 해저에 빨리 닿았다. 울퉁불퉁한 암석을 지나자 가마니 한 장 크기의 웅덩이가 패어 있었다. 웅덩이에 작은 물고기들이 바글바글했다. 웅덩이는 작은 연못 같았다. 작은 연못은 닻돌을 발견했던 곳과 그리 멀지 않았다. 나는 줄을 당겼다. 마농도 줄을 당겨 반응했다. 줄에서 느껴지는 탄력으로 보아 그는 멀지 않은 곳에 있는 게 분명했다. 닻돌이 빠져나간 자리는 그새 암회색 진흙이 밀려와 있을 뿐, 휑했다.

바닷속은 여느 때보다 어두웠다. 물이 탁하다는 것은 곧 폭풍이 일 것이고, 태풍이 일면 바다 밑부터 뒤집힐 것이다. 나는 닻돌이 묻혀 있었던 자리에서 크게 이탈해 더듬었다. 마농도 터를 넓게 잡고 움직이는 것 같았다. 첨벙거리는 소리가 아니었다면 마농이 어디 있는지 가늠할 수 없을 정도로 물은 점점 탁했다. 우리는 서로의 줄을 당겨가면서 해저를 더듬었다. 앞이 보이지 않아 스쳤던 곳을 몇 번 거슬렀다. 나는 물살을 헤치며 주변을 뱅뱅 돌았다. 그러기를 몇 번쯤 했다 싶을 때 손에 뭔가가 잡혔다. 판때기였다.

“선배!”

나는 줄에 힘을 주어 당겼다. 줄을 튕기면서 당기는 것은 뭔가 큰 것을 발견했다는 신호이기도 했다. 발도 버둥거렸다. ‘심봤다!’ 라고 외치고 싶었다. 숨을 크게 쉬었더니 레귤레이터에서 이끼 냄새만 더 짙게 풍겼다. 판때기를 더듬었다. 두툼하고 미끌미끌한 판때기였다.

“선배!”

나는 다시 한번 더 줄을 세게 당겼다. 판때기는 침몰선의 조각임이 틀림없었다. 나는 누가 끌어당기기라도 하듯 스쳤던 곳을 거슬러 갔다. 크고 검은 암초가 보였다. 물이 아무리 탁해도 암초 사이에 처박힌 크고 어둑한 물체가 침몰선이라는 것은 알았다. 믿기지 않았다. 나는 암초 주변을 한 바퀴 돌았다. 눈을 수차례 깜빡이면서 보았지만 크고 거뭇한 물체는 분명 침몰선이었다. 헤드랜턴과 손전등에서 뿜어 나오는 빛으로도 얼마든지 침몰선의 규모를 알 수 있었다.

“선배!”

나는 레귤레이터를 문 입을 최대한 크게 벌렸지만, 소리가 나올 리는 없었다. 닻돌이 있던 언저리에 침몰선이 처박혀 있으리라는 내 예상은 적중했다. 침몰선은 조류방향으로 95도가량 기울어 암초 사이에 끼어있었다. 발견지점은 어림잡아 닻돌 발굴 현장에서 2백 미터 떨어진 곳이다. 닻돌과 떨어져 있었지만, 닻돌 현장을 중심으로 삼은 게 다행이었다.

"선배, 침몰선을 발견했습니다!"

나는 날쌘 물고기처럼 선체 주위로 다가오는 마농을 보자 그의 팔을 잡고 흔들었다. 말을 할 수 없다는 게 그렇게 답답할 수 없었다. 레귤레이터에서 쌕쌕거리는 소리만이 내 심장에 울렸다. 마농이 침몰선 언저리를 빙 돌다가 엄지를 치켜세웠다. 늘 그랬듯이 우리가 하는 꼴은 수중에서 펼치는 무언극이었다. 침몰선은 선수재와 선미재, 가룡과 멍에 등이 떨어져 나가고 몸체만 남아 있었다. 선체는 군산 십이동파도선이나 완도선과 달리 길이가 길고 목재는 얇았다. 군산 십이동파선, 완도선, 대부도선과 달리 외판 길이가 많이 길었다. 우리가 쳐 놓은 그리드 구역 3, 4백 미터 밖에 침몰선이 있었다니 등잔 밑은 어둡고도 어두웠다.

"선배, 이 침몰선 이름은 태안선입니다, 태안선!"

나는 마농의 팔을 흔들며 눈을 자꾸 끔벅거렸다. 물결이 내 말을 전하듯 뽀글거렸다.

"선배, 오늘 내가 하자는 대로 해줘서 고맙습니다."

나는 마농 팔을 흔들며 다시 눈을 깜빡였다. 마농이 내 말에 답이라도 하듯 레귤레이터를 다잡아 물었다. 나는 선체를 더듬었다. 사토와 갯벌이 굳은 해저는 딱딱해서 육지를 딛는 것 같았다.

“나도 방금 이걸 발굴했어.”

마농이 두꺼운 새끼줄을 보이면서 나를 쳐다보았다. 얼핏 봐서 새끼줄은 칡 줄기로 꼰 것 같았다. 질긴 칡 줄기는 닻돌 묶는 데 안성맞춤이다. 나는 얼른 촬영했다. 벌어진 용골 사이로 물고기들이 살랑거리는 장면을 앵글에 고스란히 담았다. 몇백 년 전의 시간이 바다 밑에서 수많은 생물과 함께 숨 쉬고 있었다. 침몰한 자리에 또 다른 생명들이 굼실댔다.

침몰선을 가두리 삼아 그 안에서 물고기들이 살고 있었다. 이거야말로 해양다큐멘터리였다. 나는 얼른 카메라를 들이댔다. 암초 사이에 침몰선이 정좌하고 있고 그 안에서 물고기들이 살랑거리는 장면을 세세하게 담아야 했다.

“심봤다!”

마농이 부위를 띄우자 위에서 소리를 쳤다. 침몰선을 발견한 기쁨을 어서 대원들한테 알리고 싶은 마음은 마농도 예외는 아닐 터였다. 수면에 부위를 들썩이게 한다는 것은 침몰선을 발견했을 때만이 시도하는 대원들끼리의 신호다. 나는 다리를 펴서 물에 둥둥 뜨면서 ‘심봤다!’를 외치는 시늉을 했다. 마농도 나를 따라했다.

“심봤다! 선배님들 파이팅!”

“심봤다! 임 대원, 송 대원 파이팅!”

“심봤다! 우리 대원들 화이팅!”

김태완, 아르키메데스, 공자의 목소리가 차례로 들렸다. 신안에서 발견한 침몰선이 '신안선'이듯 태안에서 발견한 침몰선은 '태안선'일 것이다. 나는 태안선 전체를 앵글에 담으려고 선체를 빙 돌면서 카메라를 작동시켰다. 태안선 아래에 청자 꾸러미가 여러 묶음 있었다. 대접, 접시, 소접, 완 등 청자가 수두룩했다. 모두 태안선에서 흘러나온 것일 터였다. 꾸러미는 청자와 청자 사이에 완충재인 볏짚이 끼워져 있고 테두리는 감겼던 새끼줄이 느슨하게 풀려 있었다. 태안선 안에 있는 청자는 꾸러미에 싸였고 반 이상이 깨져 있었다. 배가 암초에 부딪히면서 깨졌는지, 침몰하던 중 청자끼리 부딪쳐서 깨졌는지는 알 수 없다. 청자는 우리가 여태까지 태안 현장에서 인양한 빛깔과 거의 같았다. 그 모두는 이 태안선에서 우르르 쏟아져 나왔음이 틀림없었다.

나는 선체를 어루만졌다. 라텍스 장갑을 꼈지만, 손에 닿는 선체는 미끄러웠다. 몇백 년의 세월이 물컹물컹 잡히는 것 같았다. 순간 발이 뻣뻣해져 왔다. 쥐가 나는 것 같아 다리를 버둥거렸다.

"출수!"

마농이 레귤레이터를 빼물면서 손을 위로 치올렸다.

"출수!"

나도 뒷걸음치면서 팔을 위로 뻗었다. 나는 태안선을 발견했다는 기쁨에 다이버 게이지를 볼 겨를도 없었고 시간이 많이 흘렀다는 것도 몰랐다. 내 체온이 떨어지는 것도 몰랐다. 그렇더라도 태안선이 가라앉은 장면을 카메라에 생생하게 담아야 했다. 선미와 해저가 맞붙은 곳에도 카메라를 댔다. 태안선이 긴 세월 동안 어떤 자세로 가라앉아 있었는지 카메라에 생생하게 담아 대원들에게 보여주고 싶었다.

"출수!"

팀장 목소리는 여느 때보다 쩌렁거렸다. 마농이 먼저 위로 올라갔다. 언제나 그렇듯 마농의 자맥질은 힘이 넘쳤다. 마농과 같은 하잠 줄에 매달려 물속에서 허우적거리다 보면 그가 내 동맥처럼 느껴졌다.

나는 카메라를 한 번 더 태안선 가까이에 갖다 댔다. 짜개진 용골로 보아 난파되기 전의 태안선은 웅장했을 것이었다. 쌍돛을 펄럭이며 서해를 가로질러 항해했을 거대한 태안선이 상상됐다. 물과 수평을 이루려고 힘을 가누었을 용골의 가파른 숨소리가 들리는 것 같았다. 태안선이 좌초될 때 용골 빠개지는 소리도 들리는 것 같았다.

"나는 송 대원하고 꼭 침몰선을 발굴하고 싶었는데 아쉽게 됐네. 내가 어제 용꿈을 꾸었어. 조만간 침몰선을 발견할 거야. 침몰선을 발견하면 사식 좀 많이 넣어줘."

신원표 면회 때 그가 한 말이 귓전에 찰랑거렸다. 그는 면회 때마다 내게 용꿈 다닝을 했지만 나는 아까운 면회시간에 헛소리

그만하라고 면박을 주었다. 그러나 이번에는 그의 용꿈은 개꿈이 아니었다.

"출수!"

나는 위로 치솟으며 레귤레이터를 다잡아 물었다. 철퍼덕. 발길질하자 물살이 젖은 가마니처럼 내 몸을 덮쳤다. 나는 카메라를 가슴에 안고 다시 한번 발길질을 했다. 카메라에 거대한 태안선 한 척이 들어 있다. 나는 태안선을 품어 안듯 카메라를 가슴에 꼭 안고 한 길 한 길 수면을 향해 올랐다.

태안선

초판 1쇄 인쇄일 • 2024년 6월 15일
초판 1쇄 발행일 • 2024년 6월 20일

지은이 • 이병순
펴낸이 • 임성규
펴낸곳 • 문이당

등록 • 1988. 11. 5. 제 1-832호
주소 • 서울특별시 강북구 미아동 126-1
전화 • 928-8741~3(영) 927-4990~2(편)
팩스 • 925-5406

전자우편 munidang88@naver.com

ISBN 978-89-7456-582-4 03810

값은 뒤표지에 표시되어 있습니다.

부산문화재단
이 책은 2024년 부산광역시 부산문화재단(부산문화예술지원사업) 지원을 받았습니다.